魔物討伐部隊 赤鎧
ランドルフ
魔物討伐部隊 赤鎧
ドリノ
魔物討伐部隊の美形騎士
ヴォルフレード
転生者の女性魔導具師
ダリヤ

魔物討伐部隊 隊長
グラート
王城財務部 部長
ジルドファン

ゾーラ第三夫人
エルメリンダ
魔導具店「女神の右目」店主
オズヴァルド

服飾魔導工房 工房長
ルチア
服飾ギルド長
フォルトゥナート

魔導具師ダリヤはうつむかない
～今日から自由な職人ライフ～

甘岸久弥
Amagishi Hisaya

4

CONTENTS

王城向け礼儀作法と緑の塔の姫君

「エスコートを受ける女性は、男性の左の手のひらに右手の指をのせる。ただし、男性が護衛を兼ね、かつ左利きであれば右手でも可とする……」

ぶ厚い礼儀作法の本を読みながら、つい遠い目になった。

前世でも、社会人のマナーはややこしい、そう思った記憶がある。

だが、今世、庶民に生まれた自分が、まさか貴族の礼儀作法で悩むはめになるとは思わなかった。

前世、今世と言える自分は転生者である。

今世の名は、ダリヤ・ロセッティ。

職業は魔導具師。生活に役立つ魔導具を作る職人だ。

赤髪緑目と色合いは華やかだが、前世と同じく、地味で大人しいと評される見た目である。

「ダリヤ、なんとかなりそう？」

居間のテーブルをはさみ、斜め向かいに座る青年が尋ねてきた。

ヴォルフレード・スカルファロット。

伯爵家の四男であり、この国の騎士団、魔物討伐部隊の隊員、そしてダリヤの友人である。

黒檀《こくたん》の髪に白い肌。すうと通った鼻梁《びりょう》、薄い唇、ゆるみのまるでない顎《あご》。そして、目を奪われる黄金の目――当代きっての画師が全力で描きあげたかと思える美貌だ。

しかし、本人にとっては悩みの種。人間関係で苦労の原因となるばかりらしい。

「なかなか難しいです。これだけではなく、王城では本に載っていない作法もあるそうですし……

ヴォルフはどうです？」

「難しい……たとえば、このページに、『上位の家格の方や尊敬する方がいる部屋に入る場合、入室前にエスコートの手を一度ほどき、それぞれに入って挨拶をする』ってあるけど、その場で思い出せる気がしない。あと、もし誰がいるのか知らないで入ったらどうするんだろう？」

ヴォルフがため息をつく。その思案顔も実に絵になっているが、悩みは尽きそうにない。

それぞれ魔導具師、魔物討伐部隊員といった職業のように、今世には魔法があり、魔物がいる。

前世で言うならファンタジーの世界である。

もっとも、ダリヤは今世、空飛ぶ絨毯《じゅうたん》も賢者の石も見たことはない。

自分が魔導具師として作る魔導具は、生活に根差したものが多く、前世の家電や便利グッズに近い。

そして、ヴォルフのいる魔物討伐部隊も、冒険や名誉を求めて戦う集団ではない。

魔物は人に多大な被害をもたらす害獣となることがある。強い魔物にいたっては災害に近い。そんな魔物を、国民を守るために駆除、討伐するのが仕事だ。

魔導具師と魔物討伐部隊員、そんな自分達が、どうして貴族の礼儀作法で悩まねばならないのか。

きっかけは、ささいなことだった。

目の前のヴォルフから、『隊の遠征では靴の中が汗で濡《ぬ》れる、蒸れる』と聞いた。それならばと、亡くなった父用に制作し、放置していた五本指靴下と、乾燥効果のある靴の中敷きを渡した。

少し多めに渡したそれを、彼は隊長も含む他の隊員と共に使用。とても過ごしやすかったと気に入られ、製品として納品することになった。

役に立ったならばよかった、ダリヤはそう素直に喜んだ。

しかし、そこからが予想外だった。

魔物討伐部隊から絶対に桁を間違えていると思える注文が入り、商業ギルドの副ギルド長に相談、そのまま服飾ギルド、冒険者ギルドの上部も巻き込んでの会議となった。その後、五本指靴下と靴の中敷きの大量生産が決まり、新しく工房が建てられることまで決まった。

そうして、ダリヤが商会長を務めるロセッティ商会は、王城の魔物討伐部隊へ正式に納品挨拶を行うことになった。ただし、『直《じか》』で。

商会長の自分が、直接、王城へ挨拶に行かねばならない――通常、王城は一介の庶民が出入りできる場所でもなければ、開設したばかりの若葉マークの商会が直接取引できるところでもない。

ダリヤは父が男爵ではあったが、育ちは庶民だ。貴族の礼儀作法などわからない。

一方、伯爵家生まれのヴォルフはロセッティ商会の保証人である。彼から王城の礼儀作法を教わればいいと思われそうだが、それもできない。

ヴォルフは十歳ぐらいから別邸で暮らしており、高等学院卒業後すぐ、魔物討伐部隊に入った。貴族マナーの最低限のところは知っているが、応用は苦手。隊員として王城に出入りしてはいるものの、来客対応などの業務はない。このため、正式な王城向け礼儀作法はよく知らないという。

結果、蔦《つた》が絡む緑の塔――ダリヤの家で、礼儀作法の本を手に、二人で唸《うな》っているのが今である。

「こんなことなら、もうちょっと真面目に習っておくんだった……」

テーブルに突っ伏し、ヴォルフが腕を大きく伸ばす。その姿に思い出すことがあった。

「学院の試験の前日みたいですね」

「まったくその通りだよ」

この国、オルディネ王国の王都には、初等学院と高等学院がある。

初等学院はほとんどの子供が入り、読み書きや計算、基本的な歴史などを学ぶ。高等学院は将来希望する職種に合わせ、専門的な勉強や研究をする。

ただし、前世の日本とは違い、年齢は一切関係ない。試験で入り、試験で進級し、試験で卒業する。よって、試験に落ちて入れない、落第、卒業できないなどはごく当たり前にある。

試験前、『こんなことならもっと勉強しておくんだった』という生徒達の叫びは、初等学院でも高等学院でも、本当に実感がこもっていた。もっとも、そう言ってはいても喉元過ぎればなんとやらで、試験が終わればまた遊びに夢中になってしまう者が多かったのだが。

「魔剣の特性や歴史なら、簡単に覚えられるのに……」

『魔剣マニア』らしい言葉が、浅いため息と同時に吐かれた。

ヴォルフは魔剣がとことん好きである。

各国の魔剣から童話に出てくる存在しないであろう魔剣まで、紹介文を丸暗記するほどに詳しい。

王城にある魔剣は抜けないのに二度挑戦し、魔物討伐部隊長の持つ魔剣を、火傷《やけど》をしてまで触らせてもらっている。

最近は、魔導具師の自分と共に、人工魔剣を試行錯誤しながら制作しているほどだ。完成した魔剣を手にしたら、さぞかし喜ぶことだろう。

「ヴォルフは、本当に魔剣が好きですね……」

「魔剣は浪漫《ろまん》があるからね。それに、ダリヤだって、魔導具のことならすごく詳しいじゃないか」

「それなりです。仕事が魔導具師ですから」

自分は魔導具師が生業《なりわい》である。

魔導具を作るのだから、当然、それなりに魔導具に詳しくなければならない。古いものから新しいものまでできるかぎり知っておきたいし、いろいろなタイプを見て、実際に動かしてみたい。

前世も、自分は物づくりに憧れて、家電メーカーに入った。残念ながらクレーム処理部門に回され、激務で過労死してしまったらしいが。

だが、生まれ変わった今世は、魔導具師として、より可能性の広い物づくりに携《たずさ》わっている。

魔導具は使用する材質、魔法で付与できる素材が膨大にある。鉱物に植物、魔物素材など幅広く、量や配合割合、付与する魔法によっても大きく変わるのだ。

何より、魔導具には、人の生活をより良く変えられるという希望がある。

前世の日本のように、いたれりつくせりの便利な家電的魔導具、快適さを与えられる便利な魔導具――これを作り出すことを浪漫と呼ばずして、なんと呼ぶのか。

気がつけば、ダリヤは礼儀作法の本ではなく、魔導具に関する本の並ぶ棚を眺めていた。

そんな自分を見るヴォルフが、黄金の目を細め、とても楽しげに笑っている。

「ダリヤも本当に魔導具が好きだよね、俺と一緒で」

まったく否定できなかった。

貴族街の一角にある、魔導具店『女神の右目』。

ダリヤは、閉店時間近くにそこを訪れた。店主であるオズヴァルドから、王城向けの礼儀作法を教わるためだ。隣にはヴォルフ、後ろにはイヴァーノが続いている。

ヴォルフには『女神の右目』に行くときには教えてほしいと言われていたので、日取りが決まった時点で手紙を書いた。イヴァーノも一緒だと書き添えたのだが、初回は挨拶もあるから同行したいと即返事が来た。やはり、ロセッティ商会の保証人をしているという責任感からだろう。

幸い、オズヴァルドが指定したのは店の閉店間際なので、彼の勤務時間ともあたらなかった。

ただ、ヴォルフが部隊の礼装である、黒い騎士服を着てきたのには少し驚いた。

『王城向けの礼儀作法を覚えなければいけなくなったのは、うちの隊との取引のためだから』

そう言っていたが、黒い色といい、夏向けではない生地といい、かなり暑そうだ。

商会のためにそこまで気を使わせたことが申し訳ない。

イヴァーノもヴォルフの服装を気にかけたのだろう。『討伐部隊の服ですか?』と尋ねていた。

風景が反射するほど艶《つや》やかな、白い大理石の店、『女神の右目』――左右にある太い飾り柱には、美しい花と女神の彫刻がある。高級感にちょっと気後れしつつ、艶やかな白いドアに手を伸ばした。

が、ドアに触れる前に、中から一人の女が出てきた。それを見たヴォルフが、即座に妖精結晶の眼鏡をかける。あまりの動作の速さに、感心してしまった。

「いらっしゃいませ。ロセッティ商会の皆様ですね」

「はい、この度は大変お世話になります」

「お待ちしておりました。どうぞお入りください」

にっこりと笑うのは、ダリヤよりも淡い赤髪と、一段明るい緑の目を持つ、柔らかな雰囲気の女だ。その案内に従い、そのまま店の二階へ上がる。

「ようこそおいでくださいました」

案内された客室では、黒のスーツ姿のオズヴァルドが、白いテーブルの向こうで笑んでいた。前に会ったときと同じで、灰色の髪をオールバックにし、銀縁の眼鏡をかけている。

室内にある調度品は、白地に金の装飾がふんだんに使われていた。艶なしの金で落ち着いた感じを出してはいるが、値段を考えるとぶつかりたくない。青い絨毯は靴で踏んでいいのかと迷うほど鮮やかで、汚れひとつなかった。正直、きれいすぎて落ち着かない。

緊張感漂う中、オズヴァルドの横に三人の女性が並んだ。三人とも、銀にダイヤが複数あしらわれた、同じデザインの婚約腕輪を身につけている。

ヴォルフ、ダリヤ、イヴァーノの順で向かいに立ち、お互いに会釈した。

「妻達が、一度お会いしてご挨拶をと申しまして……」

『妻達』――今まで周囲で聞かなかった単語は、なんとも新鮮だ。

挨拶とは言うが、やはり一度は、『王都一の美青年』と有名なヴォルフに会ってみたいというのもあるだろう。

「カテリーナ・ゾーラと申します」

最初に金髪で深い緑の目をした中年の女性が、笑顔で挨拶をしてきた。どうやら第一夫人らしい。

艶のある青のドレスに、金のネックレスがよく合っている。雰囲気と優雅な動作から察するに、おそらく貴族の出だろう。

「フィオレ・ゾーラと申します」

赤髪と薄緑の目をした女性が続く。ダリヤより一回り上かどうかという年代だ。

ふわりとしたアイボリーのドレスがよく似合っていた。笑うと目尻が少し下がり、年上でもかわいいと思える。先ほど出迎えてくれたのがこの者だった。

「エルメリンダ・ゾーラです」

最後に、ダリヤよりは上だが、確実に二十代と思われる女性が挨拶をした。

こちらは黒髪に萌葱色《もえぎいろ》の目を持つ、ダリヤと同じくらい背が高い女性だった。艶なしのシンプルな黒いドレスで、メリハリのある体型が際立っている。ダリヤの前世であれば、きっとモデルにスカウトされただろう。

三人ともまちがいなく美女である。だが三者三様で、オズヴァルドの好みがまったくわからない。

その後にロセッティ商会側の三人も型通りの挨拶をした。

ダリヤは緊張感から硬くなり、ヴォルフとイヴァーノも、妙にぎこちなくなった。彼らももしかしたら、三人の美しい妻達に見とれたのかもしれない。

それでも、全員の紹介と挨拶を終え、ようやく席についた。

「では、二人は家で待っていてください。エルメリンダは店の方をお願いしますね」

笑顔の女達が会釈をして出ていくと、部屋が急に静かになった。

「お時間を頂いて申し訳ありませんでした。さて、王城向け礼儀作法については独特のルールと型を覚えるだけですので、四、五回もあれば身につくでしょう。今回は私からメモを、二回目からは、ダリヤ嬢へはカテリーナが、メルカダンテさんには私から、実際に動いてお教えしましょう」

「ありがとうございます」

「では、今日はこちらをどうぞ。ヴォルフレード様も確認のためにお付き合いください」

オズヴァルドが重そうな赤い革箱の中から、学院の魔法理論の教科書かと思えるほど厚い紙束を、三つテーブルにのせた。

目の前に置かれたその紙の大きさと束の厚さは、『メモ』と呼んでいい代物ではない。ダリヤの拳より高さがあるとはどういうことだ。

「一枚に一項目ずつ書いてあります。覚えたものは取り除き、覚えていないものだけを読み込んでください。学院の試験勉強と同じです。量がありそうに見えますが、たいしたことはありません」

確かに一枚に対する情報量は一つと少ないが、絶対にたいしたことのない量ではない。

数枚めくったが、知らないものの方が多い。これを全部覚えなければいけないのかと思うと、軽くめまいがした。

ちらりと横を見れば、イヴァーノが思いきり遠い目をしていた。

ヴォルフはほとんど知っているだろうと思いつつ目を向ければ、こちらもまた、難しい顔をしている。目が合うと、微妙な表情で固まった。

「……俺も知らないことが多くて、反省している」

こっそりと耳打ちされた言葉に、どうにも笑えない。

「とりあえず、この程度のことが身につけば、そう失礼になるということはないかと思います。慣

れればもう一段、覚えて頂きたいこともありますが」

オズヴァルドは、にこやかなままだ。『この程度』とさらりと言っているが、求めるレベルが高すぎるのではないだろうか。『もう一段』については今は考えたくないところだ。

「本日はこれをお渡しして覚えて頂き、次の回の予定を組むことになります。本当であれば皆様とお食事をご一緒したいところなのですが、予定が入っておりまして」

「いえ、お忙しいところをありがとうございます」

話し合いの結果、次からの予定については、ダリヤの方がオズヴァルドに合わせて日程を組んだ。すべてイヴァーノも同行できる日とした。

魔物討伐部隊のヴォルフはさすがに予定がつかず、不参加である。そもそも、ヴォルフは商会の保証人であって、商会員ではないのだ。せっかく休める時間に無理をさせたくない。

仮組みした予定をイヴァーノが紙にまとめていると、オズヴァルドがヴォルフに視線を向けた。

「ヴォルフレード様、今お使いの眼鏡は『妖精結晶』が付与されたものですね」

「ええ、そうです」

「もしや、カルロ・ロセッティさんの作ですか？」

「いえ」

「では、どなたの作品でしょう？　ああ、魔導具師としての純粋な興味です。お客様の持ち物に関し、絶対に他言は致しませんので。守秘義務があるものでしたらお答え頂かなくて結構です」

「こちらは……」

「私が作りました」

答えかねたヴォルフを見て、ダリヤが言った。

妖精結晶はオズヴァルドも店の魔導具に使用している。妖精結晶は希少素材だ。もし、今後手に入らなくなったとき、オズヴァルドに相談する可能性もある。ここは話しておくべきだろう。

「ダリヤ嬢の作品でしたか、大変見事な出来です。『妖精結晶』が加工できるほどの腕になられたのですね。すばらしいことです」

「ありがとうございます」

ダリヤはほっとして礼を述べる。

今日のオズヴァルドと話していると、学院の先生と話しているような気がしてならない。

「続けて申し訳ありませんが、ヴォルフレード様のそちらの腕輪は……ああ、腕輪に関しては、どなたが作ったか、入手先などは結構です。珍しい魔力ですが、素材は銀狼《シルバーウルフ》の牙あたりでしょうか？」

「……天狼《スコル》の牙です」

「天狼《スコル》……？」

細い銀色の目がさらに細められ、笑顔が消えた。

「失礼ですが、ダリヤ嬢、あなたの魔力数値はいくつですか？」

「八単位です」

「もし、あなたが腕輪にその天狼《スコル》の牙を付与したのだとしたら、次は絶対におやめなさい。一歩間違えると死にます」

「えっ!?」

先に声をあげたのはヴォルフだった。

「どういうことですか？」

それまで聞くだけだったイヴァーノも、勢い込んで尋ねる。

二人の顔が一気に険しくなったことで、ダリヤは慌てて言った。

「大丈夫です！　確かに魔力がぎりぎりでしたが、死ぬほどでは……」

「通常の魔力枯渇は気絶するだけですが、天狼《スコル》の牙は魔力がなくなっても持っていくことがあります。大きさや元の天狼《スコル》の魔力量によっては、生命が削られると言われています。実際、付与中に亡くなった者が国内にいます。魔力値を九以上に上げないうちは、やるべきではありません」

「知りませんでした……」

ダリヤは青くなった。怪我《けが》どころか、あやうく自室のベッドで人生を終えるところだった。

左側からの無言の圧力に、怖くて視線が向けられない。

「カルロさんは、あなたに天狼《スコル》について教えていなかったのですか？」

「はい……聞いていませんでした」

「もしや、妖精結晶の特性も？」

「希少素材で加工が難しいとは聞きました。魔力がそれなりにいるとも。それだけです」

「予想外でした……」

オズヴァルドは隠さずに深いため息をついた。

「おそらく、カルロさんはあなたに教える前に亡くなったのだとは思いますが……天狼《スコル》などの希少素材の危険性、使い方、付与効率、魔力値の増やし方、複合付与、このあたりは教えられましたか？」

「付与効率は教えられました。他は、教えられていません」

「他の弟子の方には？」

「わかりません。なかったように思います。その、確かめることはできませんが……」

「そちらは聞き及んでいますよ——まったく、愚かな男だ」

「オズヴァルドさん!?」

途中からいきなり冷えた口調と声に、思わず名前を呼んでしまった。

「失礼。心の声がこぼれました」

整った笑顔で言い切る男に、ヴォルフが声をかけた。

「オズヴァルドさんは、ダリヤにそういったことを教えることができますか？」

「ヴォルフ、様、それは難しいです。魔導具師の技術は、その家や一門ごとで秘蔵すべきことがあるので……」

ダリヤは、なんとか様付けでヴォルフに答える。

高い技術を持つ魔導具師ほど、特殊な技術や知識は、弟子や一門以外には教えないことが多い。

オズヴァルドとて、友人の娘でしかない自分に、そうそう教えられるものではないはずだ。

「それも面白そうですね……魔導具師として、ある程度の時間は積んで参りましたので、私からダリヤ嬢に教えられることはそれなりにあるでしょう。どのぐらいの時間がかかるかわかりませんが、『私の判断するカルロさんの後継者』くらいには、してさしあげられるかと思います」

オズヴァルドの銀の目が、ダリヤに向いた。眼鏡越しのそれが、まるで制作途中の魔導具を見る目だと思えたのは、お互いが魔導具師だからだろうか。

「ダリヤ嬢、魔導具師としての私の教えを受けますか？　報酬は金貨五十枚、あなたがすべてを覚えてから、利子なしの分割でかまいません。ただし、魔導具師としての守秘義務がありますので、作業場で二人きりになります。気分を害するようであればやめられた方が――」

「お願いします」

オズヴァルドの言葉が終わる前に、気がつけば頭を下げていた。

「ダリヤ！」

「ダリヤさん！」

「即答ですね。そういうところはカルロさんそっくりです」

慌てる男達の声を聞こえぬものとし、銀髪の男はダリヤだけに笑った。


「メルカダンテさん、作業場の隣部屋で待機するのは問題ありませんので、人員をつけられてはいかがですか？　もちろん、うちの妻も待機させますが」

「……それなら問題ありません。失礼しました。なにぶん、いろいろと噂《うわさ》が多いもので」

「そうですね、『実のない噂』ばかりが多いものです」

イヴァーノが前のめりになっていた姿勢を戻し、オズヴァルドを改めて見る。

商業ギルドで会ったことは何度もあるが、今の彼とは微妙に雰囲気が違う。いつもより艶めいた銀の目が、悪戯《いたずら》っぽく光っていた。ヴォルフとはまた違うが、華やかな噂多き男である。

「ゾーラ商会長は、『実のない噂』を気にかけられたことはありませんか？」

「いえ、まったく。ツバメもヒバリもさえずらせておけばいいではありませんか。いい宣伝になりますよ」

「うちもそう言えるぐらいになりたいものですが……」

「大丈夫です、いつの間にかなっているものですよ。王城に出入りし続ければいいだけです。慣れた後で、ツバメもヒバリもうまく歌わせるか、絞《し》めるかすればいいだけです」

さらりと言った言葉に、イヴァーノが少しの間、息を止めた。

若かりし頃から、華やかな女の噂に彩られたオズヴァルド。

どこまでが本当で、どこまでが勝手な『実のない噂』かはわからない。

だが、オズヴァルドは噂を相手にしない、王城に出入りしていれば、力がそれなりにつく。そうなれば、噂をした者達を利用するか、絞めるかも選べると言っている。

なお、絞める具体的方法については、あまり確かめたくないところだ。

「ところで、メルカダンテさん、今後のために、早めに子犬を飼うことをお勧めしますよ」

「子犬、ですか？」

「ええ。しつけをしっかりすれば、よい忠犬になりますから。まあ、私はしつけを間違えまして、派手に手を噛《か》まれたことがありますがね」

おそらくは、若者を雇って忠誠心のある従業員にするとよいという勧め。

『しつけを間違えて手を噛まれた』のは、オズヴァルドが昔、最も信頼していた従業員と妻に駆け落ちされたことだろう。

高名《こうめい》なるゾーラ商会長のオズヴァルドでそれである。なんとも『しつけ』は難しいらしい。

いきなり犬の話になったので、他の二人がきょとんとしている。

「いやー、いいことを伺いました。この腹の太さ解消のために、考えてみようと思います」

イヴァーノの言葉に、四人そろって笑う。

だが、素直に笑ったのは、ダリヤだけだったかもしれない。

「では、ダリヤ嬢、お教えする際の条件について、隣室でご説明してもよろしいでしょうか？」

「独身女性と二人というのは……」

お前が言えることかという内容だが、渋い顔をしたヴォルフが言いかけた。

「ご心配でしたら、これに関する話し合いは次回とし、その間に『ダリヤ嬢に危害を加えない』と神殿契約を行ってもかまいませんが」

オズヴァルドの言葉に、イヴァーノとヴォルフが同時に固まった。

「いえ、結構です！　私がオズヴァルドさんのことは信頼していますので……あ」

「……ダリヤ？」

「ええと、そういう心配はまったくないので。なので、大丈夫です……」

慌てる中、ダリヤは以前の商業ギルドでの失言をはっきり思い出す。

『私がフォルトゥナート様を信頼しますので、すべてお任せします』――何気なく口にした言葉は、貴族的にはとんでもない意味合いだった。

『貴族の独身女性が言うと、自分の騎士に値するという意味で、敬愛の表現』

『女性貴族から男性へ、最初に二人で過ごす夜に言うのが流行《はや》った言葉』

そんなことは知らないと、誰に向かってかわからないが叫びたくなったほどだ。

どうぞ、オズヴァルドさんが気がつきませんように――ダリヤの必死の祈りが通じたか、彼は表情を変えずに立ち上がった。

「どうぞご心配なく。盗聴防止はかけさせて頂きますが、このドアは開けておきますので。十五分ほどダリヤ嬢を隣室にお預かりします」

その言葉に心底ほっとしたのは、ヴォルフか、イヴァーノか。

上品な銀狐《シルバーフォックス》を思わせる男は、ドアを開き、先にダリヤを通す。

ダリヤが部屋へと進む中、オズヴァルドが振り返った。

「……どうぞ、お任せください」

ささやきのように落とされた声は、おそらくはヴォルフにしか聞き取れず。

からかいを込めた男の笑顔が、そこにあった。


オズヴァルドがダリヤと隣室に行ってすぐ、第三夫人のエルメリンダがやってきた。

彼女に勧められたワインを断り、冷えた炭酸水を受け取ると、また部屋の外へと出ていった。

隣の部屋、オズヴァルドとダリヤが何かを話しているのはわかる。だが、盗聴防止の魔導具のせいで、会話の中身がまったくわからない。

「……ヴォルフ様、こちらもあります？」

「ああ、今かけた」

イヴァーノの問いかけに、ヴォルフが少し不機嫌な声で答える。

騎士服の下、こちらも盗聴防止の魔導具を起動したようだ。

「……似てましたね」

「似てないよ」

「目の色とか雰囲気とか、部分なら似てません？」

「似てない」

誰が誰に似ているのかを言っていないが、お互いに話は通じている。

オズヴァルドの妻達は、三人とも緑系の目だった。ダリヤと通じるものがある。

黄金の目を伏せ、さらに機嫌が悪くなった青年に、イヴァーノは苦笑を隠せなくなった。

「イヴァーノは、押されてたね」

「ええ。年季が違うどころか、格が違いますね。最近、うまくいったことがあったんで、少しうぬぼれてました。我が身を振り返るのにちょうどよかったです」

五十近いオズヴァルドには、三十代の自分は若僧らしい。先ほどのやりとりで、ただの一度も彼の表情を崩せず、逆にアドバイスまで受けてしまった。だが、ここまでくると悔しさもない。

ゾーラ商会長オズヴァルドは、魔導具師としてだけではなく、商売人としても一流らしい。

「ヴォルフ様は、からかわれてましたね」

「からかわれてた……？」

「ええ、たぶん」

イヴァーノとしては、自分も一緒にからかわれ、ひっかかったとは言いたくないところである。

最初はダリヤに気があるのかと警戒もしたが、途中から薄まった。彼女に注意する声はまるで教師で、まなざしは娘を見る父の目と似ていた。カルロを思い出した時点で、心配ないと思えた。

少なくとも、オズヴァルドがダリヤと敵対すること、意図して傷つけることはないだろう。

ただ、自分とヴォルフに関してはなんとも言えないが。

「どうして、からかわれるんだろう？　俺をからかって面白いことはないと思うんだけど」

「いえ、それは……」

『面白いですよ』と、危うく言いかけて口を閉じた。本人が気がついていないのか、それとも認めたくないのか、ダリヤへの心配度の高さは筒抜けだ。

「若人《わこうど》をからかいたいっていう感じじゃないですかね」

微妙にフォローになっていない気がするが、とりあえず話を流す。

「ところで、さっきの話ですけど。魔導具師の仕事がそんなに危ないなんて、初めて知りましたよ」

「多少は聞いてたけど、俺もあそこまでとは思わなかった……」

ヴォルフがじっと見つめるのは、左手の白金の腕輪だ。天狼《スコル》を付与したというそれは、かなり危険なものらしい。

だが、自分もヴォルフも、ダリヤに対して注意することはできず、対応策もわからない。

こうなると、彼女の安全のために、プロの魔導具師であるオズヴァルドに頼らざるを得ない。

「オズヴァルドの商会って、王城への出入りは長い？」

「ええ。二十年近くは出入りしてるはずですね。騎士団にも納品してますし」

元は子爵家の生まれでありながら、魔導具師として独立したオズヴァルド。

商会を立ち上げて成功させ、王城の出入り業者となり、男爵位を自力でとった。間もなく子爵位がとれるのではないかという噂もある。その見事な軌跡は、ダリヤになぞらせたいほどだ。

できれば、魔導具師の先生としてだけではなく、商会長の先輩としても、いろいろと教授してほしいところである。隣にいる青年は、多少、不安と悩みが深まるかもしれないが。

「知らないことが多すぎて、自分の無知さが嫌になるよ」

「でも、よかったじゃないですか。知らないことすらわからないと、失敗に気づかないままですし、何かあったときに対応できないですから」

「それはそうだけど……」

炭酸水を飲むヴォルフが、自棄《やけ》酒を飲んでいるように見えた。


客間から続く隣室は、隣とほぼ同じ造りだった。

テーブルをはさみ、向かい合わせに座ると、オズヴァルドがカフスボタンを取り外した。

「失礼、こちら、盗聴防止の魔導具です。起動させて頂きますね」

テーブルにのせられたそれは、赤く丸い宝石だ。起動の光も、魔力のゆらぎもない。言われなければ、盗聴防止の魔導具とは思えなかっただろう。貴族向けの隠蔽《いんぺい》効果が高いものかもしれない。

「条件を再確認しましょう。私が魔導具師として独立させても安心だと思えるレベルまでお教えします。内容は希少素材について、付与魔力値の増やし方、複合付与など一通り。報酬は金貨五十枚、あなたが一人前になってから利子なしの分割、ということでよろしいですか？」

「はい、お願いします」

「お教えする場所は私の作業場です。作業場では二人ですが、隣室に商会の方を待機させて頂いて結構です。こちらでも妻を待機させておきます」

「いろいろと申し訳ありません。私が男性であればよかったのですが」

「いえ、それだと私が言い出さなかったかもしれませんよ」

からかいだとわかるオズヴァルドの口調に、つい笑ってしまった。

「王城での作法を覚えた後で授業を始めましょう。お互いに商会も魔導具師の仕事もある身です。週に一度、三、四時間程度で、お互いの予定がつくときでよろしいでしょうか？」

「はい。こちらでできるかぎりお時間を合わせます。ただ……本当に、私が教えて頂いてよろしいのでしょうか？」

さきほど、オズヴァルドがこの話をしたときから、気になっていた。

ダリヤはオズヴァルドの弟子でも、ゾーラ商会員でもない。本来であれば、金貨五十枚でもありえない話だ。

「確かに、希少素材や特別な付与関係は、自分の弟子にしか教えないものです。でも、希少素材の付与などを間違えてあちらに逝《い》かれたら、あなたはカルロさんに雷を落とされるのではないですか？　私もあちらでカルロさんに嘆かれるのは避けたいですし」

「……本当にありがとうございます」

天狼《スコル》の付与の件があるので、否定できない。確かに、とんでもなく父に怒られそうだ。

そして、もう一つ、気になることがあった。

「あの、オズヴァルドさんのお弟子さんの方は、いいのですか？」

オズヴァルドの跡を継ぐ弟子が、ダリヤに教えることを不快に思うかもしれない。

もし、これで師匠と弟子の関係が悪くなったら謝っても謝りきれない。

「……情けないお話ですが、魔導具師としての弟子は三人とったのですが、どれもだめでして」

オズヴァルドの伏せた目に、あきらめが見えた気がする。

先ほどの礼儀作法のメモから考えるに、オズヴァルドの望むレベルが高すぎたのではないだろうか。ついていけずに辞めてしまったのかもしれない。

「それは……残念なことでした」

「ええ、本当に残念でした。それなりに育てたつもりでしたが、一人目は元妻と駆け落ち、二人目と三人目は今の妻達に言いより、叩《たた》き出されましたので」

「す、すみません、なんと申し上げていいか……」

前回の妻の駆け落ちに続き、今回も地雷を踏み抜いてしまったようだ。

弟子三人ともというのは、女難の相ならぬ、弟子難の相があるのではなかろうか。

「いえ、仕方がないことなのでしょう。うちの妻達は大変魅力的ですから」

慌てるダリヤに対し、オズヴァルドは艶やかにのろけてみせた。

「……あの、秘密保持はどのような形で行えばよろしいでしょう。神殿契約でしょうか？」

「いえ、神殿契約は必要ありません。教えた付与や使い方は、今後作るものにも活用して頂いて結構です。信頼できる助手に作業を手伝ってもらってもかまいませんし、あなたが弟子をとった場合はその方へ教えることも許可します。そこはダリヤ嬢の判断におまかせしましょう」

「大変ありがたいのですが、それでは対価が足りないのではないかと……」

「ロセッティ家にとって、カルロさんの知識の断絶は痛いはずです。それを補助できればと思います。かわりに、こちらからもお願いがありまして……」

オズヴァルドは言葉を途中で止めた。銀縁の眼鏡のむこう、銀の目がわずかに陰った。

「私にもしものことがあれば、息子に魔導具師としての教育をお願いできますか？　もちろん、私が受け取る同額をお支払いするよう書面にしておきます。イヴァーノさん達にもお伝えください」

「私が、息子さんの教育、ですか？」

「ええ、上の息子が高等学院の魔導具科に入りました。将来は一人前の魔導具師になりたいそうです。なので、万が一、私に何かあったときには、あなたに教えたこと、魔導具師として教えられることを息子に教えてやってください」

「オズヴァルドさん、まさか、お加減がよくないのですか？」

「いえ、いたって健康ですよ。ただ、年齢的に付与の辛《つら》いものも出てきました。天狼《スコル》の複合付与などは、油断するとあちらに逝きかねないですからね」

思わず病気の心配をしてしまったが、そうではなかったらしい。あっさりと天狼《スコル》の複合付与と言うあたり、魔力だけではなく、体力もありそうだ。そして、言われた内容も気にかかる。

「『複合付与』は、やはり難しいものでしょうか？」

「いろいろと方法がありますが、難易度が低いのは、間に魔封銀をはさむことですね」

「魔封銀、ですか？」

魔封銀は、主に魔封箱に使う特殊鉱の一つである。

だが、魔封銀はすでに魔法付与されたものの上からは使えないはずだ。

「ええ。付与した素材に重ねて付与するのではなく、連結部分に合わせて形を作ります。微細な魔力調整が必要になりますが、接合部を魔封銀でカバーし、『固定化』できれば可能です。少ない魔力であれば遮断できますよ」

「魔力がある程度強い場合は、どうでしょうか？」

「接合部に魔封銀をはさんだ上で、魔法を付与するときに方向付けをし、魔力が反発しないようにする方法があります。氷風扇も風と氷の複合付与ですが、方向を変えてそれぞれに付与し、途中の管から合わせる方法をとっていますので、似た感じですね」

目から鱗《うろこ》がぼろぼろ落ちる思いだ。

魔封銀を付与するのでも塗るのでもなく、その形で固定化する——できる範囲の技術なのに、一度も考えたことはなかった。

あっさりと説明してくれるオズヴァルドは、さすが、熟練の魔導具師である。

「あとは魔力防御の高い素材をはさむ方法もあります。こちらは希少素材を使うことになりますね。高魔力であれば、魔法で全体を包んで結界のようにし、その上に次の魔法をかける方法もあります。こちらはかなり魔力がいりますので、魔力の高い魔導師へ依頼する形になりますが」

そんなに高魔力の魔導具があるとは、とても興味深いが、ダリヤには今まで縁がない。

「いずれ実技の方でもやってみましょう。ああ、塔で『複合付与』をお試しになる際は、通常素材であれば問題はないと思います。ただ、もしやの備えに、同室に人をおくことをお勧めします」

「……はい、気をつけます」

塔に戻ったらすぐにでも試そう、じつはそう思っていた。完全に見透かされていたらしい。

「あなたの方が私より先にあちらに逝くことのないようにお願いしたいですね」

「あの、私は大丈夫ですので！」

「誰にでも『もしや』はありえますよ。備えておいて損はないでしょう。つなぎたかったものをつなげないのは、とても残念なことですから」

オズヴァルドの言葉に、魔導具師としての父を思い出す。

父であり師匠であるカルロの指導は、いつもていねいで優しかった。

わからないことは遠慮なくなんでも聞けたし、実技も魔力が続くかぎり何度でも行えた。素材も環境も、手の届く場所にすべてが整えられていた。

父から教えてもらえるということがどれだけ恵まれたことか、それが魔導具師を目指すのにどれだけ後押しになったか、気がついたのは大きくなってからだ。

だからこそ思う。オズヴァルドの息子も、本当は、父親から教わりたいのではないだろうか。そして、教わる方がいいのではないだろうか。

魔導具師を目指すならば高等学院在学中での弟子入りも多い。年齢的にはもういいはずだ。

「息子さんの件、お受け致します。でも、息子さんが高等学院に入られたのであれば、もうオズヴァルドさんがお教えになってもいいのではないでしょうか？」

「それが——思春期と言いますか、少々私は避けられておりまして。今は学院の寄宿舎におります。自宅の方にはなかなか帰ってきませんで」

「反抗期でしょうか。男の子はよくあると言いますし……」

「そうですね。父の三人目の妻が自分と十歳ちょっとしか違わないとなれば、顔も合わせづらくなるのでしょう」

あっさり言われたが、どんな返事をしていいのか、まるでわからない。

確かに、少年にとっては理解の難しいこともあるだろう。

自分が同じ立場で、自分と十歳ほど違う女性が父に嫁いだと考えてみる——緑の塔で一緒に暮らすのは厳しいかもしれない。話すのもちょっと気を使いそうだ。

想像して、ますます何も言えなくなっていると、オズヴァルドが浅く息を吐いた。

「時間が解決してくれるのを祈るばかりです。いつか、息子と蠍酒《スコルピオ》を一緒に飲めたらと思ってはいるんですがね」

「蠍酒《スコルピオ》、ですか」

蠍酒《スコルピオ》は、蠍《さそり》を瓶の底に沈めた、強い酒である。

ダリヤは見た目からちょっと敬遠していたが、マルチェラが挑戦したときに、少しだけもらったことがある。酒自体はウォッカそのままの味で、蠍らしい匂いもなかったが。

「ええ、なかなか同好の士がいないのですよ。妻達もワインとエール派ですし。友人達も同じです。たまには蠍酒《スコルピオ》が好きな男性とゆっくり飲みたいのですが」

ワインの似合いそうなオズヴァルドだが、意外に強い酒が好きらしい。

だが、思い返してもダリヤの周囲で、蠍酒《スコルピオ》を愛好する者はいない。

マルチェラならあっさり飲みそうだが、オズヴァルドと話が合うとは到底思えない。

「それにしても、ダリヤ嬢にお教えできるのはうれしいことです。あちらに逝ったら、カルロさんに自慢させて頂きましょう」

「私がオズヴァルドさんの弟子になったと、ですか？」

「いえ、それは光栄ですが遠慮します。あなたに『オズヴァルドの弟子』と名乗られた日には、カルロさんから四大要素の魔石を、樽《たる》で投げつけられる自信がありますので」

大げさな冗談に笑ってしまった。そんな樽を投げつけられた日には、本人が四散してしまう。

「父なら、少し不機嫌になっても、その後は笑って流すと思います」

「これに関しては、絶対にありえませんね。それに、カルロさんの学院生の頃のあだ名は、『暴風雨《ウラガーノ》』でしたし」

「『暴風雨《ウラガーノ》』……父が、ですか？」

『暴風雨《ウラガーノ》』といえば、破天荒な人物の代名詞だ。

まさか、父は若かりし頃、そんな性格だったのだろうか。自分の思い出の父と重ならず、どうにも想像できない。

「ええ。カルロさんは、普段は穏やかで頼れる先輩でしたが、魔導具関係のこととなると、本当に『暴風雨《ウラガーノ》』でした……」

オズヴァルドの目が、妙なほど遠くを見ている。

「魔導具研究会で、建造物を洗う洗浄機を作ると言って、水の魔石と風の魔石を二桁使い、四列直結組で放水器を作りましてね。学院の壁に大穴を開けたことがありますよ」

「魔石二桁で四列直結組……」

最近、尊敬度がかなり上がっていた父だが、あえて言う——完全におかしい。

一列直結組は、複数の魔石を増幅し合うように組み立てるものだ。前世の電池で言うなら直列つなぎである。力が思いきり上がるかわり、魔力の持続時間は短くなる。

一列直結組ならば、まだわかる。学院の実習でも、水の魔石と風の魔石を二個ずつ使い、それぞれを一列直結組で二列にした魔導回路を作った。大体薄い石板を砕くくらいの威力だったのを覚えている。

だが、魔石を二桁使った四列つなぎとは、一体何だ？　魔石を二桁使い、四列つなぎにしたら、壁の洗浄どころか、岩でも砕けるだろう。それを壁に向けたら、どう考えても大破壊にしかならないではないか。なぜ、作る前、実行する前に考えない？

「……父は、何を考えていたんでしょうか？」

「『やってみたかっただけ』とおっしゃっていました。当時の魔導具研究会も研究熱心すぎる者がそろっておりまして、誰も止めませんでした。むしろ皆、嬉々《きき》として魔石を集めてきましたね」

『やってみたかっただけ』という言葉に頭痛がした。その頃の魔導具研究会の仲間も大概である。

しかし、その内容について、なぜ目の前の男がこんなにも詳しいのだろう。

「オズヴァルドさんは、その……」

「ええ、私も魔導具研究会におりました。当時は素材担当でしたね」

オズヴァルドは悪戯っぽい笑みを浮かべている。この男も一切止めなかったようだ。むしろ素材担当として、今と同じ笑顔で背中を押したのではないかという気さえしてきた。

「そんなことをして、父は停学とか、何か処分を受けなかったんでしょうか？」

「いえ、特には。魔導具研究会の連帯責任ですし、高位貴族の子弟が何人かいたので、修理費用の弁済も問題ありませんでした。何より、顧問の教授がかばってくれましたので」

「……それって、もしかして、リーナ・ラウレン先生でしょうか？」

「ええ、ご存じでしたか」

「学院卒業後に、しばらく助手を務めさせて頂きました」

ダリヤが学院卒業後、二年ほど助手をしていた高齢の女性教授である。

魔導具研究会でもお世話になっていたのだが、まさか父と自分、二人共がお世話になっていたとは思わなかった。父からもリーナからも、一言も聞かされなかった。

父がリーナに対してだけは、毎回とてもていねいな敬語で話していたのも覚えている。

リーナが男爵の妻で、娘である自分が世話になっているせいだと思っていたが、重い恩義があったようだ。

「壁に大穴を開けて、準備室を半壊させましたから。リーナ先生にはあちこちに謝って頂きましたよ……カルロさんは、大きな借りができたと言っていました。他の人に貸しを作るようになったのは、リーナ先生のこともあったのかもしれませんね」

「父がそんなことをしていたとは、まったく知りませんでした……」

温厚で優しく、自分が危ないことをしようとすれば止めた父。

その父の方が自分より危ないことをしていたという話は、少しばかりおかしくもある。

自分の魔導具の試作好き、挑戦好きな気質は、父譲りなのだろう。ひょっとすると、話したことのない祖父譲りかもしれない。祖母の性格がどうだったのかも、少し気になる。

皆、もう少し長生きしてほしかった。

「しかし、驚きました。カルロさんはあなたの前では、ずいぶんと大人しい、いいお父様だったようですね。あちらでからかういいネタができました……」

いつもの整った笑顔ではない。顔を傾け、くつくつと笑うオズヴァルドは、ひどく悪人っぽい。

「オズヴァルドさん、父をからかいに逝くのは、まだまだ早いです」

「大変失礼しました」

そんなに早く向こうに逝かないでほしい、笑ってその話をされるのも苦手だ。

魔導具師としてもまだまだ現役、妻三人、子供さんもいるのだ。できるかぎり長生きし、活躍してほしい。

「どうか、お体に気をつけてお過ごしください」

「ええ、十分に気をつけています。妻達と子供に度々言われていますから……」

苦笑した男は、まちがいなく夫であり父の顔をしていた。

◆◆◆◆◆◆

「『緑の塔の姫君』にようやくお会いできました。とても魅力的な方ですね」

店の前、ダリヤ達の帰りの馬車を見送ったエルメリンダが、オズヴァルドに振り返った。

『緑の塔の姫君』とは、ダリヤのことだ。

妻達にはすでに話している。

若かりし頃、元妻に従業員と駆け落ちされたこと、店をたたむか死ぬかと迷ったこと、そこでダリヤの父であるカルロに救われたこと、彼の家である緑の塔で小さな姫君に会ったこと――それは昔話ではなく、今も続く『借り』だと。

「ええ。前回お会いしたときよりも、お美しくなられていましたね」

一ヶ月ぶりに会ったダリヤは、思いがけぬほど華やぎを増していた。

若い世代というのは、想《おも》いや熱意をきっかけに、急激に変身することがある。年齢が上がるにつれ見えるようになったそれは、なんともまぶしいものだ。

「さて、家に帰るとしましょうか。今夜はワインを飲みながら、夜空を見る約束でしたね」

「お仕事でしたら、また今度にして頂いてもよろしかったのですが……」

「私は約束を守ると決めています。妻との約束を後回しにしていいのは人命がかかったときと、王城の緊急呼び出しがあったときぐらいです」

言い切ったオズヴァルドに、エルメリンダがとてもうれしげに笑んだ。

だが、その笑みが永遠ではないことを、自分はよく知っている。

貴族向けの魔導具店の店主、王城へ出入りのある商会長、男爵の地位――若いときと比べ、肩書きだけは増えたが、大切な者をつなぎ止められるかどうかはまた別の話だ。

若き頃、元妻に弟子と出ていかれたのは、青天の霹靂《へきれき》だった。死ぬまでの愛を誓った妻が自分を捨てるのも、店を任せるほど信頼していた弟子が裏切るのも、砂の粒ほども考えたことはなかった。

カルロのおかげで立ち直り、再婚もした、弟子もとった。

しかし、続く弟子二人もまた、妻に言いよった。

妻達が魅力的なのか、あるいは、自分が妻達を不幸にしているように見えたのか。いや、何より自分に足りないと思われるところがあるのだろう、そう思えた。

だから、考えられること、できることをただひたすらにやってきた。

夫らしく、店主らしく、商会長らしく、男爵らしく、男らしく――その背伸びはいつしか、板についたらしい。それなりに、成功者としての名声と賞賛を得ている。

だが、妻達を幸せにし、ずっと隣にあり続けることに関しては、いまだ正解がわからない。

これに関しては妻達にも吐けぬ弱音だが――カルロが生きていたら、相談できただろうか。


「……旦那様、ロセッティ商会長を、第四夫人にお考えですか？」

「まさか」

いつの間にか昔を反芻《はんすう》していた自分に、エルメリンダがまっすぐ聞いてきた。

すぐ否定したが、その萌葱色の目は、少しばかり疑いを込めている。

「ロセッティ商会長は、旦那様の好みのタイプかと思いますが？」

「好みかそうでないかで言えば、確かに範囲かもしれませんが、さすがに。あの世で友人に殴られたくはないですし、この世で黒毛の大型犬に噛み殺されるのもごめんです」

「まあ……」

エルメリンダは大きく笑った。ヴォルフを大型犬にたとえたのが、ツボにはまったらしい。

「エルはどうです？　『王都一の美青年』は。今日は眼鏡をかけておられましたが、店に来たときに何度か見かけていますよね？」

妻の名前を愛称で呼びながら、ヴォルフについて尋ねてみる。

しかし、エルメリンダはつまらなさげに首を横に振った。

「好みの範囲にありません。せめて銀髪で銀の目で、ずっと年上でないと」

「ずいぶんと狭い範囲ですが、その趣味をありがたく思いますよ」

妻のまっすぐな切り返しに、オズヴァルドは白旗を上げた。

「そういえば、お見送りのとき、旦那様をだいぶ警戒されていたようですが？」

「ええ、少しばかり。若者をからかうのが楽しかったもので」

「あまりやりすぎると、恨まれますよ」

「王都随一の美青年に恨まれる……望むところですね。あなた達の夫ですから、せめてそれくらいでないと」

「もう、旦那様ときたら……本当に子供なんですから」

次に笑わせられたのは、自分だった。

二十歳以上年下の妻に子供扱いされても、これに関しては反論がない。

「でも……もしも、『緑の塔の姫君』が旦那様に想いをよせたら、どうなさいますか？」

「前向きに検討させて頂きますが、それは絶対にありえないことですよ」

ヴォルフが身につけていた、妖精結晶の眼鏡と天狼《スコル》の腕輪。

あの二つを、魔力も技術も足りないダリヤが作りきれたのはなぜか、確かめるまでもない。

ただ、それでも想われている自覚のなさそうな青年については、少々、背中に蹴りを入れたくなった。その後、ダリヤの隣で、笑顔で観察する方が、より面白そうだと気づいたが。

「旦那様の『ありえない』というのは、あまりあてにならないものだそうですが」

「それは、カテリーナですか、それともフィオレが？」

「お二方ともです。第三夫人はありえないと言っていたあなたが、私を拾ってくださいましたので」

「それに関してはあなたの魅力ですよ。拾ったなどとは思っていません。愛を捧《ささ》げて、妻として来て頂いたのですから」

「ありがとうございます。でも、旦那様が望むなら、もう一人増えても、私はかまいませんよ」

ゆらぎのない萌葱色の目は、ダリヤとは違う。エルメリンダのそれは、自分への熱がこもった、代わりのきかないものだ。カテリーナの翠緑《すいりょく》も、フィオレの若葉色もそれは同じで――

これ以上を望むのは、愚か者のすることだろう。

「いいえ。愛情は与える方も、もらう方も、十分に間に合っておりますので」

「そうですか？　私は……まだまだ足りないのですけれど」

女の蠱惑的《こわくてき》な笑みに、オズヴァルドは心から笑い返した。

「誠心誠意、努力することに致しましょう」

ひき肉のラビオリもどきと魔女の家

緑の塔へ帰る馬車の中は、ヴォルフとダリヤの二人になっていた。

魔導具店『女神の右目』から帰る途中、イヴァーノの家が通り道だったので、先に降ろした。

『商業ギルドに戻って少しだけ残業を』と言う彼の希望については、全力で却下した。

「ヴォルフは、これから予定がありますか？」

「特にないよ。本当は君を食事に誘うつもりだったんだけど、着替えを兵舎に忘れてきてしまって」

「すみません、お仕事があった日に無理をさせて……」

隊の鍛錬が終わってすぐ、急いで来てくれたのだろう。普段ならもう夕食の時間のはずだ。

「ヴォルフさえよければ、もう一度、遠征用コンロを試してもらえませんか？　フェルモさんとまた材質を変更して、ほんの少し軽くなったんです。お料理は作りおきがあるので」

「いつもありがとう、喜んでうかがうよ」

遠征用コンロの話をしたせいか、いつも迷惑ではないかと気にするヴォルフが、今日は素直にうなずいてくれた。

ダリヤはほっとして、夕食のメニューを頭の中で確認しはじめた。

塔に戻ると、玄関の魔導ランタンを灯《とも》し、二階に向かう。

石の階段を慎重に上っていたところ、ヴォルフが魔導ランタンを持ってくれた。いつもよりはるかに高い場所からの光が、ダリヤの足元を明るく照らす。

『這《は》い寄る魔剣』を作った日以来、少しだけ暗さが気になっていた自分としては少しうれしい。

二階の居間で二つの魔導ランプをつけると、部屋はかなり明るくなる。だが、窓を開け、冷風扇のスイッチを入れても、むわりとした暑さはしばらく抜けそうにない。

ヴォルフにおしぼりと白ワインを渡すと、自室に行って急いで部屋着に着替えた。さすがに仕事用の服で料理はできない。今日予定しているメニューではなおさらだ。

ふと思い出し、クローゼットの奥を探してから、二階に戻った。

「ヴォルフ、そのシャツ、汚すとまずいですよね？」

「替えはあるから平気だよ」

騎士服は脱いだものの、その下のシャツは白である。しかも、色つき食材がとんだ日には、洗濯屋が泣くことまちがいなしのシルクホワイトだ。

「よかったら、こちらをどうぞ。まだ袖は通していませんので」

「これって、誰の……？」

ヴォルフに渡したのは、夏用の黒いTシャツだ。彼のサイズより、おそらく一つ大きい。

不可解そうに見ている彼に、あまり言いたくない説明をする。

「……私のです。寝るとき涼しいので。あ、でもそれはまだ着てませんよ！　買いおきの新品です」

「助かる。じつは汗だくだったんだ……」

ヴォルフが片腕を少し上げると、汗がかなり広がっているのが見えた。そもそも上下とも夏服ではないのだ。暑くて当たり前だろう。

「やっぱり夏向けの騎士服が欲しいですね」

「真夏は数回着るかどうかなんだけど。暑い季節に式典があると、背中にタオルを入れて、仲間内でいかに涼しい顔をするかを競ってる」

「それ、なんの修行ですか？」

「平常心とか気合いあたりかな。終わってから、表情を崩した奴か、一番汗をかいた奴が酒をおごる。けっこう盛り上がるよ」

「なるほど、そこまでがセットなんですね」

「ああ、そうでもしないとやってられない」

げんなりとした顔に、炎天下の式典にオールシーズン服で参加する過酷さがうかがえた。そんな服で、本当に熱中症にならないか心配だ。

「こう、なにか涼しくする魔導具があればいいですね」

「そうだね。昔、氷の魔石を背負って、背中がしもやけになった先輩がいるって聞いたけど」

「……本人が凍らなくてよかったです」

暑さ故に極端な方向にいく人も出るらしい。

氷の魔石は出力が高く、持続時間は短めなので、単体で使うのはなかなか難しいのだ。

前回の魔剣作りで、ヴォルフの手を短剣ごと凍らせてしまったダリヤは、かなり反省していた。

「魔物討伐部隊の予算って、厳しいんですか？」

「それなりにはあると思うけど、どこも経費削減と言われるのは一緒だよね。めったに着ない服よりは、武器とか遠征費用にかけたいだろうし」

「遠征用コンロを、なるべくお手頃にするようにがんばらせて頂きます」

「遠征の食生活改善のために、どうぞよろしくお願いします」

わざと仕事用口調で言い、くすりと笑い合った。


ヴォルフにはそのまま着替えてもらうことにし、ダリヤは台所へ移動した。

改良した遠征用コンロ二台と、冷蔵庫に入れていたトレイを出す。同じく冷やしていたキャベツと大根と人参《にんじん》の浅漬けは水気を切り、どかりと皿に盛った。

エールを冷蔵庫から出していたら、ヴォルフがやってきたので、居間へと運んでもらう。

「これ、ラビオリ？　変わった形だね」

「ええと、『ひき肉のラビオリもどき』ですね。小麦粉で皮を作って、中に豚ひき肉と野菜を合わせたものを入れています」

トレイの中に並ぶものを『ひき肉のラビオリもどき』と説明しているが、実際は、前世の『ギョウザ』である。しかし、こちらに同じものはないので、類似のラビオリで説明する方が早い。

王都のラビオリの種類は豊富だ。

ひき肉と野菜、チーズを入れたスタンダードなものから、魚介類、野菜だけのヘルシーなもの、果物やジャムを入れたお菓子風のものもある。ソースもいろいろとあって、トマトやチーズはもちろん、バジルやチリソースのようなもの、甘いタレなどもそろっている。

食料品店では、瓶詰めのソースや、ラビオリの乾燥皮も売っているほど、ごく当たり前の料理だ。

だが、ギョウザは、ギョウザである。

午後に時間が空いたので、強力粉と薄力粉を半々に、気合いを入れて練った。その後、生地を円状にし、ひたすら薄くして皮を作った。

ギョウザは、父が好きなメニューの一つだったので、ある程度は作り慣れている。

ヴォルフがもし来れば出そう、来なければ冷凍してストックにすればいい。そう思いながら、ひき肉とニラ、キャベツなどのスタンダードな具と、エビと玉ねぎ、キャベツを入れたものの二種類を作った。

そして、ひたすらに包み、トレイに並べて気がついた。あきらかに量が多すぎる。冷凍室には入りきらず、ヴォルフが来ない場合、しばらくはギョウザを食べ続けなければいけない量だった。

今日来てもらって、本当によかった。

「ひき肉のラビオリもどき……なんだかおいしそうだね」

すでに期待満々のヴォルフが、ちょっと心配である。

だが、それをひとまず横におき、改良型の遠征用コンロを机に二つ並べた。

フェルモ達との打ち合わせのときのものより、鍋部分は少し大きくなったが、小型魔導コンロよりはかなり小さく、軽い。

あの打ち合わせの翌日から、ダリヤはクズ魔鋼で鍋を作って蛇腹をつける作業に取りかかった。フタにもなるフライパンは、何パターンかを作り、フェルモに表面加工をしてもらった後、台所でひたすらに試した。大変に滑りのいいフライパンとなり、焼き肉はもちろん、きれいなオムレツが余裕で焼けた。フェルモの妻にも試してもらったが、大変喜んでいたという。

コンロ本体も見た目はあまり変わっていないが、さらに改良した。

ひっくり返りにくいように、重心をより下によせ、安定性のため、グミのような実で作ったグミ足を八本つけた。このおかげで、多少斜めの土台でも滑らない。

火の魔石用の反射材は設計上は安全だが、さらに足した。これは『凍《こご》えし魔剣』のときに、ヴォルフの手を凍らせた教訓である。

使用者が予想外の力をかけたり、下に燃えやすいものがあったりすることも考慮した。移動中に誤って点火してしまうことが絶対にないよう、ロック機能もさらに強化した。

今のところ、できることはやりきったと言える一品だ。

「じゃ、始めますね」

鍋にギョウザをセットし、点火する。その後、熱が上がってきたところで、水をカップ半分ほど入れ、フタ代わりのフライパンを置いた。

「水はそれだけ？」

「ええ、蒸し焼きにするので。このまま五分ほど待ちます」

鍋に熱い視線を送るヴォルフのグラスに、そっと赤エールを注いだ。

「待っている間に乾杯しましょうか？」

「そうだね。今日はダリヤかな」

「ええと、王城向けの礼儀作法がうまく覚えられることと、明日の幸運を願って、乾杯」

「ロセッティ商会の繁栄と、明日の幸運を願って、乾杯」

グラスを合わせて飲む赤エールは、少し酸味が強めの、しっかりした味だ。喉に当たる炭酸の爽やかさの後、果物に似た酸味がわずかに舌に残る。

香りの立ち上りが少ないのは、少しばかり冷やしすぎたからだろう。

でも、喉が渇いているときにはこれくらい冷たい方がいい。二杯目か三杯目、少しぬるくなってから香りを味わえばいいと思ってしまうのは、酒好きの性《さが》かもしれないが。

飲んでいるうちに、時間が過ぎたので、そっとフタを外す。ギョウザがちょうどよく蒸されたのを確認し、そのまま待つことにした。

「しばらく待って、焼き目をつけますね」

水分が飛び、焦げ目がつくのを待っていると、ヴォルフが大変微妙な顔になった。

「ええと、ダリヤ……」

「大丈夫です、こういうものなので」

鍋の形に一体化したラビオリ、きつね色に染まっていく皮、周囲に広がるパリパリに焦げたハネ――ラビオリとして見れば、大失敗したとしか見えないのはよくわかる。

ようやくいい色合いになったギョウザを皿に移し、ヴォルフの前に調味料を置く。

ソースを作る時間がないので、塩とコショウ、酢、唐辛子を漬け込んだ油、魚醤《ぎょしょう》、トマトソース、粉チーズを並べた。ギョウザ自体が一般的ではないので、とりあえず一通りそろえた感じだ。

「これ、それなりに味はついていますけれど、好みで使ってください」

「あ、ああ……」

ヴォルフの緊張がわかったので、先に食べることにした。

くっついているギョウザを箸で分け、酢、唐辛子入り油、魚醤を入れた小皿に半分浸す。

一つの半分ほどを噛《か》みとると、蒸された肉と野菜の混じったいい味が、熱とともに口内にふわりと広がった。

そのまま噛みしめると、皮の柔らかさと焼けた部分の固さ、そして、ハネのカリカリしたところと、食感が変わっていくのが楽しい。少し皮が厚めにも思えるが、おかずではなく、これ自体がメインと思えば、ちょうどいいかもしれない。

熱々のギョウザに舌鼓を打った後、冷えた赤エールを一息に飲む。これほど完璧な組み合わせはなかなかない。

前世でもギョウザとビールの組み合わせが好きだった。今世でもつくづく合う組み合わせである。

次のギョウザに箸を伸ばす前に、向かいのヴォルフに視線を向けた。

目をつむり、幸せそうにひたすら咀嚼《そしゃく》している彼を見ると、聞く前からわかってしまった。

泡だけになっていたグラスに、無言でそっと赤エールを注いでおく。

「これ、とってもおいしい……なにか特別なお肉？」

「いえ、安売りの豚ひき肉と普通の野菜です」

「どこかのお店で出してる？」

「外国だとあるかもしれません。国内のお店では、すいません、ちょっとわかりません」

「なんだろう、ここに来ると知らない料理がよく出てきて、知ってる料理もすごくおいしいとか……まるで『森の魔女の家』だよね」

『森の魔女の家』とは、子供向けでよく知られた絵本だ。

夕食まで時間があり、お腹をすかせた少年が、親から行くなと言われている森に入り、小さな家を見つける。知らない人の家に入ってはいけないと教えられていたのに、いい香りにつられて入ってしまう。そして、そこに住んでいる魔女から、見たことも聞いたこともないおいしい料理を次々とご馳走《ちそう》になる。やがて、少年は魔女に礼を言って帰ろうとして、ドアから出られなくなっている自分に気づく――それで物語は終わりである。

親の言うことを守れということか、食べすぎるなということか、教訓が微妙にわからない。

「そうなると、ヴォルフは、まるまる太るまで食べさせられる少年の役ですか？」

「そうして魔女の家から出られなくなるんだよね。俺があれぐらい丸くなったら、まちがいなく魔物の餌だけど」

「その前に、塔のドアから出られなくなるんで大丈夫ですよ」

『森の魔女の家』の最後のページは、ドアを通れぬ大きな球体の少年で終わる。あれは食べすぎた姿ではなく、魔女によってまったく別のものに変えられたとしか見えない。

「……俺、いっそまるまると太るべき？」

「ヴォルフは食べても太らないタイプでしたよね」

笑って話をしつつ、最初の皿をカラにした。

「追加を焼きますので、それまでにこちらをどうぞ」

「ありがとう。頂きます」

勧めた浅漬けをパリパリ食べているヴォルフは、年齢より若く見える。こちらも咀嚼回数が多いので、それなりに気に入ったのだろう。

「これもおいしい……塩漬けはよく食べるんだけど、違うね。なんだろう、この香り……合うよね」

「柚子《ゆず》です」

「柚子か。合わせるとこんなふうになるんだ。柚子っていうと、ホワイトリカーに浸《つ》かってるイメージが強くて」

「柚子酒ですか。そっちもいいですね。ヴォルフは柚子酒は飲みます？」

「冬にお湯で割ったのを飲むことがある。温まるよね」

冬用に、ホワイトリカーに柚子と氷砂糖をたっぷり入れて作るのもいいかもしれない。

お湯割りにした柚子酒なら、香油浸けのヒラメあたりと合わせてみたいところだ。本当は味噌《みそ》の利いた鍋などもいいのだけれど、残念ながら今世、この国で見かけたことはない。

追加で種類違いのギョウザを焼いていると、ヴォルフが妙なほどじっと鍋を見ていた。

「……これ、干したら遠征に持っていけないだろうか？」

「それはちょっと厳しいかと。冷凍すれば別ですが」

ギョウザを干したら、まちがいなく腐る。

あと、遠征先で冷凍ギョウザを焼くというのも、なにかが違う気がする。

「もう『ラビオリもどき』と呼ぶのが失礼に思えてきた……形からすると、『木の葉包み』？」

「あれ、実際に木の葉で包んだ料理ってありますよね？」

「あるね。難しいな……」

真面目に悩む彼に、少しばかり申し訳なくなった。この料理に関しては、素直に名前を出してもいいかもしれない。

「父が呼んでいたので……『ギョウザ』で、いいですか？」

「ああ、なんだかおいしさがぎゅっとつまった感じでいいね。『ギョウザ』か」

新しく焼き上がったギョウザを勧めると、ヴォルフは礼を言って、口に運んだ。

一度固まり、またも長く長く咀嚼、続けてエールをごくりと飲んでいる。

息を吐き、余韻に浸るところまでを見届けると、こらえきれずに笑ってしまった。

「ダリヤ……」

「何でしょう？」

こちらに気がついたヴォルフが、箸を止めた。左手はしっかり赤エールのグラスを握ったままだ。

「こっちもすごくおいしいんだけど、中身は、エビ？」

「ええ、エビと野菜を合わせたものです。今日は二種類作ったので。どっちが好みです？」

「なに、その難しい選択？」

「迷うなら両方交互に焼きますよ。まだたくさんありますので」

「両方おいしいし、すごくうれしいんだけど、これ、どっちっていうのは迷うよ……」

「わかりました。次回には違う種類を作ってみますね。鶏肉とか、野菜メインとか、チーズバージョンなんかもありますので」

「君は俺をどこまで迷わせれば気が済むのか……」

黄金の目を細めて悩むヴォルフが、大変楽しい。

次のトレイのギョウザは、下味を変えてピリ辛にしているのだが、黙って焼くことにしよう。

そのうちに、揚げギョウザや水ギョウザを出してみるのもいいかもしれない。

「……やっぱり、『森の魔女の家』になりそうだよ」

ため息とともにこぼされた言葉に、ダリヤは大きく笑った。


ギョウザとエールがよほどお気に召したらしい。お腹を少しばかり膨らませたヴォルフが、だらんとソファーにもたれていた。食後のライオンのような無防備な姿に、ダリヤは笑いをかみ殺す。

「すごくおいしかった。ギョウザとエールも無限連鎖になるんだね……」

「気に入って頂けてよかったです」

「俺、このままだとホントにまん丸になるんじゃないかって気がする……」

ヴォルフがまん丸になったら、今より平和な毎日が送れるかもしれないが、仕事的にはまずいだろう。跳べなくなって魔物にかじられても困る。

部屋にはまだギョウザの匂いが残っている。冷風扇の風を一段強めにし、二人で出かけたときに買ってきた酒器を出した。透明なガラス地に、赤と濃紺の線がそれぞれに入ったぐい呑《の》みだ。

ぽってりとしたその器に、大きい氷を一つ入れ、東酒《あずまざけ》を注ぎ入れる。

それをソファー前のローテーブルに並べ、自分も腰を下ろした。

「ダリヤ、まだ落ち込んでる？」

「ええと……少し」

食事は楽しくしていたし、今もそれほど考えていたわけではないが、ヴォルフにはお見通しだったらしい。黄金の目が少しだけ細められ、自分をひどく心配している。

「やっぱり、今日のことだよね……」

「ええ。つくづく自分が力足らずだとわかりました。魔導具師として、いつか父を超えたいって夢見てたんですけど……まだまだ遠いですね」

自分のうぬぼれと未熟さがわかったのはありがたいことだが、やはり痛くもある。

父が生きていれば教えてもらえたのに――そう頭のどこかで考えてしまう自分が、なんとも情けない。これでは、父は安眠できないだろうし、教えてくれるオズヴァルドにも失礼だ。

「今日、言われてすぐ決めてたけど……ダリヤは、オズヴァルドに師事するのは平気？」

「ええ、父から教えられていないことがだいぶあったので、本当に助かります」

「他の魔導具師では無理なんだろうか？」

「そうですね。私が知っている魔導具師で一番すごいと思っていたのが父でしたし……今、知っている中では、オズヴァルドさんが一番だと思います。それに、自分の弟子でもないのに教えてくださる方というのは、まずいないですから」

王城内であればよりすごい魔導具師もいるだろうし、魔導師で魔導具を作る者には、特定方面に特化した技術があるかもしれない。

だが、ダリヤはそういった魔導具師に知り合いはいない。いたとしても、やはり自分の弟子以外に教えてくれる者はいないだろう。

「それに、どうしても教わりたいことがあったので……」

「そんなに大事なこと？」

「オズヴァルドさんから『複合付与』について教えてもらえれば、人工魔剣の制作がもっと進むかもしれないじゃないですか。剣に魔法の重ねづけができるようになるかもしれません」

「あ！　そういえば……」

「それに、付与魔力値が増やせたら、私でももう少し威力がある魔剣を作れるかもしれないですし。魔導具の開発ももっと幅が広がるんじゃないかと――そう思ったら、すぐ返事をしてしまいました」

ヴォルフの表情が陰り、視線が下がった。

授業料の金貨五十枚は、確かに大金だ。自分の貯金から出すつもりだが、本来であれば商会のイヴァーノと相談してから決めるべきことだったろう。慎重さが足りないと思われてもしょうがない。

「……ダリヤ、無理してない？」

「きちんと聞いてきますから大丈夫です。できない作業で無理はしませんし、危ない付与もしませんよ。申し訳ないですが、妖精結晶の眼鏡はしばらく待ってもらうことになってしまいますが……」

「いや、それはいつでもかまわない。それより、俺は……オズヴァルドの方が心配なんだけど」

「ええ、オズヴァルドさんも、年齢的に付与が大変なことはあるそうです。でも、私よりかなり魔力量は多いと思うので」

魔導具師として現役のオズヴァルドだが、年齢による体力の衰えについては本人も言っていた。希少素材の魔法付与などを教えるとなれば、ヴォルフが彼を心配するのもわかる。

だから、ダリヤはオズヴァルド側の理由も告げることにした。

「その、オズヴァルドさんからも、依頼がありまして。息子さんが、高等学院の魔導具科にいらっしゃるそうです。それで……もし、自分に万が一のことがあったら、私に教えたことを息子さんに教えてほしいと。うちの父のように突然ということもあるから、と」

「そういうことだったのか……」

「ええ。父も急でしたから……」

「確かに魔導具師同士でなければ無理だね。あれ？　オズヴァルドに弟子っていないいんだろうか？」

「今は助手の方だけだそうです」

前回の『妻が店の従業員と駆け落ち』も言えなかったが、今回の『弟子が妻に言いよったのでクビ』もやはり言えない。

オズヴァルドの弟子運の悪さは、もしかすると、妻運の良さと正比例しているのではあるまいか。

そんなことを考えてしまい、慌てて打ち消した。

「オズヴァルドは、やっぱり息子に継いでもらいたいんだろうね」

「そうだと思います。うちの父は、弟子二人ともが継がないうちに逝《い》ってしまったので……」

言いかけたとき、ぐい呑みの氷が、からんと音を立てた。

ぐい呑みを手に取れば、冷えたガラスの上を透明な滴《しずく》がつたっている。そっと口をつけると、唇を冷やすほどに冷たい酒が流れ込んできた。薄められ、香りも少なくなってはいるが、その分、味は和らいで喉の渇きを止めてくれる。

少しばかり食べすぎた夕食の後に、よく合う味だった。

「……なんだか、俺の母も向こうで『教えきっていない』とか、言ってる気がしてきた」

同じように飲んでいたヴォルフも、何かを思い出したようである。少しだけ苦笑している彼に、つい尋ねてしまった。

「教えてもらってないことに、心あたりがあるんですか？」

「母がメインでやってた護衛術とか、対人剣技はあんまりやってない。魔物向けの演習はしてるけど……やっぱりそっちも覚えた方がいいのかもしれない」

「護衛術や対人剣技って、覚えておく方がいいものです？」

「そうだね。対人戦はあまりないから後回しにしてたけど、考えてみれば、人型の魔物もいるから、役立つかもしれない」

「人型の魔物？」

「ゾンビとかオーガ。首無鎧《デュラハン》は首がないけど、一応人型かな。あとは大きいけど、一つ目巨人《サイクロプス》もそうなるよね」

どれも確かに人型ではあるが、本当に対人剣技でいいものか、ダリヤには想像がつかない。

ゾンビに致死ラインはあるのか、首無鎧《デュラハン》の急所はどこなのか、あと、一つ目巨人《サイクロプス》は、人型ではあるが、あまりに大きさが違いすぎると思う。

「……魔物って、種類が多いですよね」

「変異種もいるからね。見た目じゃわからないこともあるし」

魔物の厄介なところはこれである。

地域によって特化した変異種がいたり、特別に進化する個体もある。見てすぐにわかればいいが、外観は変わらず、戦ってみないとわからない、魔法を使ってくるまでわからないことも少なくない。

魔物討伐が大変なのは、こういった不確定要素も含まれるからだ。


「この前の紫の二角獣《バイコーン》だけど、魔法防御がすごく高いんだって。オズヴァルドなら付与したときの効果がわかるかもしれない。ダリヤは前、二角獣《バイコーン》の角が欲しいって言ってたじゃないか。今、冒険者ギルドの方で丸ごと素材化してもらっているから」

「ヴォルフ、まさか、買ったんですか？」

さらりと言われたが、なかなか出回らない二角獣《バイコーン》、しかも変異種である。絶対にお高いはずだ。

じっと目を向けると、ヴォルフがぐい呑みの小さくなった氷をガリリと噛む。いきなりのことに目を丸くしていると、彼は噛んだ氷をそのまま飲み込んだ。

「前に欲しい素材の話をしたとき、『買ってきたら、塔に入れませんから』って言われたんだけど、一応、俺が仕留めたわけだし……除外してもらえないだろうか？」

確か、ヴォルフが大蛙《ビッグフロッグ》討伐から戻ったあたりだ。欲しい素材の一つとして、二角獣《バイコーン》の角が欲しいとは話した。その後、彼に買ってこられると困ると思い、買ってきたら塔に入れないとも言った。

だが、ヴォルフがそれをすべて覚えていて、今ここで言われるとは思わなかった。

「ええと……ヴォルフを塔に入れないとは言いませんので、お値段を教えてください」

「今回の遠征のご褒美に、特別卸値で買い取れました」

「おいくらですか？」

「……金貨十一枚」

「お支払いします」

とりあえず自分の貯金内で間に合う、そう考えていると、ヴォルフが両手の指を組んだ。ソファーに座り直した彼が、真剣な顔でこちらに向き直る。

「今回の二角獣《バイコーン》は、研究材料として受け取ってもらえないだろうか？」

「研究材料、ですか？」

「ああ、二角獣《バイコーン》に関しては魔剣に使えるかもしれないから、二人の研究材料で。魔導具に流用できる部位があれば、自由に使って。もし、それで利益が上がったら、オズヴァルドに支払う分に回してほしい。君の技術料でもかまわない」

「それでは、ヴォルフにマイナスでは？」

「いや。もし魔剣の材料になれば、それで十分。それに、魔剣を作るのに知識がいるんだから、『オズヴァルド先生』に対する授業料は応援させてほしい。俺にはわからないけど、ダリヤにはいい先生なんだろうから」

『オズヴァルド先生』、その言葉が妙にはまる。

変異種の二角獣《バイコーン》は、確かに心惹《ひ》かれる素材だ。彼ならば各種の効果を知っているかもしれない。

魔剣に使えればよし。魔導具の素材に使って利益が出たら、こっそり魔剣の材料を足すのもいいだろう。借りになる分は他で少しずつ返していくようにしよう。もしものときは、すぐに渡せるだけの資金はある。

何より、今日のヴォルフは、絶対に引いてくれそうにない表情《かお》をしている。

「……わかりました。今回は甘えさせて頂きます」

頭を下げた自分に、彼はひどくほっとしたように笑った。

「ヴォルフも、剣を教えてくれる、いい先生が見つかるといいですね」

「そうだね。先輩達に聞いてみるよ」

残念ながら、ダリヤには剣や武術のことはわからない。

そもそも、一般庶民で騎士団のヴォルフに教えられるような者は、まずいないだろう。

「でも、ダリヤは教わらないうちから便利な魔導具を作ってるよね。十分、一人前だと思うよ」

「こんなふうに作れるようになったのは最近なんですが……」

空《から》になっているぐい呑みに新しい氷を入れ、白い濁り酒をゆっくり注ぐ。くるりと回った氷がガラスの壁に当たり、いい音を立てた。

「今みたいに自由に作るのは、お父さんに止められてた？」

「父も、ええと、元婚約者も、危ないことはやめておけというのはありましたね。私は、思いついてすぐ動く、考えなしなところがありましたし……危なくなる前に自重させたかったんだと思います。あと、守りたいというのもあったかもしれません」

「確かに、危ないと思えたら止めたくなるのはわかるよ」

「まあ、今はそのタガが外れたというか、自由になっちゃいましたけど」

思いつく魔導具を順々に作り、成功も失敗もした。

それでも、ヴォルフをはじめ、周囲の人に迷惑をかけつつも、多くの人に使ってもらえる魔導具ができあがりつつある。それがとても楽しく、たまらなくうれしい。

「何を作ろうとしても、ヴォルフは頭ごなしに止めないですし、横にいてくれますよね。否定されないことが、こんなに楽だとは思わなかったんですよ」

「危ないのは避けてほしいけど、否定はしたくないよ。ダリヤは魔導具師なんだから」

その言葉にひどく安心した。それと共に、一つ、お願いが浮かんだ。

魔導具を作るときに思い浮かべることの多い前世。それをひきずった自分の判断に、まちがいがないとは言えない。

「私は今、自由に作れて楽しいですけど、人を傷つけるもの、マイナスになるもの、そういった魔導具を気がつかずに作ってしまう可能性もあるので……それだけは避けたいです」

「ダリヤはそんな魔導具を作らないと思うよ」

「そうありたいですが。もし、作るべきではない魔導具を私が作ろうとしたら、ヴォルフは止めてくれますか？」

「ああ、そのときは言うよ。作るべきだと思ったときや作ってほしいものは、逆に推すけどね」

ヴォルフならば、気がついたらきっと教え、そして止めてくれるだろう。

ただ、魔剣に関しては多少の問題を顧みず、全力で推す気もするが。

「魔剣作りも、人の敵になるようなものは作らないように努力しますので」

「そこで『作らない』と言い切らないところがダリヤだよね……」

「ヴォルフも一緒に作ってたじゃないですか……」

ヴォルフと二人で作った『魔王の配下の短剣』に『這い寄る魔剣』。作っておいてなんだが、あの二つは安全だと言い切る自信がない。

今後はオズヴァルドからしっかり学び、安全性を確かめて作るつもりだ。

だが、人の手による魔剣に歴史はない。参考資料もない。

人工魔剣を作るのは冒険である。絶対的な安全などあるはずもない。

「人に仇《あだ》なす魔導具や魔剣だけは、作らないようにしようと思います。魔女と呼ばれて追われたくはないですから」

ダリヤの告げた言葉に、ぐい呑み片手のヴォルフは笑いながら言った。

「大丈夫。君が人に追われる魔女になるなら、俺は魔王になるよ」

曇天の遠征

「一雨《ひとあめ》きそうだな……」

日が落ちかけているというのに、空は曇天。空気は重く湿って蒸し暑い。

夕暮れの街道沿い、討伐を終えた魔物討伐部隊が、ようやく足を止めた。

野営地と決めた場所は狭く、地面はわずかに傾いている。だが、人数分のテントが張れるだけましとしなければいけない。横になったときの違和感は重い疲れが忘れさせてくれるだろう。

周囲を警戒しつつ、隣とぎりぎりの距離でテントを張る。今回は討伐隊員数が少ないとはいえ、馬を休ませる場所も必要だ。やはりちょっと狭い感じは否めない。

もしかすると、今夜は隣のテントにいる隊員のイビキが聞こえてくるかもしれない。

ヴォルフ達はようやくテントに入り、鎧《よろい》を外した。続いて汗で濡《ぬ》れたシャツを剥《は》がすようにして脱ぎ、替えのシャツを着る。人心地ついた思いだが、これもわずかな時間だ。

雨が降れば冷え、やめば温度が上がって蒸し、また汗まみれでシャツが貼り付くだろう。屋敷や兵舎ならシャワーを浴びて着替えることもできるが、遠征先では我慢するしかない。

「ドリノ、左腕の後ろから血が出ている。浅い傷だが、少し長い」

「うわ、汗だとばっかり……言われると確かに少し痛いな」

ランドルフの指摘に、シャツを替えようとしていたドリノが顔をしかめた。

今日の討伐対象は、街道沿いの森に出た『牙鹿《ファングディア》』だった。新しく移ってきた群れらしい。

牙鹿《ファングディア》――一見かわいい茶色の鹿に見えるが、身体強化を持っており、すばしっこい上に蹴り足が強い。おまけに口元の牙が凶悪で、噛《か》まれるとほぼ確実に化膿《かのう》する。

何より嫌なのは、数匹で連携して戦い、勝ちを得ると倒した敵を完膚なきまでに踏みまくるという ひどい習性である。群れの強さを見せつけるためといわれているが、負けた方はなんとも酷だ。

『見た目は鹿のようでかわいいですが、性格が大変に悪いとしか言えない魔物です。蹄《ひづめ》が小さいので、踏まれると刺さるように痛いです。絶対に負けてはいけません』。新人達に昏《くら》い目で説明する副隊長に、一同、察するものがあった。

ドリノは噛まれてはいなかったが、もみ合いのときにぶつかったのかもしれない。

「化膿すると危ないから、神官を呼んでくるよ」

「いや、俺があっちに行ってくる。今度の神官さん、まだ遠征の長距離移動にも慣れてないだろ。動くのが辛《つら》いのは神官さんの方だと思うから」

「じゃあ、ドリノの分の夕食は俺達が取ってくるよ」

「ああ、頼む」

ヴォルフはランドルフと共に、夕食を取りに馬車へ向かった。

自分達の分を受け取った後、配っていた同期の騎士に、追加の袋を差し出された。

「ヴォルフ、悪いが、これ副隊長のテントに運んでくれないか？」

「かまわないけど、何かあった？」

「チーズが二箱、昼の暑さでどろどろに溶けた。馬車の揺れで、氷の魔石がずれたらしい。一番上に置いていたから掃除に時間がかかりそうだ」

暑さと水分、そしてカビは、遠征食の大敵だ。

「俺もこれを置いてきたら手伝おうか？」

「自分も手は空いている」

「馬鹿言うな、今日の牙鹿《ファングディア》はお前らだけでほとんど討伐したろ。休め休め」

同期は笑いつつ、ヴォルフ達を追い出すように手を振った。

なんとなく釈然としないものを感じつつも、そのまま副隊長のテントに食事を運んでいく。

外は風が吹き、ぱらぱらと雨が落ちはじめていた。

「夕食をお持ちしました」

「ああ、ヴォルフレード、ランドルフ、ありがとう。持ってきてくれたのにすまんが、副隊長の分と、私はワインだけでいい。あとはそちらで食べてくれ」

年配の騎士が咳《せき》をしつつ答える。

副隊長のグリゼルダは、まだテントに戻っていなかった。馬の様子を見に行ったそうだ。

「大丈夫ですか？　今、神官を呼んで――」

「たいしたことはない、喉が少し腫れていて、飲み込むのがきついだけだ。軽い風邪だろう。酒を飲んでさっさと寝れば、明日には治っているさ」

遠征の夕食は水分の少ない硬い黒パンと干し肉、そしてチーズだ。喉が腫れているときは、飲み込むのも辛いだろう。今日は風が強く、外でスープを煮ることができなかった。

「火魔法の使える魔導師がいます。今、何か温かいものを作ってきますので……」

「気持ちはありがたいが、本当に大丈夫だ。雨の中、外で料理をするのは面倒だし、テントの中で火魔法を使わせるのもな。それに、この前、火の魔石を使い間違えて、テントを燃やしかけた者もいただろう？」

単体の魔石は、使う側の魔力に左右されることがある。特に、火の魔石単体では、火力制御は難しい。目的に向いた魔導具を持ってこられればいいのだが、遠征では重量制限もあり、気軽に持ち込めるものではない。

咳の続く先輩に、神官の治療はどうかと尋ねたが、首を横に振られた。続けて、『怪我《けが》と違い、風邪での喉の痛みを一時的に治療してもすぐにぶり返す、貴重な治癒魔法は、帰路のために温存しておきたい』、そう言われた。

先輩の言い分はわかるのだが、その続く咳と顔色の悪さが気にかかる。だが、食い下がって治療を勧めても、先輩は首を縦に振らなかった。

自分達のテントに戻ると、ランドルフがごそごそと荷物をあさり、蜂蜜の小瓶を持って出ていく。

『咳止めと栄養を摂《と》るのに少しはいいかもしれぬ』そう言っていた。

彼が出ていったすぐ後、雨脚が強くなった。風が強くなったらしい。

まるで森が鳴くように、木々の枝がざわめく音が高くなった。

「まったく、昼間は暑かったのに、今度はいきなり寒くなったな」

入れ代わりで戻ってきたのはドリノだ。

着替えたシャツはすでに雨でぐっしょり濡れている。彼は二度三度とくしゃみをすると、毛布を身体に巻き付けた。


しばらくしてランドルフが戻ってきたので、ようやく夕食となった。

干し肉に硬い黒パン、塩の強いドライチーズ。もそもそとそれらを咀嚼《そしゃく》すると、ただワインで流し込む。食事を終えれば、空腹は消えるが、満足感はあまりない。

後は簡単にうがいや身繕いをし、できるだけ早く横になる。

夜の見張りがない代わり、明日の朝は早く起き、周辺の警戒に出なければいけない。帰路も魔物や獣との戦いはありえるのだ。明日も気は抜けない。

「雨、強くなってきたな……」

独り言のようなドリノの言葉にうなずいたとき、ピカリと真昼のごとき光があたりを照らした。

稲妻から数秒おき、ドーンと低い音が響く。続いて、馬たちの怯《おび》えたいななきが重なって聞こえた。一部の騎士が馬をなだめに行くのだろう、足音が響く。

「馬、大丈夫かな……ちょっと見てこようか？」

「さっき手伝いがいらないか聞いたら断られた。赤鎧《スカーレットアーマー》どもは今日の仕事は終わったんだから、さっさと寝ろってよ」

赤鎧《スカーレットアーマー》は命がけで先陣を切るのが役目だ。同じ隊でも気を使われることは少なくない。

確かに、今日、牙鹿《ファングディア》を斬った腕は重く、戦った身体は強い疲労を訴えている。休めと言われるのも当然かもしれない。

それでも、外が気になる。

雷と雨の響き、複数の隊員の咳とくしゃみの音、落ち着かぬ馬達のいななき、それをなだめる声――疲れはあっても、なかなか眠りに落ちることができなかった。

昼にかいた汗のせいか、それとも雨に濡れたせいか、身体の芯が冷えたままに思える。それでいて、雨がやめば暑く、またじっとりと汗をかき、シャツはべったりと貼り付くのだろう。

ヴォルフは薄目を開け、入り口から細く入る魔導ランタンの灯《あか》りで、テントの天井を見た。

隊に入ったばかりの頃、遠征前後は、テントや馬車の幌《ほろ》にひたすらに浸水防止の蝋《ろう》を塗っていた。ダリヤが開発してくれた防水布のおかげで、こうして眠るときに、雨漏りを心配する必要はなくなった。馬車の中にある食料が雨で濡れ、カビることもなくなった。

それと同じように、隊員の食事も変えたい。

最初に小型魔導コンロで食事をしたときは、単純においしいと感じた。

次に、これが遠征で使えれば、体調を崩す者、辞める者も減るかもしれない、そう思った。

だが、今は『遠征の隊員に必要なもの』という認識が強くなりつつある。

喉が腫れても、食材は硬く飲み込めない。雨に冷えても身体を温めるお湯も飲めない――今まで仕方ないとあきらめていたことが、遠征用コンロを使ったことで、『改善できること』として視《み》えるようになった。

ダリヤの作った遠征用コンロは、まだ完全ではないという。

なんとか価格を下げられないかと、彼女は材質変更を繰り返し、試行錯誤している。腕のいい小物職人であるフェルモも、それを手伝っている。

だが、今の段階でも十分使用できるのだ。ここは価格を下げるために先延ばしにするより、遠征の現状を変えるため、勇気を出して隊長に進言すべきだろう。

ロセッティ商会は自分が保証人に名を連ねている。立場を利用した売り込みだ、お前個人の利益のためだ、と思われるかもしれない。けれど、それでもかまわない。

価格が折り合わぬことで反対されるなら、ダリヤには内緒で、自腹で少しずつ隊に持ち込めばいい。使えば良さはきっとわかってもらえるはずだ。

この先、正式導入まで時間がかかるとしても、できるかぎり早く遠征に持ってきたい。

せめて風邪をひいた仲間にぐらい、温かいスープを飲ませられるようになりたいのだ。

王都に戻ったらすぐ、隊長に遠征用コンロを持っていこう――

そう思いながら、ヴォルフは再び目を閉じた。

王城正規納品と魔物討伐部隊

小雨の降る中、ダリヤはイヴァーノとルチアと共に、馬車で王城に向かっていた。

先にロセッティ商会が魔物討伐部隊へ正規納品の挨拶をし、時間をずらして、商業ギルド長であるジェッダ子爵、服飾ギルド長であるフォルトゥナート子爵が続くという。

事前の打ち合わせでは、騎士団への納品となった場合、フォルトゥナートが代行してくれると聞き、ほっとした。

最初にオズヴァルドのところへ行ってから、ほぼ十日。ダリヤはその間に四回ほど、オズヴァルドの第一夫人であるカテリーナから、王城向けの礼儀作法を教わった。

カテリーナの実家は子爵家、父が王城に勤めているとのことで、騎士団についても詳しかった。

最初はかなり緊張したが、彼女の指導はとても優しかった。礼儀作法だけではなく、なぜそうするのか、間違ったときはどうするか、謝罪方法まで説明してくれた。その上、服や髪型などのアドバイスももらい、本当に助かった。

イヴァーノの方も、オズヴァルドの指導はとても有意義だったらしい。『王城のことがよくわかりましたし、いろいろと感銘を受けました』と、しみじみと言っていた。

オズヴァルドにもらった礼儀に関するぶ厚いメモ——暗記カードに関しては、夢に出るくらいに気合いを入れて覚えた。ここまで量のある丸暗記は学生時代の試験以来である。

なんとか全部、頭には入れた。実行できるかどうかはまた別の話だが。

オズヴァルドの求めるレベルが高すぎるのではないかと、やはりちょっと思ってしまう。

「ねえ、ダリヤ……一般庶民で手袋や靴下をひたすらに作っていたあたしが、なぜ、五本指靴下の工房長で、なぜ、王城に向かっているのでしょう?」

最終確認にとメモをめくるダリヤの隣、明るい緑の髪を持つ女が、色のない笑みを浮かべていた。

ファーノ工房の副工房長、そして、ダリヤの友人であるルチアである。

ルチアは家族でやっている服飾の小物を作る工房で働いていたが、五本指靴下の試作を行っていたことから、服飾ギルド長と共に量産体制作りに加わった。

そして、一ヶ月経過した今日、ダリヤと同じく、庶民ながら王城へ招かれる一人となった。

「えっと……大出世?」

自分の小声の応答に対し、友人の露草《つゆくさ》色の目はゆっくりと伏せられた。

「夜遅くまで作業して、その後に皆で食事してるときに『いつか自分の工房を持つのが夢なんです』って、フォルトゥナート様に言ってしまったのよね。そうしたら、『五本指靴下に一番詳しいのはあなただから、工房長におなりなさい』って」

「夢が叶《かな》ったじゃない……」

「よかったじゃないですか……」

「なんで二人とも目をそらすのよ?」

ダリヤとイヴァーノは同時にルチアを視界から外していた。示し合わせたわけではけしてない。

「『服飾魔導工房』には年上の職人がいっぱいいるから、あたしへの風当たり強すぎ!」

「ああ、それは……」

「ルチアさんも大変そうですね……」

『服飾魔導工房』と名付けられた、五本指靴下と靴の乾燥中敷きの制作工房。今後の開発も見据えてか、かなり大きい建物と多めの人員が用意された。

ルチアの父親が工房長を引き受けてくれれば一番だったろうが、服飾ギルドからの使いだけで目を回した性格なので到底無理。一日二度の散歩をかかさぬ元気な祖父には『もう引退した身だから』、兄には『家の工房があるから』と逃げられたという。

『ファーノ家の男どもは骨がない』とは、ルチアの弁だ。

ルチアはダリヤと同じ年である。服飾魔導工房での風当たりは相当なものだろう。

しかし、たった二週間で五本指靴下と靴の乾燥中敷きの生産体制をほぼ整え、一ヶ月で本格稼働というあたり、ルチアを含め、関係者の努力と実行力は凄《すさ》まじいものがある。

「服飾ギルドに行く度に、フォルトゥナート様の愛人説とか、腹違い兄妹説とか、もうアホかと！フォルトゥナート様とあたしとじゃ、クラーケンと小イカほどに違うでしょうが」

「そのたとえはともかくとして、その手の話、ルチアさんもあるんですね……」

イヴァーノの紺藍の目に、同情がこもっていた。ルチアも独身女性である。そういった斜めな噂《うわさ》は、娘のいるイヴァーノにとっては、重いものに聞こえるのかもしれない。

「ええ。毎回、『目がお悪いんですか？　お医者さんか神殿へ行かれた方がいいですよ』って心配してあげて、笑い飛ばしてるけど。ダリヤも商会を立ててから、うっとうしいでしょ？」

「少しね。聞かないことにしてるし、聞いても忘れるわ」

「まったく、暇人ばっかりよね。せっかくもらった役職だし、儲《もう》かるから渡さないけどね！」

これぞルチアである。

すべてを振り切った笑顔で、露草色の目がらんらんと輝く。

「工房長やってると、去年の一年分の貯金が二ヶ月でできるのよ。ふふふ……四年もがんばれば、立派なお洋服工房が建てられそう」

工房長のお給料は、なかなかいいらしい。服作りの工房を持つため、懸命にお金を貯《た》めていたルチアにとっては一番の利点だろう。

だが、ダリヤには気がかりなこともあった。

「体だけは壊さないでね、ルチア」

「ええ。大丈夫よ、ダリヤ。あたしは、素敵なお洋服で王都を埋め尽くすまでは死なないわ」

ぱっと笑ったルチアは、ダリヤの肩をぽんぽんと二度叩《たた》き、逆向きに撫《な》でた。

初等学院で流行《はや》っていた、試験前の不安をはらい、点数を上げるおまじないだ。

いつの間にか自分が不安げな顔をしていたのだろう。ルチアに気遣われてしまったらしい。

「今日のお洋服もかわいいわね、ルチアに似合ってる」

ルチアは露草色の細身のロングワンピースに、同じ色の上着を合わせていた。

上着の裾やスカートのカッティングが丸く、同色のリボンがアクセントになっている。髪は編み込んでまとめられ、こちらも露草色のリボンが飾られていた。品があって、かわいらしい装いだ。

「ありがとう。失礼にならないように考えて、フォルトゥナート様にも相談したの。でも、作法の方がね……服飾ギルドで王城に出入りしている人達に教わったけど、訳がわからない決まりだらけね。もう夢に出そうだったわ」

「俺は、暗記カードも講師も夢に見ましたよ……」

イヴァーノも、なかなか大変だったようである。

三人そろって言葉なく笑ったとき、馬車の速度が落ちた。王城内に入ったのだろう。

ここからは馬車を降り、男女分かれての本人確認と持ち物検査だ。

今回はルチアも一緒なので、前回よりは慌てないですみそうだが。

しかし、正直なところ、前回、顔を合わせた魔物討伐部隊の隊員とは、あまり会いたくない。

前回は水虫の話に思わず声を荒らげてしまい、自分の水虫疑惑まで出てしまった。思い出すほどに恥ずかしい。今日は話を蒸し返されず、何事もなくすむことを祈るばかりである。

ルチアと共に、女性騎士に簡単に本人確認をしてもらうと、魔物討伐部隊の迎えを告げられた。

ちょうどイヴァーノも確認が終わったらしい。共に外へ出ると、青い髪を持つ大柄の男が立っていた。

「魔物討伐部隊所属、副隊長のグリゼルダ・ランツァです。お迎えに参りました」

丁寧な挨拶と共に笑みを向けられ、挨拶が一瞬遅れた。まさか副隊長が来るとは思わなかった。

「失礼致しました。ロセッティ商会員のイヴァーノ・メルカダンテと申します。なにぶん初めての王城で、少々緊張しておりまして」

一歩踏み出したのはイヴァーノだ。続いて、ダリヤとルチアも挨拶をする。

幸い、騎士に挨拶をされた場合に、独身女性であれば、先に従者的な者が挨拶を取り次いでも失礼にはならない。オズヴァルドのメモがなければ、慌てて謝罪しているところだった。

「魔物討伐部隊は堅苦しいところではありません。礼儀にもうるさくはありませんので、部隊棟の中では、お楽になさってください」

「お気遣いありがとうございます」

グリゼルダにそう言われても、本当に崩していいものか、どこまでが許されるのかがわからない。なんとか営業用の笑みを浮かべ、馬車で移動した。


「ご案内する前に、隊員待機室へお願いします。申し訳ないのですが、なにせ、入りきらず」

「……入りきらず？」

魔物討伐部隊棟の廊下、先を歩くグリゼルダに、ダリヤは思わずつぶやき返してしまった。

「はい。服飾魔導工房から先納で頂いた靴下を、部隊の希望者に一足ずつ与えていたのですが、大変好評で。夕方洗って、翌朝履いている者もいるほどです。乾燥中敷きと合わせ、ぜひ御礼をと。グラート隊長も隊員待機室の方におりますので」

横を見れば、ルチアが露草色の目を丸くしている。

ふり返ると、イヴァーノが貼り付けた営業用の笑顔になっていた。

喜んで使ってもらえるのはうれしいが、前回の水虫騒動の件もある。できれば人数は少なく、さらりと流してもらえないだろうか――そう思いつつ進むと、隊員待機室の四枚のドアは、すでに全開だった。

「ロセッティ商会長、服飾魔導工房のファーノ工房長をお連れしました」

グリゼルダが部屋の入り口で言った。

イヴァーノの名前が出ないが、これはロセッティ商会で一括《ひとくく》りであり、従者や付き人、護衛は数に入れられないのだという。これもオズヴァルドに教わったことだ。聞いていなかったら、きっとあせっていた。

「ようこそ、ロセッティ商会長、ファーノ工房長」

グラート隊長の声に挨拶をして入室すると、部屋の入り口に向かい、八列に並んだ隊員達がいた。濃灰の服に、黒のベストをつけていたり、一部防具姿があったりと様々だが、全員がとても明るい、いい笑顔だった。

迷いつつ、少しだけ視線を動かしたが、ここにヴォルフはいないようだ。

「お招きありがとうございます。ロセッティ商会のダリヤ・ロセッティと申します」

「続けて失礼致します。服飾魔導工房のルチア・ファーノと申します」

二人で挨拶をし、手を軽くそろえて会釈をする。

「服飾魔導工房のファーノ工房長は初見だったな。魔物討伐部隊長を務めているグラート・バルトローネだ。来て頂いたことに礼を言う」

「こちらこそありがとうございます。王城へのお招き、光栄に存じます」

ルチアの余裕の笑みがなんともうらやましい。

「ここに集まっているのは、直接礼を表したいという者達だ。任務のあるものは外したが、それでも数が多くなった。狭苦しいのは流して頂きたい」

そこまで言うと、グラートは、隊員達の前へと進んだ。

「全員、敬礼！」

隊長の一声で、全員が右手を左肩にあてる。見事にそろった動作に、思わず固まった。

その動作は騎士の敬意表現であり、賓客や高位貴族のみに向けられると暗記カードにあった。

「「ありがとうございましたっ!!」」

そろって続けられた大波のような声に、顔を作るのが限界だ。

自分達が、そこまでの敬意を示される理由がわからない。

「代表して礼を言う。靴下、中敷きとも、足元環境を大変改善してくれた。遠征や訓練時に、汗や不快感で靴を気にすることが少なくなった、不快な状態で神殿へ通う者も大幅に減った」

隊長の声に、深くうなずく者が多数いた。靴内環境の改善で喜んでくれているのか、それとも水虫が治ったことで喜んでいるのか、判断をつけたくない。

「そちらには生産を急がせ、大変負担をかけた。だが、おかげで今夏《こんか》は、心おきなく魔物を蹴り飛ばすことができる」

隊員達がさざめくように笑っているが、一部に少しだけ獰猛《どうもう》さを感じるのは気のせいか。

今年の夏、人里に下りてくる魔物は、ちょっと不憫《ふびん》かもしれない。

その後、隊長以外の全員に見送られる形で部屋を後にした。


移動した先は、前回と同じ応接室だった。

広い部屋の中、艶《つや》やかな黒いテーブルを、魔物討伐部隊からは五人、ダリヤ側が三人で囲む。

ここにもヴォルフはいなかった。

「さて、こちらは前回のメンバーからそろえてある。間もなくギルド長も来られるだろう。その前とを実行してから、それが劇的に改善した」

「……ご参考になったのであれば、うれしく思います」

「教えてもらったことを箇条書きに、すべての希望者に配布した。水虫にかかっている者と疑わしい者は全員神殿に行かせ、新しい靴で帰らせた。古い靴は洗浄後、浄化魔法をかけた。ああ、兵舎での入浴も変更した。今は個人ごとにタオル配布、足マットも小型とし、一回ごとにカゴに入れる方式にした。一度かかった者には優先的に靴下と中敷きを渡してはいるが、魔物討伐部隊では、再度かかった者は一人もいない」

晴れ晴れとした顔で言うグラート、その隣でうなずくグリゼルダと年配の騎士二人、そしてランドルフ。グラート以外もなんだか笑っているように見えるのは、自分の目の錯覚だろうか。

必死に営業用の笑顔を保持しているが、そろそろ頬《ほお》の筋肉がぴくついてきた。

前回に続き、今回も水虫関係の話からまったく離れられていない。

「他の騎士団にも『対処方法だけ』は勧めている。うつされると困るのでな」

「まったくです。あちらからうつされると困りますからね。以前は『魔物討伐部隊は不衛生だからなる』と皆様よくおっしゃっていましたが、今はうちの隊にはいませんからね」

「『水虫は、魔物討伐部隊が魔物からもらってきている』というおかしな迷信も、これできれいさっぱりなくなるでしょう」

にこやかに言っているのに、三人の声に冷えたものを感じる。

騎士団内で積もりに積もったものがあるようだ。ここで声をかけるのは絶対にまずい。

「……魔物からなんて、そんなことはないのに」

不意に、ルチアが言葉をこぼした。

「す、すみません！　あたし、つい……」

「いいえ、お気になさらず。ファーノ工房長のお気持ちはありがたく思います」

「あの、『水虫になるのは、靴を脱がないほどがんばって働くからだ』と、祖父が言っておりました。もちろん、早く治せて、あとはかからないのが一番だと思いますけれど……」

懸命に言葉をつなげるルチアに、向かいのランドルフがうなずいた。

「騎士にとっても文官にとっても、名誉な言葉です」

「確かに、必死に働くのが原因でもありますね……王城全体で治し、再発を防止するべきなのかもしれない」

騎士団内の話をしていたことに、少々バツが悪くなったらしい。壮年の騎士達が顔を見合わせている。グラートが軽く咳《せき》をした。

「靴下と中敷きはしばらくは当方を優先とさせてもらうが、無理のない範囲となれば、王城内でも願うことになるだろう。ああ、そちらに無理を言ったり、横合いから買おうとする者があれば、遠慮なく言ってくれ。こちらで対処する」

「お気遣いありがとうございます」

服飾魔導工房による量産体制は一応整ったとはいえ、王城全体への即時供給は不可能だ。

もしものことを考えれば、大変に助かる申し出だった。

「今回のことは、本当にありがたく思っている。今後は治療に行く者が大幅に減りそうだから、神殿の方が大変かもしれんがな」

冗談めかして笑ったグラートだが、ダリヤの隣、イヴァーノがわずかに肩を震わせた。

水虫の治療費がいくらかは知らない。一応、五本指靴下と乾燥中敷きの売上から、一定割合の金額は神殿に寄付している。

しかし、それ以上に神殿の大きな定期収入となっていた場合、ちょっとまずいかもしれない。

「……会長、いろいろ確認して、足りなそうなときは、神殿への寄付を追加してもよろしいでしょうか？」

「はい、お願いします……」

イヴァーノのささやきに、ダリヤは深くうなずいた。


少し気分を落ち着かせたくなり、化粧直しに席を立った。

「ダリヤ嬢、礼を言う。よいものをありがとう」

応接室に戻るとき、廊下で声をかけてきたランドルフに、半歩下がって会釈をする。

「ランドルフ様、もったいないお言葉です。先日はお教え頂いて、ありがとうございました」

「いや、細かいことを言ってしまったかと考えていた。短期間にそこまで覚えられたこと、敬服する」

「ありがとうございます」

無骨な武人を思わせるランドルフがふと表情を崩し、柔らかな笑顔になった。

女性としては少し背が高いダリヤでも、二メートルを超す彼の前だと見上げる形になる。赤の強い茶色の目がダリヤに向かい、少しだけゆるんだ。

「ヴォルフは、商業ギルド長と服飾ギルド長の出迎えに行っている。間もなく来るだろう。ダリヤ嬢の出迎えを希望していたが、『お前もロセッティ商会の関係者なのだから、接待に回れ』と隊長に言われてのことだ」

ヴォルフについて、こちらから聞いてもいないうちに説明されてしまった。

ロセッティ商会の迎えならともかく、まさかダリヤという個人名を出して出迎えを希望したのだろうか。疑問はあったが、聞けないまま、共に応接室に戻った。

間もなく、ヴォルフの案内で、商業ギルド長であるジェッダ子爵、服飾ギルド長であるフォルトゥナート子爵が応接室にやってきた。

ヴォルフは黒の騎士服、ジェッダとフォルトゥナートは、王城向けらしい三つ揃《ぞろ》えだった。

いつもながら視線を集めるヴォルフに、壮年の白髪《しらが》白髭《しらひげ》でありながら、凛《りん》としたものを感じさせるジェッダ、立ち姿まで華やかな金髪碧眼《へきがん》のフォルトゥナートと、三者三様の存在感が密集する。

横に座るルチアが、息をのんだのがわかった。

「では、ロセッティ商会より正規納品のご挨拶をさせて頂きます」

全員がそろったテーブルにて、イヴァーノの進行で、ダリヤは型通りの挨拶を行う。ほぼ定型の丸暗記であり、グラートからも似た型の了承が返ってきた。

その後、ジェッダ、フォルトゥナートの短い挨拶をはさみ、ルチアと共に羊皮紙の書類三枚にサインをする。

これで初回の正規納品は終了。今後は服飾魔導工房と服飾ギルドが、王城とやりとりすることになる。ロセッティ商会は、服飾ギルドから毎月利益配分を受ける形だ。

ようやく商会としてそれなりの額の安定収入が決まり、イヴァーノや新しく雇う者達への給与の心配もなくなり、今後の不安も少しはやわらぐだろう——そのことにダリヤはとても安堵《あんど》した。

とはいえ、これだけではまだ足りない。少なくとも、三年は何もしないでも商会がゆるがないだけの『土台金』はあった方がいい。

イヴァーノから教えられたことを思い出していると、その当人が銀枠の白封筒を取り出した。

「初回お取引の記念と致しまして、ロセッティ商会より、『靴乾燥機』五台を贈答させて頂きます。こちらが目録となります」

「『靴乾燥機』とは？」

イヴァーノの言葉に、グラートが怪訝《けげん》な顔で聞き返す。

五本指靴下と乾燥中敷きのおかげで、靴内は劇的に改善された。今度は『靴の乾燥』と言われても、ぴんとこないのだろう。

「遠征用ブーツから革靴、布の靴まで、傷めずに短時間で乾かせる、温度の低い温風による乾燥機です。靴の傷みや臭《にお》いが減らせるかと思います。靴用のドライヤーとお考え頂き、雨の日や、靴を洗った際にご利用頂ければと思います」

「なるほど、通常のドライヤーでは革が傷みますからね。便利そうです」

「なるほど、ありがたく受け取らせて頂く。遠征後の軍靴にもよさそうだな。後で試してみるとしよう」

「『靴乾燥機』も明日より販売となりますので、どうぞよろしくお願いします」

笑顔で売り込みをかけるイヴァーノに、フォルトゥナートが首だけを動かした。その目はダリヤに一度向き、すぐずれて、イヴァーノに向いた。

「メルカダンテ君、後でお話がしたいのですが、時間をとって頂けますか？　できれば早めに」

「ええ、もちろんです、ルイーニ様」

ジェッダの方は表情をまったく変えることなく、静かに紅茶を飲んでいる。

隣のヴォルフに視線を向ければ、真面目な顔で会話を聞いているが、目が笑っていた。

靴乾燥機はヴォルフと二人で作り出したものでもある。魔物討伐部隊の環境改善につながるのがうれしいのだろう。


「さて、手続きは終わりだがもう少々時間はあるだろうか？　予定が悪い者は遠慮なく言ってくれ」

グラートの言葉に答える者はない。

彼が軽くうなずくと、ヴォルフが立ち上がって部屋を出ていった。

「面白いものを教えられたのでな。話の一つに、ここで皆にも紹介しようと思う」

興味深そうにする面々の中、隣のイヴァーノが書類を取り出した。

「会長、もし必要なら、こちらをどうぞ」

ダリヤに手渡されたのは、遠征用コンロの仕様書と設計書だった。

「これは……ヴォルフ、様から、何か？」

「いえ、何も。ただ、たぶんそうかなと。外していたらすみません」

ささやきで会話を交わしていると、ヴォルフと緑髪の隊員が入ってきた。

二人が持ってきたのは、ダリヤ達の作った遠征用コンロと、銀のカップ、そして小さく切られたベーコンである。遠征用コンロ二台は、広いテーブルの上に載せられると、さらに小さく見えた。

「小型魔導コンロの派生で、『遠征用コンロ』だそうだ」

「ずいぶんと小さいですね」

グラートの紹介に、フォルトゥナートが面白そうに見つめている。

ヴォルフにダイヤルを回された遠征用コンロは、ゆらりと熱を上げ、フライパンを温めはじめた。

「こちらが鍋部分、こちらがフライパン、兼、鍋のフタになります」

ヴォルフが説明と共に、切られたベーコンを皿からフライパンに移す。

応接室内でこんなことをしていいのかと思うのだが、誰も注意しない。少量だとはいえ、豪華な絨毯《じゅうたん》や布壁に匂いがつかないのか、かなり心配だ。

「ロセッティ会長、こちらの火力は？」

「小型魔導コンロとほぼ一緒です」

不意のジェッダの言葉に、慌てて答えた。

「使用魔石は？」

「小型の火の魔石を使用しております」

「持続時間は？」

「小型魔導コンロより短くなりますが、四、五時間は可能です。気温や場所で前後しますが」

「遠征中でしたら、火魔法の使える者が充填《じゅうてん》致しますので、問題ありません」

ダリヤ、ヴォルフと続いた説明に、ジェッダが黒い目を細めてうなずいた。

「ならば、使用に耐えうるな」

「これは執務室に一台ほしいですね。いつでも熱いコーヒーが飲めそうです」

意外なところで希望があった。室内、しかも執務室とは考えつかなかった。

「フォルトゥナート殿は、ご自分でコーヒーをお入れになることが？」

「いえ、まずないですが。夜など人が少ないときに、コーヒー一杯でわざわざ呼びつけたくはないので。小型魔導コンロですと少し目立ちますが、こちらなら簡単に隠せそうです」

「寒くなれば、寝室でホットワインもいいですな」

ジェッダの言葉に、ふとガブリエラを思い出した。彼女に小型魔導コンロを贈ったとき、ホットワインの話をしていた。おそらくはジェッダとも話したのだろう。

ガブリエラにはお世話になりっぱなしだ。遠征用コンロと靴乾燥機を追加で贈ってもいいかもしれない。

「もう火が通ったか、早いな」

人数分の小皿に移された焼きベーコンと共に、小さな銀のカップが配られる。匂いからして、中身は白ワインのようだ。

王城で昼に飲んでいいものなのだろうか。グラートに勧められたのだからいいとは思うが、これは暗記カードにも、オズヴァルドに教わった作法の中にもない。

「水というのも味気ない。手持ちの少し古い『葡萄《ぶどう》ジュース』を出した」

銀のカップを手に、上機嫌な隊長による、かなり無理な説明を聞く。

ルチアは目を丸くし、ジェッダの表情は変わらず、それ以外の者は困った顔になっていた。

「これがワインだったなら、『今回の正規納品に感謝し、それぞれの幸運を祈って、乾杯』というところだが、葡萄ジュースだ。まあ、気分として近くの者とグラスを合わせてくれ」

各自、左右の者と軽く乾杯する。

少しだけ琥珀《こはく》がかったワインを一口含み、飲み流せなくなった。

香りのいいワインだとは思ったが、口に入れるとさらに広がった。白の辛口だと思うのだが、舌あたりはとても丸く、ほのかに木の香りが立ち上る。

ワインの銘柄はあまり知らないダリヤでも、これがとてもいいものだということはわかった。

「おいしい……」

ルチアも驚いたらしい。ため息まじりの声が聞こえた。

顔を上げると、ヴォルフは少しずつ飲んで味わい、フォルトゥナートはまだ苦笑しており、ジェッダは満面の笑みだった。

「では、小皿の方もお試しください」

緑髪の隊員が勧めてくれるのに合わせ、ベーコンに添えてある金属ピンを刺す。三センチほどの小さい燻《いぶ》しベーコンだが、少し厚めだ。

一口でいっていいものかどうか迷ったが、皆に合わせて口に入れた。

まだ熱さの残るベーコンは、塩がしっかり利いた、肉が甘めのいい味だった。焼かれてとけた脂が塩のきつさをやわらげてくれる。これはパンにもワインにも合いそうだ。

「遠征の干し肉の一部を、この燻しベーコンに替えてもいいかもしれません」

「予算の許す限り替えていこう」

「それにしても、これはいい。遠征中、温かい食事が作れるようになりますな」

「食材の匂いで、魔物や動物がよってきませんか？」

「今も屋外調理の際は、風魔法で飛ばすか、消臭剤を使うなどしている。試してみないとなんとも言えんが。いざとなれば、野営地に来たものをすべて倒せば問題ないだろう」

あっさりと言っているが、それは本当に問題がないのだろうか。いきなり大きな動物や強い魔物が来たりしないのか、つい心配になる。

逆に考えると、匂いにつられてきた魔物や動物がかわいそうという話になるが。

「というわけだ。ロセッティ商会長、この遠征用コンロ、百台の見積もりを依頼する」

けふっと、喉を通ったはずのワインが戻ってきた気がした。ダリヤは急いでグラートに向き直る。

「あ、ありがとうございます。できるかぎりの価格で……」

「いや、継続購入できるよう、無理のない範囲で頼みたい。予算が間に合わなかったら、私と余裕のある個人で徐々に購入してもかまわない」

「これならば個人でも買う者は多いかと思います」

ヴォルフがさらりと言っているが、待ってほしい。

遠征用コンロはけして安くない。魔物討伐部隊には、庶民も下位貴族もいるのだ。皆の財布がそれほどに重いわけではない。家族や家を背負っている者もあるだろう。

「こちらもロセッティ商会でしたか。すばらしいですね」

「ありがとうございます、フォルトゥナート様」

フォルトゥナートの笑顔での賞賛に礼を返しつつ、たらりと汗をかく。

服飾ギルドには遠征用コンロは関係ないというのに、この場で付き合わせてしまっている。ちょっと申し訳ない。

「冬の遠征のときにまではそろえたいですな」

「ああ。これなら討伐の後で、たき火で焦げたコーヒーを飲まなくてすみそうだ」

凍える冬の遠征、危険な討伐の後、焦げたコーヒーを飲む——想像しただけでやりきれない。

この国、この世界は、魔物を止められなければ、人への被害はとても大きくなる。

村や町が魔物によって滅びたというのは、実際にあった歴史であって、空想の物語ではない。

そんな魔物と戦うのだから、魔物討伐部隊は、もっといい待遇を得てもいいはずだ。

そこまで考えて、ダリヤはふと思い返した。

以前、ヴォルフに小型魔導コンロでの料理を出したとき、『いっそ魔物討伐隊《うちに》に使い方を教えに来ない？』と言われたことがあった。

自分は、遠征の食生活向上の手伝いができればいいと、深く考えもせずに答えた。

王城に入る日が来るとは夢にも思わず、ヴォルフの冗談だと流していた。

今、自分がこの場所にこうしているのは、あの日からのつながりだろうか。

もし、『縁があった』と言うことを許されるならば、ヴォルフを含め、部隊に少しでも貢献したいものだ。

「会長、さらに忙しくなりそうですね」

「ええ。とてもありがたいことです」

隣のイヴァーノの言葉に、素直に笑って答えられた。

彼は紺藍の目を少しだけ丸くし、笑い返してきた。

「商会長らしい返事ですね」

「いえ、魔導具師らしい返事ですよ」

甘いワインの香りと、燻しベーコンの焼けた香り。応接室にそれらが残る少しの間、なごやかな歓談が続いていた。

⬢ ⬢ ⬢ ⬢ ⬢ ⬢

王城の馬場から帰りの馬車に乗り込むと、ダリヤはようやく一息ついた。

横に座ったルチアも同じだったらしい。長いため息が聞こえた。

先ほどのワインのせいか、頬がほんのりと赤く染まっている。

「ルチア、平気?」

ルチアはアルコールにあまり強くない。グラスにすれば半分もないワインだったが、もしかするととても酔ってしまったかもしれない。

「……さっきの立ち姿、すごくかっこよかった……」

ルチアはダリヤの問いには答えず、再び長いため息をついた。

向かいの席に座ったイヴァーノが、なんともいえない顔でこちらを見ている。

「ああ……あの三人、服はがして、着せ替えしたい……」

「ル、ルチア」

ここが馬車の中であることを喜ぶべきだろう。王城でこれを口に出されていたら、友人の口にハンカチを押し込まねばならなかった。

「スカルファロット様は、カラフルなものも着こなせるし、白や黒なら甘めのフリルブラウスとかもいけると思うのよね。あ、ロングコートも合いそう。ジェッダ様は白髪がとても素敵だから、淡色コーデはどうかしら。ああ、凝った模様付きでもきっといいわね。フォルトゥナート様はいつもスーツだけれど、騎士服系とか乗馬服っぽいのとか、王子系もいいかもしれないわ……」

露草色の目は、自分しか見えない何かを探して遠くなる。こうなると、ルチアは思考を形として出力するまでしばらく帰ってこない。自分も魔導具でたまにこうなるのでよくわかる。

ダリヤは暗記カードと共に持ってきていた、生成り色の紙と鉛筆を手渡した。

「これ使って。顔は描いちゃだめよ、不敬になると悪いから」

「うん、わかってる！　ありがとう、ダリヤ！」

さらさらと紙に描かれていくのは、三人の男達をモデルにした服だ。男物にしては、やや装飾多めともいえるが、王都の流行とはまた違う、ルチアらしい服である。

「えっと、ダリヤさん、ルチアさんは、服を作るのが好きなんですか？」

「ええ。好きだし、すごく上手です。ルチアの服は全部自作ですから」

「そりゃすごい……」

イヴァーノの視線に気づかないのか、気にしていないのか。ルチアはヴォルフらしい人物像に、ロングコートのような服を着せ、裾を変則的なカーブにした絵を描いている。今、色鉛筆がないのが悔やまれるところだ。

「ルチアさん、ヴォルフレード様とかルイーニ様って、どう思います？」

懸命に描き続けるルチアに、イヴァーノが声をかけた。彼女は顔を上げず、声だけで答える。

「スカルファロット様は長身で服が映えるわよね。フォルトゥナート様もそれなりに背があるし、髪が長めだから、髪型を変えると着こなしのイメージが広がりそう。あ！　二人とも貴金属と毛皮《ファー》が似合いそう！」

「一般女性の夢として、ああいう方々とお付き合いしたいとかありません？」

「ないわー。貴族相手に毎回、作法とか気にするのヤだし、仕事以外の話は合わなそう。黙って笑顔で着せ替えさせてくれるならいいけど、顔だけなら姿絵か記憶で十分」

ルチアは一瞬のためらいもなく言い切った。

「案外いるんですね、ヴォルフ様が平気な人って」

「イヴァーノさん、何の確認をしてるんですか……」

「いや、うちの商会に関係する人は、できればこういったことに動じない人がいいかなと。面倒ごとは避けたいじゃないですか」

確かに、ヴォルフやフォルトゥナートに視線を奪われ、仕事にならないのでは困る。

だが、そのハードルは高いのか低いのかが謎だ。

「ルチアさん、失礼なことを伺いますけど、今、恋人はいらっしゃいますか？」

「いないわよ。デートはしたいけど」

「どんな人が好みです？」

「やっぱりデートするなら女の子よね。かわいいお洋服をいっぱい着せるの。あ、細めの男の子もいいかな。一人で男装女装できたら最高よね」

え、と声を出し、唖然《あぜん》とするイヴァーノに、ダリヤはそっと説明する。

「ルチアの恋人は、布とレースとリボンだって、ルチアのお兄さんが言ってました」

「……納得しました」

「一緒に出かけると、もれなく着せ替え人形になります」

「ダリヤは背があるし、骨格がいいから服が映えるのよね。やっと似合う服も着るようになったし、メイクもするようになったからうれしいわ。今度、丸一日付き合わない？」

ルチアは紙に服の材質を細かく綴《つづ》りながら言った。

「考えておくわ」

「たまにはいいじゃない！　午前中は魔導具のお店にずっといていいから、午後はお洋服屋さん回りましょ」

「それ、午後の方が時間は長くなるじゃない」

「だって魔導具のお店の方が数はないし、狭いじゃない。見るものってそんなにある？」

「お店の数と大きさは関係ないわ。魔導具は一つずつ見るのに時間がかかるから」

「服は、ランジェリーも靴もアクセサリーもあるんだから、もっと時間がかかるわよ」

「魔導具だって、家で使うものから、外で使うもの、戦いで使うものまでいろいろ種類はあるもの。同じものでも仕様は違うし、見る時間はかかるわよ」

ダリヤは少しムキになってしまい、はっとする。向かいのイヴァーノが、目だけで笑っていた。

「じゃ、平等に一日ずつにすればいいのよ。最初の日は魔導具のお店回って、次の休みにお洋服。午前はあたしの家で着替えてメイクして、午後はお店を回るの。ね、いいでしょ？」

「ルチア、私に何枚着せる気なの？」

「時間の許すかぎり、着せられるかぎりに決まってるじゃない」


若い女友達らしい会話と言うべきか、それとも魔導具師と服飾師らしい会話と言うべきか。まとまりそうにない話は、まだ続いている。

イヴァーノは微笑《ほほえ》みつつ、そっと背もたれに体を預けた。

「ああ、これが、『類は友を呼ぶ』、ってヤツですね」

⬢ ⬢ ⬢ ⬢ ⬢ ⬢

王城への正規納品が済んだ翌日の夕方、商業ギルドの関係者で食事会をした。

同席したのは、ダリヤの他、商業ギルドの副ギルド長であるガブリエラ、公証人のドミニク、そして、ヴォルフとイヴァーノである。

前回はこのメンバーで悩みつつ語り合い、なんとか五本指靴下と靴の中敷きについて計画を立てた。そして、いろいろとあったが、ようやく昨日、王城へ正式納品が済んだ。

ガブリエラが予約してくれた中央区のレストラン、その個室の円卓を五人で囲んだ。

メインのメニューは、商業ギルドでも食べた、赤熊《レッドベア》のステーキだ。

少しクセがありつつもおいしいステーキに、辛めの白ワイン、黒エール、東酒《あずまざけ》の辛口がそろえられ、乾杯を三度するほどの盛り上がりとなった。

が、どの酒が赤熊《レッドベア》と一番合うかについては、酒量が増えただけでまとまらなかった。

「ほんと、めまぐるしい一ヶ月でした」

食後、一番できあがっているのはイヴァーノのようだ。黒エールのグラスを片手に、上機嫌で一人でうなずいている。

「商会設立から王城へ行くまでが二十日というのは、商業ギルドでは新記録かもしれないわ」

「いえ、あれは討伐部隊の方で招待状を頂いたので……商会としては、それからもう一ヶ月たってますから」

「それでも早いわよ。私が記憶している一番は、ゾーラ商会だから」

「オズヴァルドさんも、すごかったんですね」

「ええ、オズヴァルドは男爵になるのも早かったから。今年は冷風扇の氷タイプで、『氷風扇《ひょうふうせん》』が王城に大量に入りつつあるから、子供さんの代を待たずに子爵になるんじゃないかしら」

「だと、オズヴァルドさんは『氷風扇子爵』になるわけですか」

イヴァーノの言葉に、ふと考える。

以前、魔導具店『女神の右目』で見た『氷風扇』は、ほぼエアコンだった。だが、あれは作るのに大変手間がかかりそうだ。王城に大量に納品するとなると、オズヴァルドはかなり忙しいのではないだろうか。今後教えてもらう予定が入っているが、ちょっと心配になってきた。

「ダリヤさんも、この調子でいくと、男爵推薦がとれるのではないですか？」

「どうせならこう、かっこいい名前で男爵位がとれるといいですね」

ドミニクの言葉に、イヴァーノが答えているが、爵位の話はとりあえず横におき、かっこいい魔導具というのが思いつかない。

手元のワインをゆらし、ガブリエラが苦笑する。

「『靴下男爵』『中敷き男爵』じゃ、しまらないものね」

どちらもあまりうれしくない名称ではある。『水虫男爵』よりははるかにましだが。

あとは魔剣を作っているので『魔剣男爵』というのも頭をよぎった。しかし、今までできあがった『魔王の配下の短剣』と『這《は》い寄る魔剣』を思い出し、即座にやめた。

「五本指靴下、乾燥中敷き、遠征用コンロときてるから……もう『遠征男爵』とか？」

「ヴォルフ様、それ、ダリヤさん本人が遠征についていきそうに聞こえます」

「それは危ないので却下で」

東酒を手にしたヴォルフが、首を横に振った。

確かに、ダリヤが遠征についていったら、足手まとい以外の何ものでもない。生きている魔物を間近で見てみたい気は少しするが、とろい自分では餌になる確率の方が高そうだ。

「あの、遅れましたが、ヴォルフ、『遠征用コンロ』の紹介をありがとうございました」

ようやく会話の切れ目になって、隣のヴォルフに向き直り、頭を下げた。

本来ならば昨日言うべきことだったが、話す時間がなかった。

今日もヴォルフは他のメンバーがテーブルにそろってから駆けつけてくれた形だ。乾杯を止めることもできず、すっかり言うのが遅れてしまった。

「俺からもお礼を。売り込みをありがとうございました。まさか最初から大量見積もりとか、声が出ませんでしたよ」

「いや、礼はいらない。俺、グラート隊長の執務室で『これが遠征用コンロです』って言いながら、燻しベーコンを一切れ焼いただけだから」

「ヴォルフレード様、なかなか斬新な売り込みですわね」

「口で説明するより早いかと思いまして。実際、その後の説明は不要でした」

確かに斬新だが、それは隊長の執務室でやっていいことなのか、純粋に問いたい。

あと、あの燻しベーコンを扱っているお店もできれば知りたい。

「それで、あの百台の見積もりですか？」

「ああ。でも、使い方や値段は説明したけど、買ってほしいとかは一切言ってない。ただ、隊長から開発者については聞かれたけど」

自分について聞かれたということに、ダリヤはどきりとする。

父は名誉男爵だが、自分は庶民、しかも駆け出しの魔導具師、商会も立てたばかりである。ジェッダとヴォルフが保証人とはいえ、信用度は低い。それなのに、昨日あの場で披露し、見積もりを依頼してくれたのはなぜだろう。

「誰が作って、どんな目的だって。だから『開発者はダリヤ・ロセッティで、遠征の食生活向上の手伝いができればいいと申しております』って答えた……あ、もしかして、俺、そこで継続購入とか、条件をつり上げる交渉をするべきだったろうか？」

「いえ、十二分です。それ以上に何を望むのかというレベルです。というか、ヴォルフ様の営業の資質を忘れてましたよ……」

ため息と共に言うイヴァーノの横、ドミニクはいい笑顔で言う。

「遠征の食生活向上ですか、それは隊長さんもさぞお喜びになったでしょう」

「ええ。それで、そのまま遠征用コンロを家に持ち帰られて――翌日には導入の話をされました。今回の王城納品は、皆さんにも知って頂く、ちょうどよい機会だったと思います」

遠征に便利だと判断されたならありがたいが、本当に通常価格でいいのだろうか。点数割引などはどうだろうか。明日、イヴァーノと相談しなければと、頭の中がいっぱいになりつつある。

「……ねえ、さっき、『百台の見積もり』って聞こえたのだけれど？」

ガブリエラにも遠征用コンロは見せていたが、百台という台数に驚いたらしい。目を細くしてこちらを見ている。

「ええ、隊長さんからの依頼です。俺としては、最初に十台くらい、お試し用に見積もりがあればいいかなと思ってたんですが」

「『靴乾燥機』の方も贈呈したのよね？」

「ええ、五台ほど。こちらはドライヤーの作れる工房に契約発注をかけていますので、百や二百ならすぐそろいますから」

「ああ、今日、グラート隊長の方から、『靴乾燥機』の方もそのうちにって。こちらは台数が決まったら伝えるから、『遠征用コンロ』のあとに見積もりをお願いするよ」

「ありがとうございます。こちらもありがたいことですね、会長」

「え、ええ、ありがとうございます」

あっさり納品物が増えそうな気配だが、靴乾燥機の仕組みは比較的簡単だ。ドライヤーが作れる工房であれば、問題なく作れる。

靴乾燥機はイヴァーノに全部任せたが、各工房とやりとりして、生産体制をさらっと組んでくれた。

だが、遠征用コンロで百台以上の発注が入った場合、どこの工房にどのぐらいの工程を頼むかという問題がある。完成後の安全確認も重要だ。

考えなければいけないこと、周囲と相談しなければいけないことは山積みである。

前回と同じく、赤熊《レッドベア》の余韻を味わう余裕は、今夜もなかった。


食事会を終えて店を出ると、すでに空に星が出ていた。

近くの馬場は、次の店に行く者、家に帰る者で少し混雑しているようだ。

艶やかな濃茶の箱形馬車が待機しており、ガブリエラがそれに乗り込む。皆で帰路につく彼女を見送ると、イヴァーノが上着を着直した。

「すみません、ヴォルフ様、ダリヤさんのお送りはお任せしていいですか？」

「ああ、いいけど。イヴァーノの家も同じ方角なんだから、途中まで一緒に乗らない？」

「ちょっと用事がありまして」

「ギルドに戻って残業じゃないですよね？」

「違いますよ、うちは会長が残業に厳しいので。今日は知り合いと少し飲むだけです」

イヴァーノは笑いながら、右手をひらひらと横に振って答える。もう酔いは醒《さ》めているらしい。その顔に赤みはなかった。

「店の近くまで乗せていこうか？」

「いえ、すぐそこで落ち合うことになっているので、大丈夫です」

「そうか。じゃ、うまい酒になるように祈っておくよ」

「ええ、からみ酒にも、からまれ酒にもならないようにしてきます」

軽く会釈した男は、道を反対側へと歩き去っていった。

「ドミニクさん、家の馬車が来ておりますので、よろしければお送りさせてください」

「ありがとうございます、ヴォルフレードさん。ただ、お二人のお邪魔になりませんかな？」

「なりません」

「大丈夫です」

同じタイミングになった返事にそろって笑いつつ、馬車へ乗り込んだ。

ヴォルフの使っているスカルファロット家の馬車は、外装も内装も目立たない、艶なしの黒だ。

だが、実際に中に入って座ると、椅子のクッションの弾力、背もたれのフィット感、床に敷いてある短い毛足の絨毯と、とても丁寧に作られているのがわかる。乗っていて疲れづらく、酔いづらいのは本当にありがたい。

「ダリヤさんは、さらに忙しくなりそうですね」

柔らかな表情のドミニクに相槌《あいづち》を打ち、ふと思い出す。

彼と馬車に乗ったのは、婚約破棄の日以来だった。

「ドミニクさん、本当にいろいろとありがとうございます。その……婚約破棄のときから今日まで、ご心配を頂いた上、書類も大量にお願いしてしまって、どれも急ぎのものばかりで……」

「ダリヤさんが気になさるようなことは何もありませんよ。商業関係は急ぎが多いものですしね」

婚約破棄の日、ドミニクは顔色をまったく変えることがなかった。

ダリヤの話を静かに聞き、書類を作り、困ったことがあれば相談するように言ってくれた。自分の代わりに、新居となるはずだった家の鍵を商業ギルドに返してくれた。

あの日は夢中だったが、振り返れば、本当にありがたい気遣いだった。

「俺の方も相談させて頂いたことに感謝します。あの日、公証人としてお願いしたのが、ドミニクさんでよかった」

妖精結晶の眼鏡を作った翌日、ヴォルフは公証人による正式書類を持ってきた。

『ダリヤ・ロセッティを対等なる友人とし、自由な発言を許し、一切の不敬を問わない』――その書類を作り、その上で、ロセッティ商会へ関わるように勧めてくれたのもドミニクだ。

「こちらこそありがとうございます。公証人として、大変うれしく思います。それにしても、ロセッティ商会は王城に行くまでが本当に早かったですね」

「ヴォルフから紹介があったのと、皆さんに助けて頂いたからです。一人ではとても……」

「俺は製品を紹介しただけで、たいしたことはしていないので。ダリヤの実力です」

ドミニクは聞きながら楽しげに濃茶の目を細め、両手の指を軽く組んだ。

「この際です。いっそ二人とも男爵位をとったらどうです？」

「男爵位、ですか？」

「ええ。ダリヤさんはよい魔導具を納品し続ければ、数年たたずにとれるのではないですか。赤鎧《スカーレットアーマー》の役は十年以上、もしくは、大物を倒せば短縮して男爵位の推薦がもらえましたよね。ヴォルフレードさんは、大物を倒したことはありませんか？」

「以前、一つ目巨人《サイクロプス》を討伐したことはありますが、一人でというわけではないので。なかなか難しいところです……」

言いよどむヴォルフは、おそらくその討伐を思い出しているのだろう。

巨大な魔物との戦いは命がけのはずだ。赤鎧《スカーレットアーマー》の十年は、本当に男爵位とつり合うのだろうか。

「十年に満たなくても、推薦があれば、受けてもいいと思いますよ。二人ともに男爵なら、できることが広がるかもしれません」

「……考えて、みます」

父やオズヴァルドと同じ男爵位は、自分にはずっと遠いものだと思ってきた。

だが、魔導具師としての自由度を広げるためにも、ヴォルフの友人としてい続けるためにも、得たいと思ったことは確かにある。

未熟な自分だが、できることを広げるための機会を逃したくはない。いつの間にか、自分はずいぶんと欲深くなっていたようだ。


「ダリヤさん、あの日の私の祈りは、叶ったようですね」

婚約破棄の日、馬車を降りるドミニクは自分に言った。

『あなたのこれからに、幸いが多いことを祈ります』と。

確かに、あの日から生活は一変した。言葉通り、人と幸運に恵まれ、自分はここにいる。

「……ええ、叶っています」

ダリヤは記憶をたどり、笑顔でうなずいた。

ドミニクは前と同じ、柔らかな微笑を浮かべた。

その視線の先は自分だけではなく、隣のヴォルフにも向いている。

「では、改めて――あなた方のこれからに、幸いが多いことを祈ります」

幕間　服飾ギルド長と貴族の流儀

「お待たせして申し訳ありません、ルイーニ様」

「いえ、それほど待ってはいませんよ。こちらが無理を言ったのですから」

送り馬車の馬場から少し離れ、黒の箱形馬車で待っていたのは、服飾ギルド長のフォルトゥナートだった。夏らしく青よりの紺の上下に、鮮やかな金髪がよく映えている。

イヴァーノが座席に着くと、馬車はそのまま動き出した。

「メルカダンテ君、今日は靴乾燥機をありがとうございました。午前のうちに届きましたので、試させて頂きましたが、大変にいい品ですね」

「お気に召して頂けたなら、何よりです」

「量産のためのお声をかけてもらえれば、こちらでいつでも時間をとったのですが」

フォルトゥナートの少しだけ冷えた声に、営業用の笑顔で答える。

「お知らせが遅れて申し訳ありません。服飾ギルド長に一商会員がご連絡、というのも迷いまして……次に服飾関係があれば、ご相談させて頂きたいと思っております」

「期待してお待ちすることにしましょう。ところで、もう次の開発品はお決まりですか？」

「いくつかの案を話し合っているところです」

こちらを見るまなざしは、夏の暑さを感じさせぬほどに涼しげだ。だが、その瞳の青の奥、こちらを探るような光が確かにある。

「服飾ギルドの方にも、ロセッティ商会として登録を考えませんか？　私の方で、それなりに融通は利かせますよ」

「大変ありがたいお申し出ですが、そこまでは人員がそろっておりませんので」

「商会員二名に手伝い二名でしたか、確かに大変そうですね」

服飾ギルド長であるフォルトゥナートは、ロセッティ商会の人数まで正確に把握していた。

ロセッティ商会は、商業ギルドの中に部屋を借りているのだから、ちょっと調べればわかることだ。それだけこの男に興味を持ってもらえている、そう判断することにした。

「私の方から人を紹介しましょうか？　身元の保証ができる者をご希望の人数だけ、信用できるように神殿契約をつけさせてもかまいません」

いきなりの申し出に、一瞬返事が遅れた。

身元の保証があり、神殿契約まで結んでくれる人材は少ない。かなりありがたい申し出だと言える。ただし、フォルトゥナートの紐《ひも》付きなのは確実だが。

「ありがたいお話ですが、まだ二ヶ月目で、商会の動きもままなりません。いずれご相談させて頂くことがあるかもしれませんので、そのときはお願い致します」


どうにか濁して会話を続けていると、馬車が止まった。

ほっとして外に出れば、貴族街の一角だった。

貴族街にしては小さめだが、庶民には大きいと思える店に入る。二階の角部屋に移ると、ドア前には騎士と店の者が一人ずつ立った。

当たり前のようにテーブルに置かれた盗聴防止の魔導具に、少しばかり場違いな自分を感じる。相手が貴族であるということを、今さらながら再認識した。

「食事はもうお済みでしょうから、少し変わったワインでもと思いまして」

二本のワイン、そしてチーズやサラミ、ハムなど、いろいろなつまみの皿を前に、説明が続く。

「こちらの白が店で一番若いものだそうです。こちらが辛めの赤で薬草入り、少しばかり古いですね。若い方からいきましょうか」

フォルトゥナートと乾杯し、白ワインを口にした。

ブドウの新鮮な香りが残るワインというのも、なかなかに不思議だ。ブドウジュースに似た甘さと風味の後、ワインの味と、アルコールのきつさが舌にのる。

一番若い、という言葉に納得した。まろみのないワインだが、これはこれでうまい。

「十年ほど寝かせたら、おいしくなりそうですね」

目の前の男には少し不満な味だったらしい。微妙に眉間に皺《しわ》がよっている。

「今後ですが、ロセッティ商会長とメルカダンテ君、そして私で、たまに昼食会をしませんか？」

「光栄なことですが、なかなかお互いに忙しいかと」

「それなら、メルカダンテ君だけでもかまいませんよ。新しいお話は早めに伺っておきたいので」

「ありがたいことですが、うちのほとんどの品物は、服飾ではなく商業系です。今回の靴乾燥機も、ドライヤーからの派生ですし、フォルトゥナート様にとって、あまり有益なお話はできないかもしれません」

フォルトゥナートがロセッティ商会の動向を先に知れば、量産や販売に入り込む機会が増える。だが、ロセッティ商会としては、登録していない服飾ギルドに義理立てする必要はない。そして、服飾ギルドを通して大量生産をしない場合、手伝ってもらう必要もない。

フォルトゥナートから利のある条件を引き出せないかぎり、提携するつもりも、取引条件を譲るつもりもなかった。

「昔話になりますが、防水布のとき、なぜ服飾ギルドではないのだと、四方八方からつつかれましてね。レインコートはすぐ扱えたのでなんとかなりましたが……当時のギルド長と胃が痛い日々を過ごしました」

独白のようなその言葉に、少し同情する。

確かに、防水布は『布』である。服飾ギルドで扱ってもいい品だったろう。

ダリヤが開発した防水布に関しては、商業ギルドでの登録と販売だった。オルランド商会の前会長が初期の販路と量産体制を作り、カルロとダリヤに負担がかからないようにしていた。

しかし、服飾ギルドにそこまで影響があったとは、初めて知った。

「さて、お忙しいメルカダンテ君をランチデートに誘うなら、手ぶらも失礼ですね。花束の代わりに、服飾ギルドに登録している靴関連業者に、ロセッティ商会の靴乾燥機の件を手紙で送りましょう。もちろん、私の名で」

「……できれば服飾大口の顧客の皆様にも、お話を回して頂ければ」

「いいでしょう、そちらにも手紙を送りましょう」

「では、お声をかけて頂ければ、こちらで限界まで予定を合わせてお伺い致します」

笑顔で受け答えをしているが、背中にひどく汗をかく。

ずいぶんいい条件をさらりとくれたが、こういうときの方が怖いことが多いものだ。

フォルトゥナートが二本目のワインを開け、グラスに注ぐ。少しばかりペースが速すぎる気もする。

「そういえば、君は商業ギルド職員だったと記憶していますが、いつからロセッティ商会へ？」

「乾燥中敷きについてお話のあった日です。会長にお願いして入りました」

「その判断力と行動力はすばらしいですね」

形ばかり乾杯して飲んだ赤ワインは、きちんと寝かされたワインらしい、いい香りだ。甘みも酸味もなめらかで、味わいつつも簡単にグラスが空く。

遅れてくる後味が少し苦いのは、薬草ワインだからか。それでも、想像していた草っぽい匂いはまったくなかった。

「メルカダンテ君、もし、ロセッティ商会を退くことがあったら私に声をかけてください。他を決める前に。条件はできるだけ添いますので」

いきなりの言葉に、一瞬、思考が止まった。

「……大変光栄ですが、それはロセッティ商会がなくなるか、私が死ぬかの二択だと思います」

「そうですか——では、気が変わるか、困ったことがあれば、私に声をかけてください」

「ありがとうございます。うちの商会はまだ弱小ですから、ぜひお力添えを」

「では、私のことは『フォルト』と呼んでください。ロセッティ商会長にもそのようにお伝え頂ければと。少しは服飾関係者の態度が良くなるでしょう」

「ありがとうございます。私も『イヴァーノ』でお願いします」

来る前に、目の前の男について少々調べた。そのときに驚いたのは、年齢が自分とそう変わらないということだ。見た目は自分より若いのに、話をしているとひどく年上に感じる。

美丈夫で目を惹《ひ》くという点ではヴォルフと似ているが、フォルトゥナートはより華やかで、それでいて不透明だ。正直に言えば、美しい外装で、中身がまるで見えない感じがする。

「商会の名が通れば、ダリヤ嬢に羽虫が多数寄ってくるでしょう。ああ、これは君に言うことではないかもしれませんが」

「いちおう私も承っておきます。ルチアさんなら、羽虫も口頭で叩《たた》き落とせそうですが」

「彼女ならきっとそうですね。そのうち、羽虫も言うことを聞くよう、しつけるのではないかと期待しているところです」

軽口をかわし、グラスを開ける。通りのいいワインは、あっさり二杯目が空いた。

「それにしても、ここまでうちの商会に目をかけて頂けるとは、思ってもみませんでした」

「ロセッティ商会の有用性ならもう十分にわかっています。ヴォルフレード殿が隣にいなければ、私がダリヤ嬢を第二夫人に望んだかもしれないくらいにはね」

その言葉が冗談ではないのだと、感覚でわかった。

有用だから妻に――それは貴族では当たり前のことなのだろう。自分としては気に入らないが。

なめらかなはずのワインが、ひどく苦く口内に残った。

「うちは保証人が豪華ですから。ヴォルフ様にジェッダ子爵夫妻が、会長を大切にしていますので……」

「なるほど、鉄壁の守りですね。それにしては――ダリヤ嬢のこれまでの経歴がまるでそぐわないのはなぜでしょう？　防水布以外には目立つものは何もないですよね？」

「……それは、父であるカルロさんが大切にダリヤさんを守っていたからです」

「防水布は、本当にダリヤ嬢だけの開発ですか？」

「……ええ。ダリヤさんだけです。学生の頃からギルドに通って……素材集めも必死でしたよ」

「今回の靴下、靴の中敷きも、ダリヤ嬢だけの開発ですか？」

「……ええ、もちろんです」

「婚約を破棄され、父も愚かな婚約者もいなくなり、ヴォルフレード殿が拾い上げたと。あの二人を引き合わせたのは、ジェッダ夫妻ですか、それとも君ですか？」

「……どちらでもありませんよ」

待て、自分は今、何を話している？

なぜ、こんなことを口にしている？

話すつもりのないことが口からこぼれるのを自覚し、イヴァーノは下唇を思いきり噛《か》んだ。

「……っ」

痛みで喋《しゃべ》れなくなったまま、こぼれる血をハンカチでぬぐっていると、ポーションが差し出された。イヴァーノは遠慮なくそれを口にし、唇の傷を消した。

「失礼、効きすぎましたか。少々、リラックス効果――口が滑らかになる薬効のワインです。最初の『商談』ですので、お互いに遠慮なく話をしたいと思ったのですが。ああ、もちろん私も同じものを飲んでいますよ」

フォルトゥナートはそう言って、カラのグラスを指で撫《な》でる。

同意の上で一服盛られた形だ。これが『貴族の流儀』かと腹も立つが、完全に試された上に、自分が簡単にひっかかったことを反省する。

「お詫《わ》びをかねてこちらを。あなたへ、個人的なプレゼントです」

「指輪、ですか？」

「ええ、護身用の指輪です。防毒、防混乱、防媚《ぼうび》が入っています。貴族相手に商売をするなら、必須だと思ってください。これからはあなたも、飲食物や近づいてくる女性に気をつけた方がいい。そのあたり、ジェッダ夫人はそれほどお得意ではなかったでしょうから」

言葉は丁寧だが、『お前の師匠は、貴族商売を教えきれていないだろう』そう聞こえた。

商業ギルドの相手は商人が最も多かった。だが、これからロセッティ商会として動くなら、貴族の相手が増えるに違いない。貴族と直《じか》で商売をするのであれば、庶民と違うこと、覚えておかなければいけないことは山とあるだろう。

「……ありがたく頂戴《ちょうだい》致します」

銀の指輪を右手の中指に合わせ、深呼吸をする。

自分の少ない魔力に応えた指輪は、ぼんやりとしかかった頭をクリアにしてくれた。さっき噛んだ唇からは、まだわずかに血の味がするが。

「これからも、たまに二人で飲みませんか？　私は貴族関連の商売でしたら、多少は相談にのれますよ。貴族のご婦人にも少々顔が利きますし。代わりに新しい商品について、私の方でお手伝いできるものがあれば、早めにお話を頂きたいですね」

優しげな顔で言っているが、要約すれば『貴族商売を教えてやるから、自分に話を通せ』だ。

このまま貴族相手に商売をすれば、お前のやり方では通じないし、罠《わな》もトラブルもある。自分を商会の商品にかませるなら、教えもするし、助けもする。

どうやら、自分は、少しばかりこの男を怒らせていたらしい。

少々気に入らない男ではあるが、貴族について学ぶなら適任だ。

まだ戦えるレベルでもないので、今は、膝を折る方がいい。

「わかりました。商会長に許可がとれればお受けします」

「楽しみにしていますね」

艶然《えんぜん》と笑うフォルトゥナートの顔が、少しばかり癪《しゃく》だ。

「……フォルト様、こちらからもプレゼントがあります、うちの商会長からです」

フォルトゥナートに白封筒を渡しつつ、営業用の顔を向ける。

ダリヤに『フォルトゥナートにこれを教えていいか』と、許可はとってきた。

王城に初めて行った日、彼女はひどく憔悴《しょうすい》して帰ってきた。何があったのかとガブリエラと慌てて尋ねたところ、泣きそうな顔で『水虫の話になりました』と返ってきた。

そのとき、自分は水虫の対応策を聞いた。おかげで、五年来の水虫と完全におさらばできた。

今日はそのメモを簡単にまとめ、カードにしたものを、白封筒に入れて持ってきていた。

「……これは、また……」

フォルトゥナートの余裕のある笑みが、完全な苦笑に切り替わるまで、時間はかからなかった。

「私は違いますが、困っている者にはありがたい情報ですね」

「ええ。それを貴族女性の方々に、フォルト様が教えてさしあげるというのはどうでしょう？」

女性にも水虫は少なくない。家族に罹患者《りかん》がいればなおさらだろう。

自分も妻にうつし、重く苦情を申し立てられたことがある。

「少しばかりデリケートすぎるところですね」

「ええ、ですから、旦那様や婚約者、恋人の方が困ったときの対応策として、こっそりと教えてあげてはどうでしょう。万が一、ご自身がそうであっても、誰かのためという名目で聞くだけは聞けます。愛する女性が『本を調べたり人に聞いて』まで、自分のことを心配してくれたら、男性は喜びます。これで少しは恩が売れるかと」

フォルトゥナートの目が少しだけ見開かれ、表情が消えた。

「……イヴァーノ、お世辞ではなく言いますよ、あなたは大変に有能だ」

「ありがとうございます、光栄です」

「ただ、その提案をするのなら、ダリヤ嬢が私にこれを、と言うのは避けるべきでしたね。『愛する女性に心配されたら』で、私が勘違いしたらどうします？」

「……訂正します、商会長に許可をとって、私が持ってきました」

たたみかけるつもりが、たたまれた。白旗を上げた自分に、フォルトゥナートがくすりと笑う。

「貴族独特の言い回しと揚げ足とりは多くあるので。ダリヤ嬢にも注意しておく方がいいですね。まあ、今頃はヴォルフレード殿が必死に教えた後かもしれませんが」

「うちの商会長が、何か？」

「最初の会議で言われました。『私がフォルトゥナート様を信頼しますので、すべてお任せします』と。あれは……なかなかくるものがありました」

まるで想《おも》い人について語るような言い方に、イヴァーノは首を傾《かし》げる。

「確か、靴下と中敷きの事業についての話でしたよね？」

「『あなたを信頼しますので、すべてお任せします』という言葉は、貴族の未婚女性が騎士に対して言うと、『自分の騎士になってほしい』という意味になります。重い敬愛の表現です。騎士ならば、一度は言われてみたい台詞《せりふ》ですね。騎士を辞めた私には、一生縁のないものと思っていましたが、夢を叶《かな》えて頂けました」

「申し訳ありません。うちの会長、まったく知らずに言っているかと……」

完全なる偶然である。貴族にはこういった言い回しが多数あるのだろう。早めにダリヤに覚えてもらった方がいいかもしれない。

だが、礼儀作法のカードを必死に覚えていた彼女を思い出し、遠い目になった。さらにがんばれとは言いづらい。

「もちろんわかっていますよ。ああ、まだ続きがありまして。少し前に流行《はや》った歌劇では、女性が男性へ、最初に二人で過ごす夜に言う言葉として有名になりました。運良くか運悪くか、その歌劇を知っていれば確実に連想しますね」

「なんと申し上げていいか、その……貴族って本当に面倒ですね」

ほろりとこぼれた本音に、自分で苦笑してしまう。

向かいのフォルトゥナートは、声をあげて笑い出した。

「まったくもってその通りです。貴族の付き合い、言い回し、立ち居振る舞い、山ほどのルールに縛られて、がんじがらめです。それでも、服飾ギルドでは利益の七割五分以上は貴族が生み出します。手間以上の利益はありますよ」

「そこまでですか……」

「ええ。利幅が違いますからね。商会を大きくしたいなら、直のやりとりの方がいいでしょう」

この男とのつながりは、案外悪くないのかもしれない。

ダリヤがオズヴァルドを魔導具師の教師としたように、自分はこの男を貴族についての教師とすればいい。得られるものがあるのなら、気持ちや感覚は二の次だ。

「この店の後、きれいどころはどうですか？　もちろん、こちらですべてもちますよ」

「お誘いはうれしく思いますが、家に愛する女性が三人おりますので」

「それは知りませんでした。イヴァーノはなかなか腕が広いのですね」

「ええ、妻に娘二人、手一杯です」

自分の答えに、フォルトゥナートは少しばかり不思議そうな顔をした。もしかすると、自分が貴族のことがわからぬように、この男も、庶民のことがわからないのかもしれない。

「フォルト様は、第二夫人のご予定は？」

「妻には早く娶《めと》れと言われています。家と仕事関係を分担したいとのことで……イヴァーノはどうです？　商会が発展したら、第二夫人がいると何かと助けになるのでは？」

「最愛は三人で十分です。それに、妻が二人と想像すると、大変さが増えることしか思い浮かばないんですが……」

「まあ、確かに、一人でも大変なことはありますね……」

フォルトゥナートの方も、薬草ワインはそれなりに回っていたのかもしれない。

互いに微妙な顔だが、初めて意見の完全一致を見た気がする。

「後は商売の話はナシにしましょう。今度はブドウだけのワインを頼みますよ。イヴァーノの奥様と娘さんの話を聞いてみたいものです」

「私としては、フォルト様の奥様について、ぜひ伺いたいですね」

フォルトゥナートが一度部屋を出る。店の者に酒の追加を頼んできたらしい。

椅子に座り直した男は、どこか悪戯《いたずら》っぽい表情を浮かべていた。

「うちの妻にそっくりのワインです」

給仕に届けられ、テーブルに載った赤ワイン。

その金色のラベルに、イヴァーノは耐えきれずに吹き出した。

『一目惚《ひとめぼ》れたるはかなき美女は、我が妻になりて強し』

シメの塩スープパスタ

「ヴォルフは今日、あまり食べてませんでしたね」

「行く前まで訓練だったからね。赤熊《レッドベア》はちゃんと食べたし、飲んでたよ」

馬車の中、ダリヤの問いかけに、ヴォルフがあいまいに答える。

今日の食事会、赤熊《レッドベア》に合うのは、白ワインか、黒エールか、東酒《あずまざけ》の辛口か、そんな話をしつつ、食べては飲んだ。

しかし、いつもなら肉やパンを二、三人前は軽くたいらげるヴォルフが、追加をまったく頼んでいなかった。

「今日の訓練、かなりきつかったんですか？」

「そうでもない。たまたま盾が鳩尾《みぞおち》に入ってしまって。今はもう平気だけど」

「あの、もしかして、また嫌がらせとかですか？」

「いや、訓練でランドルフの盾にとばされただけ」

魔物討伐部隊は対人戦もするのだろうか。

疑問が顔に出ていたらしい。ヴォルフが続けて説明してくれた。

「ランドルフが魔物役で、突っ込んでくるのを直前で避《よ》ける訓練。ランドルフは体格がいいし、動きの真似がうまくて、盾の跳ね上げが大猪《ビッグワイルドボア》の牙の上げ方とそっくりにできるんだ。で、俺は反撃しようとしたら跳ね上げにあって、盾が鳩尾に入ってふっとんだ」

「それ、かなり痛いのでは……？」

「しばらく息ができなかった。それでも天狼《スコル》の腕輪があるから、衝撃は逃がせたし、すぐ安全圏まで避難できたけど」

「あの、ランドルフ様から逃げられないとどうなるんですか？」

「基本、軽くふっとばされる。近くに誰かいれば地面に落ちる前に拾ってくれるし、神官は立って待機してる。今日は怪我人《けがにん》もいなかったよ」

ランドルフの見事な体躯《たいく》を思い出し、納得する。大猪《ビッグワイルドボア》の大きさはわからない。だが、彼が全力で走ってくるのをぎりぎりでかわすのは、かなり辛《つら》そうだ。

しかし、それに対し反撃しなければいけないというのも、なかなか厳しい鍛錬らしい。

「あの、塔に戻ったら軽食を作るつもりですけど、ヴォルフもどうですか？」

「正直、ありがたい。本当に毎回、俺がご馳走《ちそう》になってばっかりだね」

「いえ、馬車をお借りしていますし、二角獣《バイコーン》の素材がお代と考えれば、私の方がはるかに『ぼったくり』ですので」

「『ぼったくり』……ダリヤには、とことん似合わない言葉なんだけど」

「……『全力で貢ぐがよい』も、かなり似合わないと思いますが」

それは初めて塔に送ってもらった日、ヴォルフに言われた冗談だ。

言った方はとっくに忘れているかもしれないが。

「ダリヤに『そんな縁のない言葉は言いません』って、叱《しか》られたっけ」

どうやら彼は覚えていたらしい。

顎《あご》を指で押さえ、少しだけ首を傾けるヴォルフが、少しばかり気になった。

「……ダリヤ、考え直したんだけど、緑の塔食堂にだったら、全力で貢ぐ価値があると思う。だから、俺の方が『全力で貢がせてください』と願うのが正しいと思う」

「何をどう考え直したらそうなるんですか……」

ヴォルフの突拍子もない冗談は、あの日とまるで変わっていなかった。


塔に戻り、二階に上がると、上着を脱いで準備にかかった。

ヴォルフには、炭酸水とソルトバタークッキーを出し、座っていてもらうことにする。

鳩尾を打ったことで、気がつかない怪我をしている可能性もある。本人は平気だと繰り返していたが、安静にしてもらいたかった。

台所に行くと、食材ストックの棚から、一番細い乾燥パスタを取り出す。

乾燥パスタを茹《ゆ》でるときに重曹を入れると、前世のラーメンの麺に近くなる。食感も味もちょっと違うが、この世界ではいい代用品だ。

お湯を準備しつつ、冷蔵庫に入れていた鶏のスープに、塩を少し足して温めはじめた。

麺が茹であがったら、深皿に入れ、熱いスープを注ぎ入れる。その上に、冷蔵していた蒸し鶏のほぐし身と、茹で卵をのせ、青ネギを多めにちらした。

少々無理はあるが、塩ラーメンもどきの『塩スープパスタ』ができあがった。

おそらくヴォルフは、外の酒のシメなら甘いものより塩系を好むだろう。

前世では、同期が酒のシメにラーメン派、女性の先輩がパフェ派だった。どちらにも付き合ったことがあり、それぞれにおいしかった。

ただし、どちらも確実に翌日の体重に出る。今世ではその反省を少しだけ活かし、自分の分は半盛りにしておくことにする。

「塩スープパスタです。好みで白コショウをどうぞ」

居間に戻り、テーブルに深皿と箸、そして、フォークと大きめのスプーンを置く。

ヴォルフは深皿を前に、すでにそわそわしており、気づかぬふりをするのが辛い。

「……食べやすい方で食べてください」

「ありがとう、頂きます」

ヴォルフは向かいに座ったダリヤを見て、同じように箸をとる。

湯気の上がる塩スープパスタは、鶏ダシのいい香りがしていた。

重曹を加え、少し茹で時間を増やしたパスタは、ラーメンに近い食感だ。噛《か》まなくてもつるつると喉を通る。鶏のスープはあっさりめだが、塩を少し多めにしているので、麺とよく合った。上にのせた蒸し鶏のほぐし身、茹で卵との相性もいい。

蒸し鶏と茹で卵は自分のダイエット用にストックしたものだが、ちょうどいい具になった。そのうちに鶏チャーシューを作るのもいいかもしれない。

少しなつかしく思えてしまうのは、前世の記憶と、父カルロと食べた思い出のせいだろう。

麺を食べ終えた後、大きめのスプーンの上、ほろりとほぐれる黄身にスープを合わせ、一口で食べる。

口の中、スープと共に溶けていく黄身を味わいつつ向かいを見れば、ヴォルフがほとんど咀嚼《そしやく》をしていなかった。今回は味が合わなかったか、それともこの麺なのであまり噛んでいないだけか。

黙ってつるつると食べ続ける彼がなんとも気になる。

「……おいしかった……」

麺と具を最後まで食べ終え、スープをすべて飲み干し、ようやくヴォルフが言った。

満足そうにとろんとした黄金の目、ほどよく上がった口角、そしていまだ、ぬぐわれない額の汗。

塩スープパスタも、どうやらお気に召したらしい。

「なんで、スープパスタが、スープパスタじゃないんだろう？」

「いきなり哲学的に聞かないでください。市販の乾燥パスタを茹でるときに、ちょっと重曹を入れただけです」

「これ、普通の麺？　特別な輸入品とかじゃなくて？」

「お徳用の大袋で、銅貨七枚のいたって普通のパスタです」

「納得がいかない……どうしてここだと、なんでもおいしいものに変わるんだろう？」

もはや、言いがかりである。調理法がちょっとだけ違うので、物珍しさが上回っているだけだ。

思案顔のヴォルフに、ダリヤはとりあえず提案してみる。

「もう少し茹でましょうか？　スープのストックもありますし」

「ありがとう。よかったら、俺にこのパスタの茹で方を教えてもらっていいだろうか？」

「かまいませんが、兵舎でパスタを茹でるんですか？」

「遠征で、できないかな？」

「ちょっと厳しいかと。水が大量にいりますから」

「水の魔石と魔導師がいるからいけると思う」

ヴォルフの目は本気だが、塩ラーメンもどきは遠征向けではないだろう。スープと麺が別々なので手間になる。この世界の技術的に、インスタントラーメンというのもちょっと難しそうだ。

「時間のかからない遠征メニューを考えた方が……遠征用コンロに、よさそうなレシピをつけましょうか？　レシピというより、焼き肉のタレとか、干物とか、チーズフォンデュとか、ここで出したような料理メインになっちゃいますが」

「とてもありがたいんだけど、こう、微妙に教えたくない気もするんだよね……」

「もしかして、料理担当の人の仕事をとっちゃうことになります？」

うっかりしていたが、遠征で料理担当がいれば、その人が決めるものだろう。

遠征用コンロにレシピをつけるより、ヴォルフに話し、参考程度にしてもらう方がいいかもしれない――そんなことを考えていると、彼が首を横に振った。

「いや、遠征のスープはお湯を沸かすだけだから、担当も決まってないんだ。その、単に俺の思い込みみたいなもの。緑の塔限定メニューの特別感が薄れる気がして……」

「それはないですよ。だって、塔で作って食べるから塔限定じゃないですか」

「そうか……ここで作って食べるから塔限定か……」

ヴォルフのつぶやきに、なんとも微妙な間があった。

その後、妙に機嫌のいい彼に作り方を教えながら、二杯目の塩スープパスタを作った。

二杯目の塩スープパスタを食べ、皿洗いを終えたヴォルフが、ゆるりとソファーにもたれている。

訓練もあったのだし、自分が洗うから休んでいるように勧めたが、笑顔で完全拒否された。

魔物討伐部隊では、食べた者が洗うという決まりがあるのかもしれない。

「ダリヤのレシピで食堂ができればいいのに。できれば王城の近くに」

炭酸水とライムをローテーブルにのせると、ヴォルフがしぶい顔でこぼした。

「どうしたんですか、いきなり？」

「最近、食堂のご飯がちょっと。人数が多くて、時間もかかるから、常温で保存の利くものが多くなってて。食べられるだけありがたいし、贅沢《ぜいたく》な悩みだとわかってはいるんだけど。ここでおいしいものを食べると、つい考えてしまう……」

「暑くなってきましたからね。作りおきも、ものによっては難しくなりますし」

王城は広い。食堂を利用する騎士や兵士の数はかなり多そうだ。調理も保管も大変に違いない。

しかし、なにか補助できる魔導具はないのだろうか。

「食堂に大型魔導コンロとか、大型冷蔵庫ってないんですか？」

「見える範囲では、通常の魔導コンロの少し大きいのが、何十台も並んでる感じだね。冷蔵庫は冷蔵室というか、倉庫丸ごと冷蔵だし。お肉なんかはあるみたいだけど、料理をのせた皿を冷やすっていうのはないね」

「大型魔導コンロとか、大型冷蔵庫とかができればいいですね。王城の魔導具師さんや魔導師さんでないと、制作は難しいかと思いますけど」

「王城の魔導具師はどうかな……学術的研究のための魔導具が中心だとは聞くけど、どんなものを作ってるか、くわしくは知らないんだよね」

『学術的研究のための魔導具』、これはこれで魅力的な響きだ。

やはりファンタジー的に、姿消しの指輪や、飛行の絨毯《じゅうたん》、転移陣、アイテムボックスなどの開発だろうか。それとも、首無鎧《デュラハン》や呪いの剣の研究か。あるいは、飛行大陸の制作や、賢者の石の生成を目指すような壮大なものはないだろうか。とてもとても気になる。

「大型の魔導具って、ダリヤは作れる？」

「いえ、私では厳しいです。付与も入れて作るとすれば、魔力量がかなり必要ですから。あと、その魔導具が大きくて動かせない場合、その場で作らなきゃいけないじゃないですか。それはかなり集中力がいるので」

「ダリヤは集中力があるじゃないか」

「普通です。それに、王城で集中できる自信はありません……」

王城には二度行ったが、二度とも大変に緊張した。いろいろなことがあり、できるかぎり避けたい場所でもある。

「何回も通えば、そのうちに慣れるよ」

「何回も通うこと自体が、きつそうなんですが？」

ヴォルフは笑っているが、そこに住んで働く彼と、庶民の自分では、感覚が違いすぎる。

ダリヤは話題を思いきり変えることにした。

「正規納品のときの燻《いぶ》しベーコン、おいしかったです。あれ、どこのお店のものですか？」

「東街道にある養豚牧場の大豚《ビッグピッグ》のベーコン。この前行った『黒鍋《くろなべ》』の副店長に教えてもらったんだ。隊の方でも購入することが決まったよ」

二人で行った港近くの食堂『黒鍋《くろなべ》』を思い出し、納得した。

あそこのお店であれば、いろいろなおいしい食材に詳しそうだ。

副店長も以前は魔物討伐部隊だったそうだから、日持ちやいろいろなことを考えての選択だろう。

「よかったです。あれなら遠征中でもおいしく食べられそうじゃないですか」

「ああ、まちがいなく喜ばれる。正規納品のあの後、グラート隊長が遠征用コンロを待機室に持ってって、その場で焼いちゃって……『人寄せベーコン』になってたから」

それは仕方がない。あれだけいい香りだ、人も寄ってくるだろう。

燻しベーコンの量が間に合ったのかどうかが、ちょっと気になるが。

「おかげで、今日の大猪《ビッグワイルドボア》の訓練も、皆が本気になっちゃって」

「豚と猪《いのしし》で、似てるからですか？」

「そうとも言える。大猪《ビッグワイルドボア》って、東の山に多いんだけど、群れにはボスの雄が一頭だけで、若い雄は追い出される。で、その若い雄が、養豚牧場に入り込むことがある」

「縄張りにするためですか？」

「管理と肉質の関係で、大豚《ビッグピッグ》の飼育は、ほとんど雌なんだって。だから、若い雄には、牧場が魅力的な出会いの場に見えるらしい。牧場側でも警備はしてるけど、たまに多く出るらしくて。夏から秋に討伐に呼ばれることがあるんだ」

「なるほど、お嫁さん探しですか」

あの燻しベーコンがかかっているのだ、それは訓練に身が入るだろう。

しかし、大猪《ビッグワイルドボア》の若い雄には、ちょっとだけ同情もする。

大豚《ビッグピッグ》の方も、もしかしたら種別を越えた恋になるのかもしれない。

「お嫁さんというか……大猪《ビッグワイルドボア》はハーレム形式だから、雄一頭で、大豚《ビッグピッグ》の雌を二十四以上連れていくんだって。そんなのが多く出たら、養豚牧場は閉鎖だから」

訂正する、それは駆逐に本気にならざるを得ない。

隊の遠征のため、あの燻しベーコンを守るために、討伐は必要だ。

「それと、大猪《ビッグワイルドボア》を燻しベーコンにすると、野性味があってまた別格のおいしさがあると、業者が言ってた」

「大猪《ビッグワイルドボア》の燻しベーコン……」

「すぐ牧場に持ち込んだら、格安で加工してくれるって。できるなら傷みなく仕留めたいよね！」

笑顔なのに、騎士の目ではなく、捕食者の目になっているヴォルフがいる。

いや、もしかすると、この話を聞いた隊員すべてが、この目になっているのかもしれない。

「……訓練、がんばってください」

ダリヤはそっと、大猪《ビッグワイルドボア》の冥福を祈ることにした。

「今日のドミニクさんの話だけど、ダリヤは、男爵位をとるつもり？」

炭酸水用のライムをしぼっていたヴォルフが、ふと顔を上げた。

「とれたらいいと思うようにはなりました。身のほど知らずかもしれませんが……ヴォルフは、もうちょっとで、とれるんですよね？」

「数年たてばとれるし、家経由で推薦をもらいたいと強く言えば今もいけるとは思う。ただ……」

「やっぱり面倒ですか？」

「それもあるけど、隊の先輩方を飛び越えてもらうのは申し訳なくて。俺はそこまで隊に貢献してないから」

「赤鎧《スカーレットアーマー》なんですから、十分貢献してると思います」

「赤鎧《スカーレットアーマー》は目立つけど、俺の場合、ただ前で戦うだけで、重い怪我をしたことはないし。ランドルフのような盾持ちの方が重い怪我が多いし、危ないのは補給の隊員だって同じだよ。引退する先輩に男爵位があれば、もっと高い支給金ももらえるだろうし……」

ヴォルフはワイバーンに連れ去られるほど危なかったではないか――そう言おうとして、言えなくなった。

「それに俺の場合、男爵位をとったら、うるさくなるか静かになるか、判断がつかない」

ヴォルフが男爵位をとったら、貴族子女のお見合いや言い寄る者は、減るのか、増えるのか。

恋愛が面倒でその気がない彼としては、今より増えるのは避けたいところだろう。

「ヴォルフの場合、とってもいいと思えるようになってからで、いいのかもしれませんね」

「そうかもしれない。ああ、なんなら、ダリヤが男爵になるとき、一緒にとろうか？」

「……仕事が違いますから、そういう無理は言いませんよ」

一瞬、『とらなくてもいい』、そう言いそうになった。

赤鎧《スカーレットアーマー》を十年。それはあと何年なのか。怪我はしないか、危険はないのか、確実に生き残って、また塔に来続けてくれるのか。そんなことを尋ねられても、きっとヴォルフは困るだけだ。

ダリヤは言いたいことをすべて呑《の》み、作り笑いでグラスに口をつける。

今夜のライム入り炭酸水は、ひどく苦かった。

「爵位がとれたら、貴族街への引っ越しは考えてる？」

不意のヴォルフの質問に、少し驚いた。

男爵の位は一代限りだ。魔導具師の弟子をとったとしても、爵位を継がせることはできない。

貴族街への引っ越しは権利としてはあるらしいが、塔があるので考えたこともなかった。

「いえ、父は男爵になっても塔にいましたし。私も、もしとれても、ここにいるつもりです」

「よかった。じゃあ、ダリヤが男爵になっても、俺はここにお邪魔していいかな？」

ほっとしたように笑うヴォルフに、なぜか自分も安堵《あんど》する。

ダリヤは作り笑いをやめ、心から笑って答えた。

「ええ、どうぞ。お待ちしています」

幕間　商業ギルド長と貴族の流儀

イヴァーノが書類をまとめていると、ギルド長であるジェッダ子爵の呼び出しを受けた。

商業ギルドを正式にやめるまで、あとわずかだ。呼び出しは形式的な挨拶か、それともどこぞの貴族の関係か――イヴァーノは紺の上着を羽織って、ギルド長の部屋へと向かった。

「失礼します」

「いらっしゃい、イヴァーノ。今、時間はどのぐらいあるかしら？」

声をかけてきたのは、黒革のソファーに座るガブリエラだった。

部屋の奥、執務机にはジェッダ子爵がおり、その横には従者の男が控えている。

「午前は空けられます。午後はゾーラ商会長のところへ伺う予定でして」

「そう。それで、私達に『聞きたいこと』はある？」

どうやら、自分が昨日、フォルトと会っていたのは、ガブリエラの知るところとなったようである。イヴァーノは、勧められた向かいのソファーに座り、両手の指を組んだ。

「できましたら、服飾ギルド長のフォルトゥナート・ルイーニ様についてお伺いしたいです」

「貴族向けの泡ポンプボトルを私に任せてもらっているから、情報分は、そこから一部相殺でいいかしら？」

「はい、お願いします」

「今、知っているのはどのぐらい？」

「去年、前ギルド長が急病で引退して、フォルト様がギルド長に。高等学院では騎士科、卒業して、なぜか服飾ギルド。貴族女性に大人気。次男でありながら跡取り。奥様は伯爵家出身で美人、そして少々気が強い。息子さんが一人と娘さんが一人。集められたのはこれくらいですね」

「悪くはないけど、足しておきましょうか」

一度目を閉じたガブリエラが、その視線をイヴァーノに向けた。

「ルイーニ家は代々騎士で有名。先代で経済的に傾いて、フォルトゥナート様が服飾ギルドに自分を売り込みに行ったそうよ。入ってすぐ貴族女性の担当になって大活躍、夜会でも花形。六年前に伯爵令嬢を娶《めと》り、副ギルド長に就任。今でも貴族のご婦人方とのお付き合いはそれなりに密ね。特に高位の既婚貴族女性には、いまだに自分でドレスを勧めにいくこともあると聞いているわ」

「フォルトゥナート殿の兄と弟二人が王城騎士団にいる。三人とも、剣はそれなりにできるが腹芸はない。長男は家督をフォルトゥナートに譲り、生涯騎士でいると言っている。弟はそれぞれ子爵家と服飾関連の商家へ婿入りしている」

ものの見事に出世街道まっしぐら、どこにも弱みなどなさそうな男だ。一族までも問題ない。

とりあえず服飾関係で取引をするなら、フォルトを敵に回さない方がいいというのだけは、よくわかった。

「それはどうした？」

「もう一つ伺いたいのですが、この指輪、おいくらぐらいでしょうか？」

ハンカチに包んだ銀の指輪。昨夜、フォルトから受け取ったものだ。

執務机の向こうから、ジェッダの低い問いかけが響いた。

「昨日、一緒に飲んだときに、フォルト様から頂きました。防毒、防混乱、防媚《ぼうび》の指輪だそうです」

「鑑定を」

「失礼致します」

従者がイヴァーノから指輪を受け取り、青レンズの片眼鏡で確認する。

「……確かに三つ、入っております。中程度で、完全耐性ではありませんが」

「あの、魔導具店で買うとすると、おいくらでしょう？」

「金貨五枚といったところでしょうか」

思わぬ値段に絶句した。まさか、そこまでの値段とは思わなかった。

自分の一ヶ月の給与を軽々と超えている。付き合いのない自分が、簡単にもらっていいものとは思えない。

「これは、受け取るべきではなかったでしょうか？」

「もらってほしい理由があったんじゃないの。引き抜きか、ロセッティ商会の内情でも聞かれた？」

「フォルト様から薬草ワインを頂いて、ダリヤさんの話を多少しましたよ。まあ、ダリヤさんはあのまんまですし、私も白い腹ですから、困る話は何もしませんでしたが」

「薬草ワイン……？」

「ええ、ちょっとばかり口が滑らかになるヤツです。すべすべすぎて、うっかり唇を噛《か》んでしまい、サービスでポーションを頂きました。ハンカチは一枚ダメにしましたけど、その後、この指輪を頂きましたから、なかなかの黒字じゃないですかね」

昨夜は、フォルトの誘いを受け、誰にも知らせず飲みに行った。

そんな行動は無防備すぎると叱《しか》られるだろう、そう思いつつ、わざと明るい声で説明した。

「……そうなの」

ガブリエラの細めていた目が、完全に笑顔の一本線になる。朱の唇はくっきりとつり上がり、両の指はテーブルの上でしっかり組まれた。

しまった、そう思ったときには遅かった。

「服飾ギルド長のフォルトゥナート様が、あなたに『フォルト』呼びを許した上、そこまで懇切丁寧に、『貴族の流儀』をご教授くださったの」

「ガ……」

呼びかけた名前が、喉の奥でかき消えた。背筋が冷えるほどに怖い。

この表情《かお》と仕草になったときのガブリエラは、本気で怒っている。

これを止められるのは、おそらく夫であるジェッダ子爵以外、誰もいない。

助けを求めようとしてジェッダ子爵に目を向ければ、こちらもまったく同じ表情《かお》で笑っていた。

自分には完全にお手上げである。というか、誰か助けに来てほしい。

「ねえ、あなた。うちからもぜひ、お返しをしなくては」

「そうだな。我が家でフォルトゥナート殿へ卸している東国の絹すべて、来月から値を一割上げるか」

「それがいいわね」

冷えた笑顔で会話を交わす二人に、冷や汗をかきつつ、言葉をつなぐ。

「いや、あの、私はすぐポーションで治りましたし、その、フォルト様から指輪も頂いていますし、そういったことは……」

確かに貴族の流儀かと腹立ちはあったが、フォルトへの恨みはさほどない。そこまでやられると、今後の関係悪化の方が心配だ。

なんとかフォローしようと言葉を探していると、深い黒の目が自分に向いた。

「勘違いするな、イヴァーノ。お前のためではない。私は商業ギルド長であり、ロセッティ商会の保証人だ。それに、妻の『弟子』に傷をつけられ、黙るような『ジェッダ家』ではない」

この男がこんな冷えた声も出すのだと、初めて知った。

それと同時に、目の前の二人が貴族であることをようやく認識した。

長く一緒に仕事をしてきたが、今まで自分が見てきたのは、庶民対応の二人だったのだろう。

「私は『貴族の流儀』は不得手だけれど、そちらはこの人の担当だから」

「ああ、私の担当だ。フォルトゥナート殿が貴族の区分で戦《や》りたいなら、いつでもかまわん。商会の保証人としてか、ギルド長同士としてかは選ばせてやるが」

冷静沈着だとばかり思っていたジェッダ子爵は、かなり好戦的であったらしい。考えてみれば、冷静なだけで動かぬ男が、商業ギルド長を長く続けられるはずがない。

だが、このまま進むと、自分がフォルトに謝りを入れることになりかねない。

「あの、ありがたくはありますが、今回については、私がフォルト様にお返ししたいので、どうか、お願いします……！」

頭を下げ続ける自分に、二人がしばらく沈黙した。

「仕方ないな。東国の白絹のみ、来月から二割値を上げる」

「ちょっと足りない気もするけれど、仕方がないわね」

「あの……東国の白絹って、貴族の花嫁衣装の生地ですよね？」

「ええ、上流貴族なら迷わず選ぶ品ね」

「私の譲歩はここまでだ。ああ、イヴァーノ、私のことは以後、『レオーネ』と呼べ。ダリヤ嬢にもそう伝えよ」

「は？」

名前を呼ぶことをあまり許さぬジェッダ子爵が、自らの呼び方をそう指定した。自分が知る限り、商業ギルドの商会長達ですら、ガブリエラの名は呼べても、レオーネの名を呼ぶ者は少ない。

「貴族相手なら少しは通る名だ。私はロセッティ商会の保証人だ、問題あるまい」

「ありがとうございます」

上げた頭を再び下げ、心から礼を言う。少しはできたかと思えば、貴族相手はまるで勝手が違う。戦い方のルールそのものがわかっていない感じだ。

今、うちの商会は、レオーネの翼の下に入れられた雛《ひな》だ。

「今回のことは、ヴォルフレード殿には教えぬ方がいい。ダリヤ嬢も顔は作れぬだろう。二人共にまだ早い」

「ヴォルフ様も、ですか？」

「彼は温厚だが、ご家族はそうではない。さすがに昨年替わったばかりの服飾ギルド長が、また替わるかもしれぬのも面倒だ」

不穏なことをさらりと言われたが、少しばかり理解しがたい。外見はともかく、共にいてそう緊張感はなくなったヴォルフだ。

彼の実家であるスカルファロット家が、そんなにも苛烈《かれつ》だとは思っていなかった。

「お話し中、申し訳ありません。レオーネ様、そろそろお時間となります」

「そうか。王城に行ってくる。二、三、つめておきたいことが増えたな」

従者の声に従い、立ち上がったレオーネだが、少しばかり楽しげだ。なんともまずいものを感じるが、聞くに聞けない。

いつもとは違う雰囲気の男を、ガブリエラと共に見送った。

「ガブリエラさん、あの、俺はフォルト様のことを喋《しゃべ》るべきではなかったでしょうか？　俺の感覚から言うと、やりすぎな気もするんですが……」

愚痴めいた口調で、つい言ってしまう。それほどに先ほどの二人は怖かった。

「フォルトゥナートに話で懐柔された、深酒でひっかかった、美女に囲まれた、このあたりなら黙っていたわ。でも、ワインに自白剤は別よ、ルール違反だわ。それに、貴族が家名や『自分の身内』に傷をつけられたら、黙ってはいられないものよ。それとたぶん、このくらいの対応はフォルトゥナートも予想していると思うわ」

「貴族って、大変なものなんですね……」

昨日に引き続き、今日も痛感する。自分があまりに学び足りない世界だ。

貴族の礼儀作法は覚えても、貴族相手の商売と駆け引きのツボは、まるでわからない。

「それにしても、初回が自白剤入り薬草ワインとは、貴族らしすぎる歓迎ね。私では、そちらを教えてあげられなかったわ。夫を通して、教えてくれる人を紹介しましょうか？」

「いえ、ありがたいですが、それだといつまでも『弟子』が独り立ちできませんので」

先ほど、レオーネは言った。『妻の「弟子」に傷をつけられ、黙るような「ジェッダ家」ではない』と。守るべき身内扱いとして、翼を貸してもらえたのだ、これ以上は甘えたくない。

幸い、ロセッティ商会は、雛でも自力で餌は取れるのだ。そのうちに翼の下からはい出て、独りで飛ばなければならないだろう。

そして、いつの日か、互いの翼同士をぶつけることもあるかもしれない。

「しばらく、ゾーラ商会長や、フォルト様を先生と仰ぎますよ。そうですね、まずは、フォルト様と対等な共存共栄を目指しますか」

「対等な共存共栄、ねえ……」

ガブリエラが猫のように目を細め、自分を見つめる。

そのまなざしは疑いではなく心配だと、いつの間にかわかるようになっていた。

「まあ、老衰で死ぬまでには、勝つつもりですけど」

「私が生きているうちにしてくれないかしら？　弟子の完全勝利ぐらいは見て死にたいものだわ」

なんともガブリエラの希望がお高い。イヴァーノは苦笑しつつ返事をした。

「とりあえず二十年ほど待って頂けますかね、師匠」

唐揚げと年上の男友達

「久しぶり……て、俺が言ってもいいのかな？　マルチェラさん」

「ああ。本当に楽に喋《しゃべ》ってかまわないか？」

緑の塔の二階、ソファーに座ったヴォルフとマルチェラが向き合っていた。

窓からの日差しは少しばかり淡い。間もなく夕暮れの赤が差し込みそうだ。

「ダリヤともこんなふうに話しているし、俺の地《じ》はこの通りだから、丁寧に喋る方が辛《つら》い」

「わかった、じゃ、遠慮なしってことで。気に障ったらそのときに言ってくれ。ああ、呼び方は？

ヴォルフレード様、それともヴォルフ様？」

「お互い、『さん』付けでいいかな？　どうも塔で『様』付けされると落ち着かない」

「じゃ、ヴォルフさんで」

緑の塔はお前の家か、そうからかいたくなるのをこらえ、マルチェラは答えた。

今日、自分は妻のイルマと共に、ダリヤの家を訪れている。四人の予定がちょうど合ったので、夕食を共にすることにしたためだ。

ダリヤとイルマは今、台所で料理中である。自分たちも手伝おうかと言ったところ、『後片付けは任せるから』と妻に笑顔で言われた。自分の料理の腕は信用されていないため、仕方がないが。

雑談をしながらヴォルフに視線を合わせていると、妙な違和感を覚えた。

「なんかその眼鏡、もぞっとする感じなんだが……一度、とってもらってもいいか？」

「……ああ」

目の前の男は一瞬動きを止めたが、すぐ眼鏡を外してみせた。

瞬間、マルチェラは言葉を失う。

こちらを見る目は、優しげな緑ではなく、輝く黄金。先ほどまでの大人しそうな雰囲気はかき消え、男でも見惚《みと》れるばかりの美貌が現れた。

おそらく、眼鏡が変装の魔導具なのだろう。ヴォルフの憂いの入った表情に納得する。

「そりゃあ苦労するな。魔導具がいるわけだ。嫌になるくらい、もてるだろ？」

「望んではいないんだけど」

否定の一言もなく、本心から嫌がっているらしい男に、つい言ってしまう。

「わかるにはわかるが、男なら一度ぐらい、そういう悩みを抱《かか》えてみたいもんだよ」

「あの、マルチェラさん、後ろ……」

ヴォルフの遠慮がちな声の直後、自分の背に、何かがびたりと貼り付いた。

「『そういう悩みを抱えてみたい』件について、ぜひ詳しく聞きたいわ～」

「いや、一般的な話だからな。俺は別にうらやましくはないぞ、お前がいるからな」

愛《いと》しい妻が、いつの間にか後ろに来ていたらしい。

耳元の低い声にかなり、いや、少々あせったが、顔には出さないことにする。

「はじめまして、スカルファロット様。マルチェラの妻のイルマ・ヌヴォラーリと申します」

背中からすっと離れ、イルマがヴォルフに頭を下げた。

「こちらこそ、はじめまして。ヴォルフレード・スカルファロットです――で、俺の方はヴォルフでいい。あと、楽に話してほしい。今、マルチェラさんともそう話していたところだから」

「本当に？　不敬になりません？」

「ああ」

イルマの赤茶の目がじっと男を見る。確認するようなまなざしに、ヴォルフが半分、身構えた。

「金色の目ってなかなか見ないけど、きれいね」

イルマはあっさりと言った。

彼女の視線は、ただヴォルフの目の色を興味深く見ていただけで、憧れも欲望もまるでない。

「ありがとう……」

ヴォルフがひどく安堵《あんど》した声を返した意味に思い当たり、マルチェラはつい同情してしまう。

「そこまでいくとそういう警戒も必要なわけか。ホント、大変だな……」

「自意識過剰で申し訳ない……」

ばつが悪そうにする男に、マルチェラは首を横に振る。

「別に過剰じゃないだろ、そこまでいくと自衛しないと。貴族は特に厄介だろうしな」

自分は庶民だが、貴族の話を聞くことはある。見目がよければ、何かと利用されたり、意に添わぬ縁談が降ってきたりするという。これだけの顔だ。ヴォルフもそれなりに苦労していそうだ。

「マルチェラさんて、どこか貴族の屋敷に出入りしてる？」

「運送ギルドの運送人だから、貴族の屋敷にも届け物で出入りしてる。あとは、ちょっと顔のいい女が貴族相手で苦労したのとかは聞くがな……」

語尾をあいまいに、話を切る。そこをつついてくる者はなかった。

「ヴォルフさんは確かにきれいだとは思うけど、あたしにとっては『普通の人』よ」

「ああ、気を悪くしないでやってくれ。こいつの好みがあまりにも固定化しすぎてるだけだ」

イルマの言葉にかぶせるように言うと、ヴォルフが不思議そうにこちらを見た。

「あたしにとって、『かっこいい男』って、今まで生きてきて、マルチェラだけなのよね」

あっさりと言い切ったイルマだが、まったくの自然体だ。

趣味が悪いのか、感覚がおかしいのか、イルマは、自分以外の男に惹《ひ》かれないらしい。美容師という仕事柄、男女とも髪や目の色、肌などを観察するように見ることはあっても、それだけだ。

自分には会って早くから熱のこもった視線を向け、それがいまだに続いているのだから、不思議なものだ。

だが、ここまではっきりきっぱり言われると、さすがに少し照れる。

「ふ、見たか、愛の力！」

「……うらやましいよ」

ぽつり、しみじみとした声で落とされたそれに、照れが一気に消え失《う》せた。

男は金の目を細め、どこかさみしげに笑んでいる。

ダリヤがいるはずなのに、なぜそんな表情《かお》をするのかがわからない。

「あー、なんだ、ヴォルフさん、その顔で今まで恋人の十人や二十人は？」

「マルチェラ、ちょっと桁がおかしくない？」

「じゃあ、百や二百？」

「一人もいないよ」

「まさかの恋愛新人君か……なら、ダリヤちゃんはどうよ？」

「ダリヤは、友達だよ。俺には――もったいない」

一拍空けた言葉に、冗談の響きはなく。どこか迷いとあきらめを含んだまなざしに、マルチェラはかける言葉を選びかねた。

「もったいないって、いろいろにとれる台詞《せりふ》よねえ……」

ぼそり、妻が自分だけに聞こえる音でささやく。

わずかにうなずきながら、視界に黄金の目の男を捉え直した。

この男に最初に会ったときから気がかりだった。

婚約破棄から、それほどの期間は空いていない。ダリヤが続けて傷つくのは見たくはない。できるものならば、もう少し、この男の中身が知りたいところだ。

「ヴォルフさん、魔物討伐部隊の隊員って、やっぱりかなり強いんだよな？」

「それなりじゃないかな。隊では俺は強いほうじゃないし」

「俺と組み手をしてもらえないか？　今日の記念に」

「組み手？」

「ああ、今、庭に下りてちょっとだけ」

「かまわないけど……」

少し困った顔で言うヴォルフは、あきらかに乗り気ではない。

マルチェラはそれに気づかぬフリで、勢いよく立ち上がった。

「決まりだ。じゃ、ちょっとばかり行ってくる」


「あれ、ヴォルフとマルチェラさんは？」

入れ違いに台所から皿を運んできたダリヤが、イルマに尋ねる。

昨年までよく着ていたゆるい灰色のワンピースではなく、すっきりとしたデザインの水色のワンピースだ。イルマにとてもほめられたそれに、白いエプロンを重ねている。

「ちょっと庭で、組み手してくるって。すぐ戻ってくるから平気よ」

「どうして、組み手なんて……？」

「男同士のじゃれあいね。前、飲みに行ったときに、トビアスともやってたそうだから」

「聞いたことがなかったわ」

トビアスは組み手をするような気性でもなければ、得意でもなかったはずだ。そもそも、マルチェラとも体格差がありすぎる。なぜそんなことをしようと思ったのか、理解できない。

「ダリヤには言えなかったんじゃない？　トビアス、十秒だったそうだから」

「十秒って、何？」

「地面に背中つけるまでが十秒。組み手って、背中つけたら一本じゃない。まあ、トビアスは魔導具師で、体が資本ってわけじゃなかったから当然だけど」

「え、でも、ヴォルフは……」

ヴォルフは現役の魔物討伐部隊の隊員である。普段戦っているのは、人ではなく魔物だ。

正直、マルチェラがどんなに組み手が強くても、ヴォルフに勝てるとは思えない。

「ちなみにマルチェラ、あたしと会ってから一回も背中ついてないわよ」

「でも、ヴォルフは魔物討伐部隊の騎士よ。普段は魔物と戦っているくらいだから……」

余裕げなイルマだが、ダリヤの方が心配になる。

マルチェラがもし怪我《けが》でもしたら大変だし、勝負後に気まずくなってしまわないだろうか。

「じゃ、それなりにじゃれあえるんじゃないの。あとでどっちが強かったか、聞いてみましょ。さ、お料理お料理。二人が戻ってくるまでに仕上げなきゃ」

イルマは機嫌よく笑いながら、ダリヤの肩に手を置く。その手首を飾る金の婚約腕輪、鳶色《とびいろ》の石がきらりと光った。

「ま、うちのマルチェラが負けるとは思わないけど」

ヴォルフは、マルチェラと共に、緑の塔の裏にやってきた。

芝生が途切れた土の上、マルチェラが軽く屈伸をしはじめる。準備体操らしい。

「じゃ、このあたりで。ヴォルフさんは身体強化持ちだろ。俺もそれなりに持ってるんで、攻撃魔法だけ、なしにしてもらえるか？」

「俺、外部魔力はないから」

「そっか。じゃあ問題ないな」

「ちょっと待って、腕輪は外しておきたい」

ヴォルフは天狼《スコル》の腕輪を取り、ハンカチに包んで近くの石の上に置いた。

ないとは思うが、うっかりマルチェラ相手に天狼《スコル》の魔力を使用してしまったら、洒落《しゃれ》にならない。

「俺も腕輪は外しておくか。曲げるとイルマに叱《しか》られそうだ」

マルチェラは金に柘榴石《ガーネット》の入った婚約腕輪を外すと、ズボンの後ろポケットに入れた。

「組み合って、どちらかが背中をつけたら勝負あり、でいいか？」

「ああ、それで」

どのぐらい手を抜けばいいものか、怪我をさせないようにしなければ――そう考えながら向き合うと、男が少しばかり眉をよせていた。

「今、どのぐらい我慢すればいいか考えてたか？」

「怪我がないようにとは、考えてたよ」

「どっちかが怪我したら、ダリヤちゃんにポーション借りようぜ」

ダリヤの友人にしては、ずいぶんと好戦的だ。

それとも、庶民では普通のことなのだろうか。ヴォルフには、そのあたりの判断がつかない。

部隊にもドリノのような庶民の出身者はいる。だが、訓練で戦うことはあっても、普段着で組み手をするようなことはなかった。

酒場などでからまれての喧嘩《けんか》なら多少経験はあるが、それとも違う。

自分に敵意のない相手、しかもダリヤの友人である。万が一にも怪我はさせたくない。

「じゃ、始めるか」

マルチェラは自分より少し背は低いが、横幅と厚みは確実にある。体重もかなり上だろう。日に灼《や》けたその精悍《せいかん》な顔と体躯《たいく》は、魔物討伐部隊の隊員達に見劣りしない。

だが、彼からは敵意も殺気も感じないので、微妙に構えに迷った。

「準備は？」

「いつでも」

自分の返事と同時に、マルチェラが動いた。思いがけない速さに、ほんの少しあせる。

斜め下から襟をとりに来た手を左腕ではらい、右手でマルチェラの肩をつかんだ。

このまま半分回り込み、彼に足払いをかければ後ろに倒れる、おそらくそれで終わる。あまり勢いがついて怪我をさせないようにしないと――そう考えた瞬間、マルチェラの体が頭分ほど沈んだ。

とっさに肩をつかんでいた手を離し、後ろに飛びのこうとする。

だが、今度は自分の腕が、男にあっさりとられた。簡単に振り払えぬほどに強いその力に、わざと腕を突き込む。

マルチェラは即座に腕を放すと、自分の逆の手を取り、肘関節をきっちり固めてきた。

ここで無難にやめるべきか、身体強化をかけてつかんでいる手を外し、組み手を続行するべきか、怪我をさせぬよう手を抜かなくては——そんなことを考えていた己を深く恥じる。

あっさりと離された肘は、わずかに痛みが残る。鳶色の目が、ひどく残念そうに自分を見ていた。

「やっぱり、まっとうに相手はしてもらえないか……」

ヴォルフは迷った。


今、手を抜かれたのは、自分だ。

「すまない、俺が失礼だった。ちょっと測らせてもらっていいかな？」

身体強化をかけ、マルチェラに両の手のひらを向ける。男は確認の言葉もなく、手を合わせてきた。そのまま単純な力比べの体勢になるが、かなり力をかけても、押し負けることはなく、ほぼ拮《きっ》抗《こう》した。少々互いの爪先が地面にめりこみ、庭を荒らしてしまったが。

「なんだ、マルチェラさん、それなりに頑丈なんだ」

「ああ、そっちもな。で、追加で悪いが、肩から下の打撃と蹴りありにしねえか？　骨折らない程度の目安で」

獰猛《どうもう》な笑顔で言われたが、納得した。

どうやらマルチェラは、遠慮がいらないとわかったのがうれしいらしい。それがわかる自分については、あえて棚上げする。

「わかった。でも、加減をまちがえたらすまない。もし折れたら神殿行きだね」

「そのときは、二人そろって美女達に説教されようぜ」

「ああ。じゃ、いくよ」

ガツン、というひどく硬い音がした。両者が身体強化をかけてぶつかる音は、低く重い。生木と

生木を叩《たた》き合わせたような音が、続けて響く。

もう少し、力を入れても大丈夫か、もう少し、速い動きでも大丈夫か。

気がつけばお互いに少しずつ、力を入れる度合いが増し、速さが上がる。

マルチェラの拳が、ガードした自分の腕を打つ。

身体強化をしても骨を震わすその強さと痛みに、つい、口角が上がった。

蹴り返した足は、同じくマルチェラの足で止められたが、まるで丈夫な樫《かし》に蹴りを入れたようだ。

身体強化を入れていても、足の芯までみしりと響いた。

人による近距離からの打撃、裸の拳でこの重さ、勢いのある蹴り。隊ではそうそう味わえない感覚だ。訓練というより、喧嘩に近いこれは、ヴォルフにはひどく新鮮だった。

生死はかかっていない、守るものもない、人目もない、身分も関係ない。

少々痛みはあるが、それよりも今までしたことのない遊びめいた打ち合いに、楽しさの方が勝る。

打ち合い、かわし合いを繰り返していると、呼吸が合ってくるような妙な感覚がある。

もう少し、あと少しと繰り返す中、派手に布の破ける音で、二人の動きが止まった。

「あー、すまん。服にひっかけちまった……」

「いや、気にしないで。これ、生地が薄いから」

マルチェラの拳が滑り、布を巻き込んだらしい。シャツの胸元が、派手に破けてしまった。

気がつけば、夕暮れが終わろうとしている。少しばかり夢中になりすぎたようだ。

「マルチェラさん、強いね。うちの部隊に来ない？」

「俺は小心者なんでね。魔物を見ると泣いちまうからだめだ」

「魔物の方が泣くと思うけどな……」

ひどく破けた布を指で弄《もてあそ》びつつ、ヴォルフは笑う。

「ちっと派手にやっちまったな」

マルチェラがじっと腕を見る。互いの腕に、アザになりそうな部分が数カ所ある。鈍痛の残る足にいたっては、ズボンをめくっての確認をしたくない。


「何をやってるんですか!?」

突然の怒りの声に、慌てて振り返る。そこには、ひどく息を乱した赤髪の女がいた。

「ダ、ダリヤ……」

「あ、ダリヤちゃん、これはだな……」

「すごい音がするから来てみれば、組み手じゃなくて、喧嘩じゃないですか！」

同時に言いかけた男の言葉を続けさせぬほど、ダリヤが怒気のこもった声をあげている。

確かに組み手から喧嘩じみた手合わせになってしまった。

「いや、喧嘩じゃなくて、組み手の訓練みたいなもので……」

「ほら、男同士、拳の語らいってヤツでな……」

「素手で殴り合いとか、怪我をしたらどうするんですか!?」

男二人は、言葉を続けられずに立ちすくむ。

この女がここまで怒っているのを見たのは、二人とも初めてだった。

怒れるダリヤの後ろ、イルマがゆっくりと歩いてきた。

「ああ、マルチェラ、なんてこと。ヴォルフさんの服を破くなんて……で、お腹の筋肉でも確認したかった？」

「おう！　腹はきっちり六つに割れてたぞ」

「マ、マルチェラさん」

「やっぱり魔物討伐部隊だから、しっかり鍛えてるのね」

「ヴォルフさん、なかなかいい体をしてるぞ。腕と足の筋肉もいい感じに固くてな……」

「なんの話になってるの！　もう夕食の時間だから、先に行って盛りつけてる！」

ダリヤは一人声を大きくし、塔へ早足で歩き去ってしまう。

笑いをかみ殺す夫婦と、呆然《ぼうぜん》としているヴォルフが取り残された。

「ダリヤ、窓から見て、とっても心配してたの。じゃれあってるだけだから心配ないって言ったんだけど、全力で下りてきて、途中でコケて……」

「ダリヤちゃん、男兄弟がいないから、こういうじゃれあいは見慣れてないんだっけ？」

「うん、だから喧嘩だと思っちゃったみたい。なかなか説明が通じなくて……」

イルマはちょっとだけ困ったように笑う。

「悪いことをした。心配をかけたことを謝らなきゃ」

「俺もだな。つい調子にのっちまった」

「じゃ、二階に行って謝りましょ」

ヴォルフが天狼《スコル》の腕輪を取りに行き、マルチェラは婚約腕輪をつけ直した。そして三人で、ダリヤに続いて塔に入る。

イルマの持っている魔導ランタンが、暗い階段を明るく照らした。

「マルチェラ、そこ、ダリヤがコケたとこ。階段が少し欠けてるの」

「ちょっと待ってろ、今、直しちまうから」

マルチェラは右手をかざし、階段の欠けた部分に魔力を注ぐ。わずかに欠けた部分を、濃灰の石が埋め、まるでわからなくなった。

「マルチェラさん、土魔法持ちなんだ」

「少しな」

二人の会話を聞きつつ、イルマが魔導ランタンを片手に階段を確認する。

「マルチェラ、そこも。まだヒビだけど、広がると危ないわ」

「直しとく。ああ、そうか、トビアスがいなくなったから、直す奴が……すまん、忘れてくれ」

苦虫を噛《か》みつぶした顔になり、マルチェラは黙った。

「それって、ダリヤの元婚約者だよね。彼が、修理を？」

「まあ、そんなとこだ」

「他に彼がやっていたことで、今、足りずに困っていることはない？」

「ヴォルフさん、ダリヤちゃんとは『お友達』なんだろ、聞いてどうする？」

「お世話になっているから、できることくらいは手伝いたいと思ってる」

二人の言葉にイルマが振り返る。その柘榴石《ガーネット》の目が、ヴォルフをじっと見た。

「ヴォルフさん、世間では、あなたがダリヤを『お世話している』って言われてるんだけど」

「俺達は友人だ。そういう関係じゃないよ」

「困ってるかどうかはおいておくが、トビアスが普通にしてたのは力仕事関係だな。買い出しの荷物持ち、素材の運搬、塀の修繕あたりだな。そっちは配達と業者を頼んでるだろ」

爪先で階段を軽く蹴り、マルチェラは言葉を続ける。

「あいつが気づかれないようにやってたのが、階段と床の修理。ダリヤちゃんが転ぶと悪いってな。それは俺が声をかけて、できるところはやるさ。あとは、面倒な取引先の対応、魔導具制作に関する苦情は内緒で代わりに受けてたな。ダリヤちゃんが怒鳴られたり嫌な目にあったりしないようにって。今はイヴァーノさんがいるから平気だろ」

「マルチェラ」

イルマがその名を呼んだのは、話を止めるつもりか、それとも、それ以上をヴォルフに教えたくはないからか。それでも、男は言葉を続けた。

「あいつがダリヤちゃんにやったことは最低だし、かばうつもりはまったくない、けど、前はそれなりにがんばってた男だったよ。婚約者っていうより、過保護な兄貴みたいだったけどな」

「……そう」

ヴォルフは話をただ受け止めた。

その後は三人とも無言のまま、目につく階段のヒビをいくつか直し、二階に上がった。

二階に上がると、ダリヤが黒いTシャツを手にしていた。以前、ヴォルフが借りたことのある服だ。

「ヴォルフ、これに着替えてください。そのままだと強盗に襲われたみたいです」

「ありがとう。さっきはすまない」

「悪かった、ダリヤちゃん。ちょっとふざけすぎた」

「もう、ヴォルフもマルチェラさんも、服が破けるまでやらなくてもいいじゃないですか……」

怒りから心配に切り替わった声に、申し訳なさがつのる。

なんと言って謝罪するかを考えていると、マルチェラがうなずいた。

「そうだな、どうせなら、上は全部脱いでやるべきだった」

「……マルチェラさん」

「ねえ、いっそ二人とも脱いで、満足するまで組み手する？　それなら、お酒と椅子持って、ダリヤと一緒に庭で観戦するわ」

「しないわよ！　先にこれ並べてて。お料理仕上げてくる！」

イルマに取り皿とカトラリーの束を押し渡し、ダリヤは台所に行ってしまう。早足の背中に、声をかけそびれた。

「ダリヤが怒ってる……」

「ちょっとからかいすぎたな。ダリヤちゃん、昔のイルマの家の猫みたいになってる」

「猫？」

「ああ、イルマの実家の猫。昔、俺を見てキシャーって言ってた頃の顔が、さっきのダリヤちゃんそっくり」

ひどい言われようだが、少しだけ納得もする。普段と違っていて、ちょっと近づけない。

下手をすると、追加でみっちり怒られるか、冷えた笑顔で距離をおかれそうだ。どちらも全力で避けたい。

「うちの猫、昔はマルチェラを避けてたのよね。その頃のマルチェラ、王都と外の行き来で、薬草箱を運んでたから」

「猫避《よ》けの匂いがついてたんだから仕方ないだろ。ま、今はまっ先に俺のとこに来るけどな」

「マルチェラ、ご機嫌取りがうまくなったわよね」

ヴォルフはマルチェラに期待のまなざしを向けた。

もしかしたら、ダリヤの機嫌を直す参考になるかもしれない。

「ご機嫌取りって、どんな方法？」

「好物を食わせ、よさげなところをとことん撫《な》で回す。お勧めは、耳のつけ根と首まわりと背中」

「そう……」

まるで参考にできない方法に、鈍く頭痛がした。


ダリヤが最初の皿を運んでくると、全員で手伝い、台所とテーブルを行き来する。

ヴォルフはエールやワインを準備し、バケツに氷を入れて運んだ。

「ヴォルフ、マルチェラさん、乾杯前にポーションを飲んでください。腕のアザ、ひどいです」

全員がテーブルにそろうと、ダリヤがテーブルの上にポーションの瓶を置いた。

「平気だって、このくらい。怪我のうちには入らねえよ」

「たいしたことは……いや、マルチェラさん、大人しく半分ずつ飲もう」

「いや、高いだろ、それ」

「もっと高くつく前に飲んだ方がいいと思う。今回は顔合わせ記念で俺が出すから、そのうちに酒でもおごって」

「……わかった」

自分たちを凝視する緑の目が、ちょっとばかり怖い。ここで断ったら、酒と料理を前に、こんこんと諭されそうな気がする。斜め向かいのダリヤの強い視線に、マルチェラも納得したようだ。

「わかった。今回は甘えさせてもらう。今度おごる」

「じゃ、これは半分もらうよ」

ヴォルフがグラスに手をかけると、イルマが手近な小皿を持った。

「ちょっと待って、ヴォルフさん、少しだけここにポーションをちょうだい」

「イルマさん、どこか怪我した？」

「あたしじゃないわ。ダリヤ、さっき階段でコケてたわよね。手のひら見せて」

「……平気」

ダリヤはきまり悪そうに目をそらしたが、イルマはかまうことなく、その手をとった。

「はい、手開いて。たいしたことはないわね」

指先にポーションをつけ、ダリヤの手を押さえる。少しばかりしみたらしい。一瞬、緑の目を細めた彼女は、アルコールでもないのに、手のひらに息を吹きかけている。

「次、膝。絶対すりむいてるでしょ？　スカートの裾上げて……あ、男性陣はそっち向いてポーション飲んで」

「あいよ」

「はい」

素直に背を向け、マルチェラと共にポーションを飲んだ。

後ろでは、ポーションが膝にしみたらしいダリヤの、微妙な悲鳴があがっていた。なんともかわいそうだ。

「すごいな、ポーションって！　足が一気に痛くなくなった」

ポーションを一気飲みした男が、感嘆の声をあげた。

自分の腕を見れば、アザがゆっくりと消えていく。意識していなかったが、足の鈍痛もきっぱり消えた。

「マルチェラさん、ポーションが効いたってことは、やっぱり怪我してたんじゃない」

「階段落ちのダリヤちゃんも復活しただろ？」

「ねえ、私は冗談で言ってるんじゃないわよ？」

「ダリヤー、ダリヤー、そのくらいにしてー。マルチェラはどうしようもないし、エールがぬるくなるから」

「俺の奥さんは、俺に首ったけじゃなかったのか？」

「ダリヤの料理を前にして優先されるほどのことが、今あって？」

「ああ、それはないね」

ヴォルフもきっぱりと同意した。

わざと深くうなだれるマルチェラを無視し、イルマが自分に笑いかける。

ダリヤと同じく、ただ自分という個を見るまなざしに、ヴォルフはひどく安堵した。

その後、ようやく四人での乾杯に進んだ。

「エールはヴォルフ、フルーツはマルチェラさん、サンドイッチはイルマからです。冷やし野菜は、マヨネーズとドレッシングがあるので、お好きな方で。こっちの皿は軽く塩漬けしてますから」

たっぷりと氷を敷いた皿の上、冷えたキュウリやミニトマト、茹《ゆ》でたブロッコリーや人参《にんじん》などが一口大に切られていた。その隣の皿には、大根とナスが薄く切られて並んでいる。

その他にも厚みのあるサンドイッチ、色とりどりのカットフルーツ、クラーケンの魚醤《ぎょしょう》焼き、チーズの盛り合わせなどもある。だが、真ん中の一番大きな皿は、空いたままだった。

「じゃあ、二度揚げしてくるわ」

「あたしも手伝う？」

「大丈夫、すぐ戻るから」

にこりと笑ったダリヤが、再び台所に消えた。ヴォルフはその後ろ姿を見送り、グラスを空ける。黒エールは冷たくそれなりにうまいのだが、どうも落ち着かない。

「ヴォルフさん、大丈夫よ。すぐ来るから」

「俺もなにか手伝えればいいんだけど」

「後片付けでいいんじゃないかしら」

イルマは笑って答えたが、後に、今までもヴォルフが皿洗いをしていると聞き、固まることになった。

「お待ちどおさま」

数分後、ダリヤがまだ油の音のする大皿を持ってきた。

「鶏の唐揚げです。味は二種類あるので、食べてみて、好きな方をどうぞ」

鶏の唐揚げは、食堂にも居酒屋にもあるメニューで、とりたてて珍しくはない。

だが、そのスパイシーな香りと少し強めに揚げられたらしい色合いに、口内がうるむ。

勧められるがままにフォークを刺し、口に運んだ。

「あ、今日はしっかり歯を磨いてくださいね。ニンニクは容赦なく使いましたんで」

彼女の声を聞きながら、おいしさを逃がさないよう、一口で噛みしめる。

衣がさくりと音を立てて、唇に熱い。

ニンニクとショウガのいい風味の後、うまみの濃い肉汁がたっぷりとあふれてきた。その熱に少し慌てて咀嚼《そしゃく》すれば、少し塩が濃いと感じた味はちょうどよくまとまる。

唐揚げをゆっくり味わって飲み込んだ後は、自然と黒エールに手が伸びる。

冷えた酒を喉に流し込めば、肉の味と脂は消え、爽やかな苦みを口に新しく感じる。エールの味までも引き立つのは、なんとも面白い。

「またこれだよ、絶対連鎖だよ……」

隣で黒エールを空ける男の言葉に、強く納得した。

もう一山の鶏の唐揚げは、最初のものより一段茶色い。やや焦げ気味なのか、そう思いつつ口にして、柔らかさと甘みに驚いた。肉汁の多さは一緒だが、こちらはまったく違う味だ。

長く咀嚼して飲み込めば、ふわりと甘く残る味に、エールがひどく合う。

唐揚げは多いと口飽きすることがあったのだが、この二種類に黒エールは、止まりそうにない。

「ダリヤ、こっちの下味って、何？」

「蜂蜜と魚醤、ほんの少しレモン。冷めてもおいしいからお弁当にもいいわよ」

「後でレシピくれる？」

「いいわよ。後で書くわね」

少ない会話を交わしつつ、唐揚げはたちまちになくなっていく。

からりと空いた皿を見て、赤髪の女は満足そうに笑った。

「もっと食べられそう？　漬け込んでいるのがまだあるから、揚げてくるわ」

「ダリヤ、大好きー！」

「お願いしていいか？　今度、イキのいい鶏を庭に届けるから」

「やめて、飼わないわよ」

マルチェラ夫婦の軽口に応えるダリヤが微笑《ほほえ》ましい。だが、わずかにひっかかるものがあった。

「俺もぜひお願いしたい」

「後でお皿洗いを手伝ってくれるなら、たくさん揚げてきますよ」

「皿洗いだけなんて言わないよ。お願いできるなら、魔導コンロと洗い場まで磨くよ」

「じゃ、俺は台所の壁と床をぴかぴかにするか」

二人のひどく真面目な声に、イルマが笑い出した。

「よかったわね、ダリヤ。台所がすっごくきれいになりそうよ」

「ふふ、期待してるわ。じゃ、追加で揚げてくる。すぐできるから、少し待ってて」

赤髪の女は、早足で台所に消える。

今度もこの二種類の唐揚げか、それとも、ダリヤのことだから、また違う味を持ってくるのか――なんとも楽しみでならない。

緑の塔、ダリヤの隣、気負いなく話せる相手、うまい酒と食事。数ヶ月前までは知らなかったそれらをうれしいと感じる反面、少しばかり怖くもある。

以前の生活に戻れと言われても、絶対にできる気がしない。

「……また一緒に飲めるといいね」

「ああ。今度はうちに、ダリヤちゃんと来てくれ」

独り言めいたヴォルフの言葉に、マルチェラが速攻で応えた。

「待ってるわ、今度はあたしが料理の腕をふるうから」

「ありがとう。迷惑にならなければ、ぜひ」

こんなふうに話せるのは、とてもうれしい。

けれど、本当はこの夫婦にとって迷惑ではないだろうか、そう考え、つい視線が下がった。

「……うちの家の近くでばれるのがまずいなら、眼鏡をかけているときは『ウルフ』とでも呼べばいいんじゃないか？　お忍びで俺らは知らなかったって言えば建前上は通るし」

「それがいいかもしれないわね。眼鏡をかけても気になるなら、夕方から出かければそんなに目立たないんじゃないかしら？」

「ありがとう、二人とも」

すっかり見透かされたことに、気恥ずかしくも安心している自分がいる。

夫婦で自分を気遣い、カバーしてくれているようだ。

「下町の裏通りなら顔見知りもいないだろ。あっちなら、外でも気にせず飲めるんじゃねえか？　人のことなんか誰も気にしないし、安酒の種類も多いしな。ただ、机も椅子も酒で濡《ぬ》れたり汚れてたり、酔っぱらいがふらふらしてたりで、女性陣にはあんまり勧められない場所だが……」

「それも楽しそうだね」

「お、平気か！　じゃ、路地裏のなにか混ぜたような酒を出す店とか、薄汚れた立ち飲み屋とか、男同士でしか行けない店をハシゴしようぜ、『ウルフ』」

「ああ。楽しみにしとく、『マルチェラ』」

勢いのついていく二人の会話に、イルマが疑わしげに赤茶の目を細める。

「うちの旦那が、ヴォルフさんに、何かよからぬことを教えようとしている気がする……」

「なんだ、奥さん、知らなかったのか？」

マルチェラは黒エールを片手に、すまし顔で言った。

「悪い遊びを教えるのが、年上の男友達ってもんだ」

人工魔剣制作四回目　～嘆きの魔剣～

食後の片付けはヴォルフとマルチェラが中心になり、一気に終わらせた。

皿洗いどころか、本当に二人に壁と床までぴかぴかに磨かれてしまい、ダリヤはあせりまくった。

掃除が終わると、イルマの美容室に明日の朝早く予約があるとのことで、夫婦は名残惜しげに帰っていった。

ヴォルフと二人になると、塔一階の作業場に下りる。

前回から少し期間が空いてしまったが、今回も人工魔剣制作である。昼のうちに大体の準備はしていたので、あとは複合付与を試すだけだ。

「オズヴァルドさんから複合付与の方法をいくつか聞いてきましたので、一番簡単なものを試してみようと思います。これ、前に失敗した短剣と同じ組み立てですが、いいですか？」

「ああ。これで組み立てても付与が効けばいいね」

作業テーブルに載っているのは、ネジ付きの短剣を分解したものだ。

その鉛色の刃《やいば》に研ぎいらず、鍔《つば》に洗浄用の水の魔石、柄《つか》に速度強化用の風の魔石、鞘《さや》に軽量化、ネジに硬質強化を施してある。

最初に試したときは、魔法干渉により、それぞれの部品が反発し合って組み立てられなかった。

その後、イエロースライムで反発を止めたところ、今度は魔法が発動しなくなった。

それをふまえ、今回は魔封銀での複合付与を試すことにする。

準備のため、ダリヤはポケットから細身の金の腕輪を取り出した。

「これ、オズヴァルドさんから護身用と付与用にお借りしました。防毒とか混乱防止とか、眠り薬なんかも効かなくなるそうです」

「魔導具師って、師匠から腕輪をもらったり、借りたりするもの？」

「いえ、そういうわけではないです。普通の素材とは違って、希少素材は状態異常になる可能性があるので、安全のためと言われました。自分でこれを作れるようになったら返す約束です。イヴァーノにも、外に出るときはつけておくように言われました」

「それ、見せてもらってもかまわない？」

「どうぞ。内側にいろんな素材があるんです。白は一角獣《ユニコーン》の角、黒は二角獣《バイコーン》の角、赤は炎龍《ファイヤードラゴン》の鱗《うろこ》、緑は森大蛇《フォレストラスネイク》の心臓だそうです。つないである魔法回路が、ものすごく細かくて……」

ヴォルフは腕輪を見ながら、ダリヤによる詳しい説明を黙って聞いていた。

「オズヴァルドからダリヤへのプレゼントかと思ったよ」

「それはないですよ。とても高いものですし、借料を払わなければと思ってるくらいです」

話しながら、ダリヤは両手にちょうど載るぐらいの箱を棚から出す。

箱の大きさに対し、意外にずっしりと重い。中に入っているのは、とろりとした銀色の魔封銀だ。

魔封銀は、特殊鉱と呼ばれる変わった金属で、魔法を付与すると液体から固体になる。魔法を通しづらいので、素材を入れる箱や武具の盾などにも使われることが多い。

「複合付与のために、この魔封銀を接合部に塗りますね」

「魔封銀て、魔封箱の？」

「ええ。魔封箱に塗るので有名ですが、魔導具で魔力が逃げないように使うこともあります。これで、魔剣の魔力拮抗《きっこう》を防げると伺ったので。魔力付与のついているものに重ねがけはできないんですが、魔封銀自体で接合パーツを作ればいいそうです」

黒い箱から、ガラススプーンで魔封銀を少しだけすくう。

剣の刃部分に置かれた魔封銀は、水銀を少し明るくしたような色合いだ。液体はサクランボほどの粒になると、ダリヤの指先の魔力に合わせ、ころころと転がって動く。そのまま指定したところに転がると、液体はするすると平らにのびた。

魔封銀は、剣が柄にはめ込まれる部分を覆うと、薄い膜を張るように硬化していった。

「これ、魔力はそんなにいらないので、一気に済ませちゃいますね」

ダリヤは続けて、鍔の接合部分や、鞘の内側、ネジの巻き部分にそれぞれ付与を行っていく。指先に従い、ころころと転がる小さな銀の球体は、ユーモラスでかわいい生き物のようにも見えた。

「ダリヤ、それ、実はシルバースライムの小さいのとか言わない？」

「ただの液体金属です。私、童話の『魔物使い』じゃないので」

「そうか。考えてみれば、ダリヤは『スライムの宿敵』だよね」

「『魔物の怨敵』が何を言ってるんですか？」

軽口を交わしつつ付与を終えると、ヴォルフの組み立ての番になった。

彼は手慣れた仕草で、刃と鍔を合わせ、柄に組み込む。ネジ止めの際、わずかな反発があったようだが、問題なく組み上がった。

「鞘だけ持つと軽いから、こっちは問題ないね。速度強化の方をちょっと試してみるよ」

ヴォルフが片手で剣を振り抜くと、びゅんと異様な風音が響いた。

思わず身をすくませると、彼は慌ててこちらに向きなおる。

「すまない、ここまで速度が上がると思わなかった。間違いなく柄の速度強化は効いてる」

「水はどうです？」

ヴォルフが鍔部分を押さえると、水がつうっと刃を流れ、細い筋を作る。テーブルにぽたぽたと落ちるのは、普通の水だ。短剣を洗浄するにはちょっと量が足りなそうだ。

でも、布で刃を拭くときはこれでも十分だとヴォルフが言うので、ほっとした。

付与後、短剣は鞘に問題なく収まった。

「成功だね！　こんなに早く成功するとは思わなかったよ」

「よかったです！　今までに比べると、まっとうに平和な魔剣になりましたね」

『まっとうに平和な魔剣』という表現もどうかと思うが、実際、過去の三本と比べ、これは成功品と呼んでいいだろう。何より、持つ人間に危険がない。

軽い付与同士のささやかな成功ではあるが、うれしさに笑い合った。

「名前、つけます？」

「なんかこう、泣いているみたいに水が出るよね。『嘆きの魔剣』とか、どうかな？」

「どうしてそういう魔王的なたとえをするんですか？　それなら『水出し魔剣』とかでいいじゃないですか」

「それ、完全にお茶かコーヒーだよね？」

命名センスが壊滅的な自分に、魔王的な命名しかできないヴォルフ。

どう転んでもまっとうな名前に決まりそうにない。

「これ、俺が持っててもいいかな？　これなら兵舎に持ち込める」

「いいですけど。せっかくですから、もっといいものを作りますよ」

「これはこれで。キレ味は鈍らないし、遠征中でも水が飲める」

「荷物になりますから、素直に水の魔石を持っていってください」

「ワイバーンに持っていかれたとき、非常用のベルトポーチに入れてたんだけど、切れて落ちたんだよね。だから、遠征はこれをサブの短剣にして内側にしまっておけば安心かと思って。備えあれば憂いなしって言うし」

「ヴォルフ、またワイバーンに持っていかれること前提に聞こえるんですが……？」

最初に会った日のことを思い出し、語尾が濁る。あんな血だらけ、傷だらけの姿には二度となってほしくない――そんなことを考えていたダリヤに、ヴォルフは不意に低い声を向けた。

「ダリヤは、俺に『丁寧』だよね」

「え？」

「マルチェラ達と話しているときと、俺と話すときの口調が違うから。同じように話してほしいというのは、負担になる？」

「ええと、それは……」

いくら親しくなったとはいえ、ヴォルフは伯爵家の一員である。少しばかりハードルが高い。

彼にはこの口調で慣れているせいもあり、簡単に切り換えできる気がしない。

「外でそういう喋《しゃべ》り方になると困るというか、その、王城でうっかりヴォルフを呼び捨てにしてしまったこともありますし……」

「……すまない。無理を言った。忘れて」

唇は笑みの形を保ってはいるが、その黄金の目が、なにかを悟ったように冷えた。

不意にヴォルフと距離が空いたように思え、ダリヤは慌てて言葉を続けた。

「いえ、無理ということではなく！　……あの、私が男爵位をとるまで、待ってもらえませんか？　そしたら少しは、ヴォルフに近くなると思うので」

自分で言った言葉に、自分で驚いた。ヴォルフの方も少しばかり目を丸くしている。

「その、とれても、かなり爵位差はありますけど……」

「じゃ、俺も男爵位をとれば同格だね」

慌てる自分にあっさり返し、彼は花が咲くように笑った。

「俺も自力で男爵になれるよう、そのうちワイバーンでも仕留めてくるよ」

「やめてください。お持ち帰りされると悪いです！」

つい真面目に答えた自分に、ヴォルフは笑んだまま短剣を撫《な》でる。

まるで猫を優しく撫でるような仕草に、少しばかり視線をとられた。

「でも、ダリヤは本当にすごいね。こんな短期間で、魔剣ができるとは思わなかったよ」

「オズヴァルドさんのおかげですし、威力は全然ですが。長剣で同じようにできるかわかりませんし。あと、魔法出力の大きいものは私ではできないと思うので、ヴォルフの発案にして、魔力が多くて信頼できる方にお願いしてみてください。私の名前はなしで」

「ダリヤは王城の魔導具師にはなりたくない？　予算と希少素材はかなり使えるはずだよ。うちの兄なら、おそらく推薦状は書けると思う」

「遠慮します。魔力が足りないですし、私が作りたいのは生活向けの魔導具なので」

予算と希少素材は魅力だが、作りたいものの方向が違う。

ヴォルフの魔剣は例外として、自分が作りたいのは生活用の魔導具だ。

どうせなら生活の便利さ、人の笑顔につながるものを作りたい、そう思う。

「それに、イヴァーノに言われたんですけど、魔剣のような武器を作ったのが私みたいな女だってわかったら、貴族のお抱え名目で、監禁コースとかもありえるかもしれないと」

「ダリヤ、お忘れのようですが、俺、貴族」

「いえ、一応、忘れてはいないですが……」

「大丈夫！　そういう趣味は今のところない」

「今のところってなに!?」

思わず声が大きくなったが、ヴォルフはからかいの後のケラケラ笑いに移行していた。

このところ、からかう内容が一段悪質になっている気がする。

ダリヤは被害拡大を防ぐため、話題を変えた。

「暑くなってきましたけど、遠征はしんどくないですか？」

「水の魔石で手足や頭を洗ったり、時々氷の魔石で氷を出して、くっついているよ」

「なんだかわびしいですね……」

「冷風扇を持って遠征に行くわけにもいかないからね。風魔法の使える者が風を送ってくれたりもするけど、ずっとは無理だし。蒸す日が続くと、動いても寝ても、背中とか脇が汗でべたべたで、油断すると汗疹《あせも》になる。鎧《よろい》を脱ぐわけにもいかないし、シャツもそう替えられないからね」

靴下と靴の中敷きだけでは汗疹の解消はできなかったようである。遠征はかなり厳しそうだ。

「でも、暑さもそうだけど、冷えも辛《つら》いかな」

「冷え、ですか？」

今は夏である。冷えという単語が微妙に遠く思える。

「ああ。汗をかいたり、雨で濡《ぬ》れたり、あとは魔物の血で汚れて水を浴びたりすると、夏でもけっこう冷えるんだ。俺達はまだ若いからテントで毛布をかぶってればいいけど、年齢が上の先輩なんかは膝とか肩にくるって」

「大変ですね……」

「この前の遠征でも、風邪をひいている先輩がいたんだけど、喉が腫れて干し肉も黒パンも飲み込めなくて。でも、治癒魔法を勧めても、先輩方はなかなか受けてくれないんだよね」

「どうしてですか？　喉の痛みだけだったら治癒魔法で取れますよね？」

「治癒魔法で風邪は治らないし、喉の痛みはぶり返すから、もったいないって。遠征の帰りにもし魔物に遭ったら、治癒魔法は必須だからって、受けてくれない」

遠征は討伐だけが危険なのではない。その行き帰りに魔物や動物と遭遇することもありえる。

確かに治癒魔法やポーションの類《たぐい》は温存しておきたいだろう。

「遠征用コンロが早く導入されて、皆で温かいものが食べられればいいんだけど」

「そうですね……」

魔物の討伐という大事な仕事をしているのに、戦い以外でも大変らしい。

食事のひどさに冷えのことを考えると、やはり遠征用コンロを届けたい。

価格的に無理であれば、個人的に寄付を考えたいのだが、おそらくイヴァーノには止められる。

なんとか値段を下げる方法、導入の仕方を考えるしかないだろう。

「そろそろ帰らないと……ああ、また雨だね」

ヴォルフが窓から空を見て、少しばかり困ったように言った。

降りはじめたばかりの雨が、すぐ音を大きく響かせる。そうそうやみそうにない。

「これ、着ていってください」

ダリヤは壁にかけてあったコートを持ってきた。

表は砂蜥蜴《サンドリザード》、裏はワイバーン皮の黒いコート。最初に会った日、ヴォルフに貸したコートである。

だが、彼は少しばかり困った顔をして受け取ろうとしない。

「いや、またお父さんのコートを借りるわけには……ダリヤも使うものだろう？」

「ご遠慮なくどうぞ。うちにはレインコートは何枚もありますから」

「でも、そのコートってやっぱり高級品だよね？　ダリヤのお父さんの形見なわけだし。他のレインコートを貸してもらった方がいいかと……」

ダリヤはヴォルフに微笑《ほほえ》むと、近くに置いてある大きな箱を開けた。

「いい感じの緋色《ひいろ》と、水色に紺の水玉、鈴蘭《すずらん》柄があります。どれがいいですか？」

ルチアがデザインした女性向けのレインコートを取り出し、真面目な声で聞いてみた。

ヴォルフは色とりどりのそれらに目を見開いた後、笑って右手を差し出した。

「すみませんが、またこちらのコートを貸してください、『ダリ』さん」

友の誤解と微風布

ダリヤは一人、午後早くに王城に来ていた。三度目となるが、やはり慣れない。

ただ、今回は遠征用コンロと靴乾燥機の見積書を届けるだけなので、それほど緊張はしていない。

本当はイヴァーノと来るはずだったが、彼の仕事がたて込んでおり、ダリヤの方から断った。いつの間に進めたのか、靴乾燥機の大量発注の見積書を持たされたのには驚いたが。

ヴォルフは訓練中とのことで、ランドルフの迎えで魔物討伐部隊棟へ向かった。

だが、なぜか見積書を渡すべき受付ではなく、三階の奥へ案内される。『魔物討伐部隊　隊長室』とドアに銀のプレートが掲げられた部屋では、グラートと壮年の騎士が待っていた。

重厚な調度に気後れしつつ見積書を渡すと、壮年の騎士からソファーを勧められる。

おそるおそる座っていると、紅茶と菓子が運ばれてきた。

靴の中敷きか、遠征用コンロで何か問題があったか、それともまた水虫の話か——そう身構えていると、グラートが優しく笑った。

「忙しいところをすまない。せっかく来てもらったので、茶菓子でもと思ってな」

「こちらは王城の中央棟のチーズケーキです。王も同じものを食べているんです」

「あ、ありがとうございます」

ダリヤの目の前に、なんだか畏れ多いベイクドチーズケーキがきた。

お店で買うチーズケーキより少し大きめ、『ずっしり』と形容したい厚みがある。

全体はきれいなクリームイエローで、表面は美しい焼き飴《あめ》の茶だ。横に添えられたたっぷりの生クリームには、花型の小さな飾り砂糖が載っている。紺色の皿の上、なんとも芸術的な眺めだ。

二度勧められてようやく食べはじめたが、意外なほど甘くなかった。

かなり濃厚なチーズで味が強いが、甘みがそれほどでもないので重く残らない。その後に、チーズの味は柔らかくなり、甘みが淡く上がってきた。

食べ進めてようやく気がついたのは、表層と下層で、チーズの味と食感が違うことだ。このため の厚みかと納得した。チーズケーキに生クリームをつけて食べるというのは初めてだったが、合わせるとチーズの塩で甘みが増し、味が変わるのが楽しかった。

グラートと壮年の騎士、ダリヤとランドルフでチーズケーキを食べ、その後に魔物や遠征の話を聞いた。珍しい魔物や討伐方法の話、遠征時の移動や食事の話など、ダリヤにはどれも興味深い内容だった。

魔導具についても聞かれたが、答える度に質問が増え、話が長引く。

結局、午後のお茶の時間まで長引き、紅茶を多めに頂いてしまうことになった。


帰り際、ランドルフが気を利かせてくれたらしく、馬場へ戻る前に一階のエチケットルームに入ることができた。さすがに紅茶三杯は飲みすぎだと反省する。

しかし、王城の女性用エチケットルームはどれもこれほどに広いのか、それとも来客用だからなのか、少々考えてしまった。個室ですら塔の四倍は広い。しかもどこもかしこも高価そうな大理石である。転んだらちょっと痛そうだ。

「すみません！」

落ち着かない気分で個室から出たところを、後ろからぶつかってきた女性に謝られた。

「お召し物を濡《ぬ》らしてしまい……不慣れなもので、お許しください……」

魔物討伐部隊棟の担当なのだろう。いつも見かける濃灰の服を着たメイドだ。必死に謝りながら、ダリヤのスカートの後ろを拭いている。そのたどたどしさに、こちらが落ち着かなくなる。

「いえ、お気になさらないでください」

「本当に、本当に申し訳ありません……」

メイドは数度頭を深く下げると、逃げるように出ていった。来客に失礼があったとなればきっと大変なのだろう、そう思いつつ、ダリヤもエチケットルームを出た。

廊下を進むと、紺色の髪をした騎士が廊下に立っていた。先ほどランドルフがいた場所である。

「ロセッティ商会長、急で申し訳ありません。グッドウィンが所用で呼ばれたため、私が馬場までお送り致します」

挨拶を終えた騎士は、不意に眉をひそめた。

「その、大変言いづらいのですが……スカートにインクがついているようです」

「え？　教えて頂いてありがとうございます」

スカートを少しだけ引っ張って見れば、薄緑のスカートの脇から後ろへ向かい、黒インクがにじむ痕があった。先ほどのメイドに拭かれたところだ。どうやら、汚れた布で拭かれてしまったらしい。紺や濃い緑の服であれば問題なかったのだが、今日の服装ではかなり目立つ。

「ここでお待ちください。メイドを呼びます」

メイドのことを言うべきかどうか、少しばかり迷った。あれほど慌てていたのだ、嫌がらせだとは思いたくない。

少し考えたが、幸い今日は上着とロングスカートという組み合わせだ。スカートを後ろ前にし、鞄《かばん》を持てば、それほど目立たないだろう。

ダリヤは一言断ってエチケットルームに戻り、スカートを後ろ前逆にして戻った。

「お待たせしてすみません。このままで結構です。鞄で隠せば、ほとんど見えませんし」

「なるほど、逆にすればいいのか！　……すみません、口が滑りました……」

騎士は気まずそうに、青い目の向きを斜めにずらした。

「お気になさらないでください。私は庶民ですし、できましたら話しやすい方で」

「では失礼ながら……一度会議で会ってるが、俺はヴォルフと一緒に赤鎧《スカーレットアーマー》をやっている、ドリノ・バーティという。庶民で下町上がりなので、礼儀がなっていないのと口が悪いのは許してほしい」

「私も庶民で西壁近く住まいなので、楽に話して頂いてかまいません」

「そう言ってもらえると助かる」

ドリノは表情をぱっとゆるめた。硬さの消えたこちらの方が安心できる気がする。

それに、ヴォルフの友達だとわかると、少しうれしくなった。

ドリノは、彼の言っていた、『数少ない隊の友人』の一人なのだろう。

「赤鎧《スカーレットアーマー》だと、ヴォルフの他に、ランドルフ様とも一緒ですね」

「……ヴォルフ、ランドルフ、様？」

つい笑んで話しかけたダリヤに、ドリノはなぜか声を低くし、その紺色の目を細めた。

「……二人ともか……ああ、ずいぶん早いもんだな」

言葉の意味がわからずにいると、いきなり冷えた目が自分に向いた。

「女を前面に出してなくて話しやすい。確かにヴォルフの周りにはいなかったタイプだ。ランドルフまでとは驚いたが」

「え？」

「あのヴォルフが全然警戒してなくて、ずいぶん手なずけるのがうまい女がいるんだと驚いた」

「手なずけるって、ヴォルフは友人で……」

目の前の男もヴォルフの友人だ。

なんとか誤解を解きたいと思うが、自分とヴォルフの関係を説明する言葉は、友達以外にはない。

「ロセッティ商会の商品は、魔物討伐部隊にはありがたいと思ってる。ホントに感謝もしてる。でも、お願いだから――あいつらを泣かせるようなことだけはしないでくれ」

ドリノは深く頭を下げて言い切ると、返事を待たず、そのまま先を歩く。

廊下を行き交う人の目もあり、ダリヤはそのまま押し黙る。

そのまま馬車に乗り込むまで、ドリノとは会話ができずに終わった。

⬢ ● • • ● ⬢

夕暮れ間近、ヴォルフは兵舎の自室で着替え、部屋を出ようとしていた。

ノックの音にドアを開ければ、目の前にはランドルフが、後ろにはドリノがいる。

「ヴォルフ、食事と飲みに出るが、どうだ？」

「ああ、一緒に行くよ」

「カークに声はかけるか？」

「いや、今日は実家に帰った。カークは明日休みだって」

いつもならドアをノックするのはドリノだが、今日はランドルフの後ろ、声を発していない。

「ドリノ、どうかした？」

「なんでもねえよ……」

彼はそう言いながらも、靴の踵《かかと》を妙な頻度で床に打ちつけている。機嫌が悪いときの彼の癖だ。

「ああ、ちょっと待って。眼鏡と財布を持ってくる」

ヴォルフはドアを開けたまま、部屋の奥へ戻る。

壁にかけられているのは、表は砂蜥蜴《サンドリザード》、裏にワイバーン皮の黒いコート。先日、緑の塔の帰り、急な雨でまた借りてしまったものだ。入り口から見えるそれに、ドリノがじっと青の目を細める。

「そのコート、まだあったのか……そういや、ワイバーンのときに助けられた商人って、見つかったのか？　最初は騒いでたわりに、あとは全然言わなくなったけど」

ヴォルフは微妙に目を泳がせた。

じつは『ダリさん』の正体は、隊にもドリノ達にも詳細を説明していない。

なんとなく話しづらかった。いや、話したくなかったと言う方が正しいのだが。

「その……じつはダリヤが、ワイバーンに持ってかれたとき、森で助けてくれた『ダリ』さん……」

「はっ？　商人は男だったろ。ロセッティ商会長は女じゃねえか」

廊下に出ながら答えると、ドリノが少し声を大きくした。

「ダリヤは森で男のふりをしててくれたんだ。俺に気を使わせないように。お礼を言いたくて探して……それから話すようになったんだ」

「見知らぬ男を馬車に乗せ、ポーションと食事をくれ、コートを貸し、気遣って男のふりまでし、住まいも教えずに去ったわけか……なんという男前」

「ランドルフ、それ言葉が違う。『男前』は男に言う言葉」

ランドルフの母は、隣国の出身だという。しかも、ランドルフ自身も隣国への留学が長い。そのため、彼の言葉の土台はまだ隣国の言葉らしい。いまだに不確かな単語や表現が時折ある。

「そうか。ならば『女前』でいいのか？」

「『女前』っていう言葉はないし、かっこいい女性……？　『男気』で言いかえて『女気』？　違うな……真面目になんて言うんだろう？」

迷ったヴォルフとランドルフが、隣国の言語を交えて話しはじめた。

無言のドリノは次第に青くなり、両手を顔に当てて上体を折る。

「……うわぁ！　俺、最低っ！」

「ドリノ、いきなり何？」

「どうした、ドリノ？」

突然の友の有様に、二人が同時に声をかけた。

「俺、ロセッティ商会長にものすごい馬鹿やった。謝らなきゃ……」

「馬鹿やったって、何を？」

「その……勘違いして、思いきり的外れな嫌みを言っちまった……」

ヴォルフは数歩進み、ドリノの前に立つ。自分の鼓動が、なぜか頭にドクンと響いた。

「ドリノ、なんて言ったか、聞きたいんだけど？」

「……反省してる。謝罪の手紙はすぐ出す。次会ったら、膝ついて謝る」

「ダリヤに、何を言った？」

ヴォルフは自分でも気がつかぬまま、冷えた威圧を全開でドリノに向けていた。

ドリノは固まり、振り絞るように言葉を吐く。

「あのヴォルフが全然警戒してなくて、ずいぶん手なずけるのがうまい女がいるんだと驚いた」

瞬間、ドリノの襟元に手が伸びていた。

左手で持ち上げた友に、まるで重さを感じない。

壁に貼り付けるように友を押さえながら、驚きと怒りで言葉が出ない。

なぜ、ダリヤにドリノがそんなことを言ったのか、なぜ、己の友がそんなことを言ったのか、どうしてもわからない。

「ヴォルフ、やめろ！」

ランドルフが背中側から自分を止めようとする。右手で軽くふり払ったつもりだが、壁に重いものの当たる音が鈍く響いた。

「ヴォル……悪かっ……た、ちゃんと……謝る……」

左手の先、真っ赤な顔と切れ切れの声に、はっとして手を離した。廊下の床に崩れ落ちたドリノが、激しく咳《せき》をする。振り返れば、後ろのランドルフは、まだ立ち上がれていなかった。

ヴォルフはきつく握りしめた左手を見つめ、ようやく呼吸を整える。

「……すまない、ドリノ。カッとなった」

「いや、全面的に俺が悪い。謝るのはこっちだ」

「ランドルフ、ごめん。怪我《けが》はない？」

「問題ない。気にするな」

お互いに微妙なままで会話をしていると、近くの部屋の者が出てくる。大きな音がしたが何かあったかと尋ねられ、ふざけて転んだとドリノが返していた。

「ドリノ、これから謝りに行こう」

「すぐにか？　この時間から行くのは失礼にならないか？」

「俺はすぐに謝罪してほしい。このままの方が、ダリヤには辛《つら》いと思う」

「わかった。ヴォルフ、悪いが案内と仲介を頼む」

目の前のドリノは、自分に深く頭を下げた。

⬢ ⬢ ⬢ ⬢ ⬢ ⬢

馬車を急がせ、緑の塔に来たときには、日が沈みつつあった。

ヴォルフは片手で触れて門を開けると、塔のドアベルを鳴らす。

聞き慣れた足音がして、ダリヤがドアから顔を出した。食事の準備中だったのか、エプロン姿だ。

「ヴォルフ、何かありました？」

「いきなりですまない。その……今日のことで、ドリノに謝らせたくて。ランドルフはその、付き添いで来てもらった」

少年時に馬車への襲撃を受けてから今日まで、ヴォルフは人間相手に本気でキレたことがなかった。

今日の兵舎での自分を省《かえり》みると、ドリノの謝罪を聞くのも少々不安である。そのためにランドルフに同行を頼んだ。とはいえ、そのランドルフのことも廊下で突き飛ばしてしまったので、とにかく冷静になろうと今も己に言い聞かせている。

「あの、ここで話していると道から見えるので、中でもいいでしょうか？」

「塔に入れてもかまわない？　なんなら裏庭でもいいんだけど。ドリノと話すのは平気？」

「ヴォルフがいるので、大丈夫ですよ」

自分に答える笑顔に、わずかに胸がきしむ。

ドリノに不快な顔をしない彼女が、無理をしているのではないかと心配になった。

門の外から二人を呼び寄せ、一階の作業場に四人で入る。

すぐさま、ダリヤの向かいでドリノが左膝をついた。

「ロセッティ商会長、本日は俺の勘違いで大変ひどいことを言いました。撤回して謝罪します。申し訳ありませんでした！」

ドリノは深々と頭を下げ、そのまま上げなかった。

騎士が片膝をついて頭を深く下げるのは、強い謝罪や反省のしるしだ。そうそうすることはない。

「あの、立って頭をあげてください、バーティさん！」

おろおろするダリヤを横に、ヴォルフは低い声で尋ねる。

「ドリノ、勘違いした理由を聞きたいんだけど？」

「……ヴォルフの他に、ランドルフまで名前呼びだったのと、俺にまで、にっこり笑われたから。あとヴォルフがやけに親しそうだったから、てっきり、商会の『罠女《わなおんな》』かと……」

「『罠女』って何ですか？」

怪訝《けげん》そうに問いかけるダリヤから、ドリノは視線をそっとずらした。

「王城に商会の商品を優先的に入れたり、値段をつり上げるために、女を武器にしたり、偽《にせ》の恋仲になるヤツ。王城じゃ意外と多くて。『罠女』の他に『罠男《わなおとこ》』もいる……」

「ちょっと待って、ドリノ。にっこり笑われたとか、俺が親しそうとか、たったそれだけで？」

「たったそれだけじゃねえよ。俺、王城で下町の庶民だって自己紹介して、初対面の若い女に微笑《ほほえ》まれたことなんて、『罠女』以外にろくにねえよ……」

ため息交じりに言うドリノに、ヴォルフは首を傾《かし》げた。

「ドリノだって声をかけられてたし、メイドからも手紙を渡されてたじゃないか」

「声をかけられるのは、お前との仲を取り持ってほしいっていうのがほとんどだ。あと、手紙はお前とランドルフ宛《あて》だ。全部、自分で渡せって言って返してる」

「俺、それ全然聞いてないんだけど？」

「お前、言ったら気にするだろうが。そうでなくても、うざったがってただろ」

まったく気づかなかった事実に少々混乱しつつ、質問を続ける。

「でも、それでも、ダリヤが『罠女』なわけないじゃないか」

「そこは……絶対にないだろうっていう清楚《せいそ》系とか、上品そうな見た目で狙ってくるのもいるんだよ。うちでも、ひっかかって除隊した先輩がいる。白状すると、俺も入ってしばらくたった頃、ひっかかりかけた。それで、その……重ねちゃいけないところを重ねた」

「自己歴史による勘違いだな」

それまで黙っていたランドルフが、初めて口を開いた。

「ドリノ。自分は、ダリヤ嬢がヴォルフの友であることと、王城は『グッドウィン』姓が多いから、ランドルフと呼ぶように願った」

「お前、俺に『ランドルフ』って呼べって言うまで、二ヶ月以上あったろ？　ロセッティ商会長に会って何回目でそれだよ、早すぎなんだよ」

「魔物討伐部隊に入ってしばらくは、自分の訛《なま》りが気になり、話しかけられなかった。話すのが得意でないのは、今も同じだが」

「そういうことか……」

ランドルフの母は隣国の出身であり、隣国とこの国、二つの言語の中で育てられたという。性格的に寡黙なのだと思っていたが、それだけではなかったらしい。

疑問がおおよそ解決したところで、男達は静かになり、自然とダリヤに視線が集まった。

「ええと、内容はわかりました。『バーティさんの謝罪をお受けします』で、いいでしょうか？」

「言い方はどうでも。本当にすまない！　ロセッティさんがその、ヴォルフの恩人だとも知らなくて……」

「ヴォルフ、森での話をしてたんですか？」

ダリヤが聞き返すと、ヴォルフが答える前に、目の前の二人が思いきり深くうなずいた。

「聞いた。連日食堂で、深い深いため息をつきまくっていた」

「同じく聞いた。なんとか探したいと繰り返していた」

「二人とも、その話はそこまでで」

ヴォルフは片手を上げて止める。当時の情けない自分について、ダリヤに聞かれたくはない。

「ええと……ヴォルフ、ちょっといいでしょうか？」

「何？」

隣のダリヤに小声で話しかけられ、ヴォルフは少しだけ距離をつめた。

「じつは、夕食に、イルマとイルマのお母さんが来るはずだったんですが、そのお母さんが風邪で寝込んでしまって、イルマも風邪がうつってるかもしれないから来られないって、伝言の人が来たんです。それで、並べた料理をどうしようかと思っていたところで……たいしたものはないですけど、お付き合い頂くわけにはいかないでしょうか？」

「……正直、上に行かせたくない」

「あ、そうですよね……ヴォルフは気にしないでいてくれますけど、普通に考えたら、王城の騎士さんにお料理の処分を頼むとか、失礼ですし、ないですよね……」

「いや、そうじゃないんだけど……」

向かいを見れば、ひどく暗い顔のドリノと、珍しく困った顔のランドルフがいる。

「君に不快な思いをさせるのも、手間をかけさせるのも嫌なんだ」

「確かに言われたときは驚きましたし、正直に言えば、さっきまでなんでかわからなくて、ぐるぐる悩んでました。でも、ちゃんと謝ってもらえましたし、理由もわかったので、もう平気です。それに、バーティさんはお二人を心配してのことなので」

「心配？」

「バーティさん、『あいつらを泣かせるようなことだけはしないでくれ』って、私に頭を下げたんです。だから、何か行き違いがあったのかもとは思いましたし」

「ロセッティ商会長、それは……」

ドリノは気まずそうに言いかけ、がしがしと頭をかいた。

「いや、もう、一人で勘違いして、先走って、申し訳ない。ホント、俺、情けなさすぎる……」

「ドリノ、なんで？」

「それだけヴォルフとランドルフ様が大切だってことじゃないですか。バーティさんは私にそんなことを言っても、何も得をしないんですから」

自分の言葉を珍しくさえぎり、ダリヤが言い切った。

ドリノは目を丸くし、その青の目で彼女を見つめている。

「今回の喧嘩《けんか》は、いや、喧嘩という表現でいいのかわからないが——ダリヤ嬢の顔を立てて、このへんで収めてはどうだろうか？」

ランドルフの言葉に、ダリヤが笑んでうなずき、残る二人もようやく表情をゆるめた。

結局、ダリヤの招きに応じる形で、二階へ行くことになった。

先に進んでいた彼女が、階段の手前、ふと歩みを止める。

「そういえば、父が、『男友達の喧嘩は、謝り合って飲めば忘れる』って言ってました。そういうものなんでしょうか？」

「ある程度はあるかもしれない。でも、それ、女友達の場合はどうなるんだろう？」

「そこは謝り倒せだろ。それか、黙ってひたすら話を聞けか」

「父は、女性との喧嘩は『熟成期間の後に掘り返されることを覚悟しろ』と言っていました。私が台所に行っている間に、そのときに飲んでいた男友達に向かってですけど。ひどいですよね」

「……熟成期間」

ぼそりと一単語を繰り返すランドルフに、ヴォルフは口元を歪《ゆが》める。

「忘れた頃に掘り返されるのは避けたいな……」

「ああ、まったくだ……」

男達三人は、互いに視線を別の場所に向ける。

それぞれの目は遠く、どこを見ているのかはわからない。

「よく話し合って、喧嘩をしなければいいんです」

階段で振り返った笑顔は、どこか年上の女性のように見えた。

◆◆◆◆◆◆

「すみません、ちょっとお料理の見た感じが……子供っぽいかもしれません」

二階で椅子を勧めつつ、ダリヤは少し小さい声で言う。

男達三人はテーブルの上の皿に、目が釘付《くぎづ》けになっていた。

「すげえ、ハムがバラみたいになってる……」

「ラディッシュが美しい花とは……」

女性だけの夕食だからと、大皿のサラダは飾り切りで遊んでしまった。

とはいえ、ハムとラディッシュで花、キュウリで葉を作った程度だ。それほど凝ってはいない。

「ウインナーが、魔物……？」

問題はウインナーである。精肉店で安売りをしていたのでたくさん買い、前世を思い出して調子にのった。八本足を作り、皿に自立させている。魔物と言われるのも無理はない。

「それ、魔物ではなく、タコのつもりでした……気にしないでください」

これでは量が足りないので、ヴォルフの差し入れのチーズやハムをカットしてくるつもりだ。

「先につまんでいてください。今、飲み物と料理を持ってきますので」

「ああ、俺も手伝うよ」

「じゃあ、チーズとハムのカットをお願いできますか？」

「その……俺達にできることはあるだろうか？」

「ドリノ、追加分のカトラリーを持ってくるから、他と合わせてセッティング頼める？」

「ああ」

もはや、塔の住人のようなヴォルフだが、違和感はなかった。

ヴォルフと台所に来ると、すぐに魔導コンロのスイッチを入れる。

「イルマさんて、ダリヤの幼馴染《おさななじ》みだったよね。お母さんは今も塔の近くに？」

チーズをギザギザの刃のナイフで切りながら、ヴォルフが尋ねてきた。

「今は旦那さんの仕事で中央区へ引っ越してます。久しぶりに会えるかと思ったんですが……」

「使いの者も出さないで、いきなり来てごめん。イルマさん達がいるときに来てたら迷惑だったね」

「いえ、悩まずにすんだので、ありがたかったです」

答えつつ、台所のオーブンにも火を入れる。中にはすでに料理が入っているので、温めるだけだ。

あとは鍋の油の温度を見つつ、冷蔵庫から準備していた食材を出す。

「それ、橙《だいだい》エビ？」

「ええ、大漁だったそうです。鮮魚店さんが売り込みに来ました」

橙エビは、ダリヤにとっては大きくて調理しやすい、普通のエビである。

『庶民のエビ』とも呼ばれ、普通のエビより安いが、少々泥臭い。だが、一日に水を数回換えて絶食させ、高熱での調理をすれば問題ないのだ。

「これをエビフライにします。皆さんには量が足りないと思うので、乾杯してから追加で何か出しますね」

やや大きめのエビを十四買っておいてよかった。

今日のイルマ達の分だけではなく、次にヴォルフが来たときのことも見込んでの数なのは内緒である。

「切り終わったら、お酒を選んでもらえますか？　皆さんの好みはわからないので」

「すまない、今日の埋め合わせは必ずする」

「いえ、ヴォルフのせいではないので。あの……バーティさんを責めないであげてください。これから喧嘩になったら嫌ですから」

「ああ、ここからは喧嘩しない……」

語尾が消えるように言うヴォルフに視線を向ければ、反省したような顔をしている。

もしかすると、この後にまた注意するつもりだったのかもしれない。先に言っておいてよかった。

「……こっちの鍋、すごくいい匂いがする」

「匂いだけかもしれません。橙エビのビスクスープです。お店みたいにきちんと作ってませんので『もどき』ですけど」

ビスクスープというと名前はかっこいい。が、エビフライでよけた頭と殻でダシをとり、余り野菜のみじん切りとトマト、そして生クリームを目分量で入れただけだ。

一日鍛錬をしてきた騎士達にはあっさりすぎると思えたので、塩とバターを少しばかり足しておく。その後にエビフライを揚げると、スープや料理の皿を運んだ。


居間に戻ると、落ち着かなそうなドリノと、じっと座っているランドルフの前に、皿を並べる。

「じゃあ、乾杯を、ダリヤかな？」

「ええと……では、魔物討伐部隊の皆さんの安全と、明日の幸福を祈って、乾杯」

「「幸福を祈って、乾杯」」

「……ロセッティ商会長の深い慈悲に感謝して、乾杯」

一人だけ低く違うことを言っている者がいるが、黙っておくことにした。

渇いた喉で甘めの赤ワインを味わっていると、周囲からつぶやきがこぼれてくる。

「おいしい……」

「うまっ！　トマトスープかと思ったらエビだ……」

ヴォルフとドリノには味が合ったらしい。楽しげに味わう姿に、正直ほっとする。

静かさが気になって向かいを見れば、表情を変えず、品のある動作でスープを飲むランドルフがいた。彼は正式なビスクスープを味わっていることも多そうだ。比較されないことを祈りたい。

「これは、アスパラ？」

「ええ、そうです」

大皿に積み上げたのは、アスパラのベーコン巻きだ。

長いアスパラにぐるぐるとベーコンを巻き、端がカリカリになるまで焼いた。皿に盛ってから、黒コショウをかけたので、まだいい香りがしている。

フォークに刺して口に運べば、ベーコンの塩味と脂身、アスパラの甘さがなんとも合う。

隣のヴォルフの咀嚼《そしやく》回数も多いので、どうやらお気に召したらしい。

が、斜め向かいでは、ドリノがベーコン部分をナイフで切るのに苦戦していた。

「バーティさん、ナイフでは切りづらいので、フォークで刺して食べる方がいいかもしれません」

「すまない、行儀が悪くて……」

「いえ、うちではそれが普通です。父は手で持って食べてましたし」

「ロセッティ商会長のお父さんて、男爵じゃなかったか？」

「ええ。でも庶民から上がっただけですし、行儀はよくなかったです。私も同じようなものです」

「俺もここに来たときは楽にさせてもらってる、ありがたいことに」

言いながらヴォルフがフォークにアスパラを刺し、そのまま口にした。

ドリノは、ほっとした顔で続きを食べはじめる。

ランドルフは無言で食べている。ヴォルフが追加のワインを勧めたが、断っていた。

「なんか高級そうなエビがきた……」

「いえ、普通の橙エビですので」

各自一枚の皿に載るのは、大きめのエビフライ二匹だ。タルタルソースと葉物を添えてある。

まだ熱いエビフライを一口噛《か》めば、ぷりぷりの身が濃いエビの味を伝えてきた。

カロリー無視でタルタルソースをたっぷりつければ、混じり合う味がさらにおいしい。

「……絶対違う、庶民のエビじゃねえ、貴族じゃないなら大商人だ……」

ぶつぶつとエビに向かって話しかける者がいるが、食べるのに忙しいので、そっとしておくことにする。

エビフライを食べ終えたところで、ダリヤは一度、台所へ戻った。

沸かしておいたお湯でパスタを茹《ゆ》で、時間のかからないペペロンチーノを作る。塩は少し濃いめ、唐辛子とニンニクは多めにした。

その後のヴォルフとドリノの食べっぷりは、見ていてとても気持ちのいいものだった。

追加の皿もきれいに空き、満足そうな顔を見ることができた。

だが、ランドルフには追加の皿を断られた。しかも、ワインから切り替えて水を飲んでいる。

やはり味が合わないのだろう。庶民の食事に付き合わせてしまい、なんとも申し訳ない。

「あの、デザートにパンプディングがあるんですけど、いかがですか？　かなり甘めですが」

「すまない、俺は入りそうにない」

「同じく。あんまりこっちがうますぎて目一杯もらってしまった」

「……お願いしてもいいだろうか？」

二人が断る中、ランドルフだけが遠慮がちに頼んできた。

おそらく自分に気を使っているのだろう。さらに申し訳なさが積み上がる。

台所で急いで温めると、ランドルフの前、小さな木皿の上に熱いパンプディングの陶器を置く。

彼は礼を言って食べはじめたが、スプーンですくう量が、二口目から半分ほどに減った。

口にするのも辛いのかとあせり、残すように言おうとして、やめた。

ランドルフの目尻は、少しだけ下がっている。体格のいい彼が持つと小さく見えるスプーンで、一口ごと、とても大事そうに味わっている。

もしかして、ランドルフは甘いものが好きなのではないだろうか？　彼が酒量が少ないのも、酒より甘いものが好みだとすれば納得できる。

「ランドルフ様、よろしかったら、もう一つありますから、いかがです？」

「その……いや、ありがとう」

一瞬崩れた表情は、はにかむ少年のようで。ダリヤは、こそりと蜂蜜を増量することに決めた。

その後、パンプディングと共に、追加でかける蜂蜜を小鉢で添えて渡した。彼はそちらをすべてかけ、きれいにたいらげていた。

ランドルフにもなんとか食べられるものがあってよかった——そう安堵《あんど》していると、彼が赤ワインの瓶を手にした。

「ダリヤ嬢、すべておいしかった。礼を言う。一度、ワインを注がせて頂きたい」

「あ、ありがとうございます」

いきなりの言葉に少し驚いた。

横のヴォルフが、目を細めてこちらを見ている。

貴族の場合、自分から下の者にワインを注ぐのは感謝や励ましだったか。礼儀の本で何か書いてあった気がするが、とっさには出てこない。

「ああ、座ったままでかまわない。貴族の礼儀はここでは無効だ」

立ち上がりかけたダリヤを止め、ランドルフが立ち上がった。

歩みよってグラスに注がれた赤ワインは、ほっとする甘さだった。


「さて、うまい食事で酒も回ったんで……自己紹介代わりに、暴露大会《ディザスラドゥ》ということで」

「え、ここでやるんですか？」

「そっか、ロセッティ商会長は暴露大会《ディザスラドゥ》は知ってるんだ。それじゃ、説明しなくていいな」

ドリノは青の目を細め、どこか悪戯《いたずら》っぽく笑う。

「ドリノ、騎士同士では自己紹介代わりにやるが、女性に対してはどうか？」

「いや、ここはやっておきたい。ということで勝手に暴露大会《ディザスラドゥ》。俺はヴォルフを最初、いけすかない奴だと思ってました！」

自爆のような打ち明け話に、思いきりむせそうになった。ダリヤは飲みかけのグラスを、ようやく口から離す。

「初対面の挨拶は型通り、貼り付けた笑顔、女からの手紙を触れもせずに突っ返す、告白は途中でへし折る、泣かれてもその場で放置。どれだけスカした奴なのかと思ったら、中身がこれでした」

「ドリノ、『これ』ってどういう意味？　あと、俺、これ聞くの三回目なんだけど」

ヴォルフは苦笑しつつ補足した。どうやらこの話題は、友人間でもすでにあったらしい。

「お前に対する理解度を上げておこうかと。あと、ロセッティ商会長に話せるネタが少ない。俺の基本ネタは知っているだろ？」

「やめておけ、ドリノ。あれは女性のいるところで話すものではない」

「それなら、ヴォルフの歴代のつきまとい女について語るか？　衝撃順に上位三番くらいまで。破廉恥順に三番でもいいが」

「やめてくれ、酒がまずくなる！」

声を大きくしたヴォルフが、食べようとしていたサラダのラディッシュを落とした。花型のラディッシュは皿に戻り、マヨネーズが手と袖に飛び散る惨事となった。

ネタの内容よりも、袖のマヨネーズが落ちるかどうかの方が気がかりだ。

「ヴォルフ、あの、染み抜きしますか？」

「平気。ちょっと手を洗ってくる……」

しぶい顔をしつつ、彼は早足で部屋を出ていった。

「ロセッティ商会長、謝罪に来たのに、うまいものを食べさせてもらってありがとう。埋め合わせにはならないけど、ヴォルフのことで心配なこととか、聞きたいことってあるか？」

「いえ。もしあれば本人に聞きますので」

ドリノの気遣いはわかるが、誰かを介するより本人から聞く方がいい。

噂《うわさ》で事実がねじ曲がるのはヴォルフでよくわかったし、自分も体験しているところだ。

「そっか。じゃ、ヴォルフのいないうちに暴露大会《ディザスラドウ》」

「本人不在というのはどうか……」

「あの、ヴォルフが不快になるようなことは聞きたくないです」

言ったそばから話しはじめるドリノに、ダリヤは断りを入れる。

だが、彼はグラスのワインを一息に干すと、言葉を続けた。

「他から言われる可能性もあるから、王城で有名な話をしとく。去年、ヴォルフが兵舎に女を連れ込んだって噂があったが、あれ、夜中にヴォルフの部屋に窓から忍び込もうとした猛者《もさ》がいただけだから。なお、あいつの部屋は三階」

「……気合いがありますね」

男性が女性の部屋に向かい、屋外から告白する――物語でそういったものは読んだことがあるが、女性が実行したと聞いたのは初めてだ。大変行動力のある方だったのだろう。

しかし、三階とは非常階段からベランダ沿いに進んだか、長いハシゴでも準備したのだろうか。

「ヴォルフが留守でよかったし、女が窓の手すりから落っこちなくてよかった。被害は、登るのに利用された木が後に根元から切られたのと、隣部屋の俺が、窓開けて腰抜かしただけだ」

「……同情します」

夜に三階の窓を開け、見知らぬ者が登ってきている様を見るとは、ある意味ホラーだ。

塔で同じ目にあったら、叫んだ上に魔物対策用の魔石を投げつける自信がある。

「……友がいないうちにというのも気がひけるが、暴露大会《ディザスラドゥ》」

「結局、お前もやるんじゃねえか！」

ドリノがつっ込んだが、ランドルフの表情に変化はない。両手を机の上にそろえると、ダリヤに向き直った。

「ヴォルフとカークという後輩が親密だという噂が出回っている。アストルガ先輩が、かばっていた。こちらもそのうちに聞こえるかもしれない」

「あー。最近のカークは、いっつもヴォルフの横にいるもんな。アストルガ先輩は、二角獣《バイコーン》のときに一緒だったから、あれがカークだと勘違いしたわけか……」

ドリノがぶつぶつとつぶやいているが、意味がよくわからない。

「すまない、隊の中の話が混ざった。カークは隊の後輩で、仲間思いのいい奴なんだ。ヴォルフを尊敬してて後をついて回ってる。ヴォルフも訓練をつけてやったり、いろいろ面倒をみてる」

「仲がいいのは、いいことじゃないですか」

ヴォルフはどうやっても目立つ。ちょっとしたことでも噂にされるのは止めようがない。

「ロセッティ商会長、ヴォルフは女性の方が好みなのは俺が保証する。いや、俺が保証してどうにかなるもんじゃないけど……」

「あの、私は男女どちらでも偏見はありませんよ。仲がいい人がいるのはいいことですし、私が気にすることではありませんので」

この王国では、割合としては少ないが、恋愛も結婚も男女の垣根はない。

それに自分は、ヴォルフが誰と恋愛関係を結ぼうとも、気にしていい立場にない。

会話がふと止まる。気がつけば、ランドルフがその赤茶の目でじっと自分を見ていた。

「なるほど。これが、この国でいう『正妻の余裕』というものか」

「は？」

「ランドルフ、ちょっと黙れ。後でヴォルフに、お前にわかる言葉できっちり説明してもらうから」

ドリノは手で額を押さえつつ、ダリヤに向き直った。

「ロセッティ商会長、悪い。ランドルフは言葉とか感覚が隣国に近い。たぶん、単語の理解がおかしいんだと思う」

正妻の余裕は結婚していない自分にはそもそも関係がない。

隣国の言語もわからないので、ランドルフがどんな言葉を伝えたいのか予測がつかなかった。

「気にしないでください。あの、商会長付けで呼ばれる方がこう……落ち着かないというか」

「じゃ、俺はドリノで、様付けはなしで。こっちはダリヤさんと呼んでも？」

「あ、はい」

商会長と共にロセッティ呼びまで消えたが、今さらな気もする。

ドリノもヴォルフの親しい友人だ。誤解も解けた今、できればいい関係でありたい。

「感謝する。で、蒸し返しになるが、今日は本当に申し訳なかった。その……俺から見ると、ヴォルフが、なついている犬みたいに見えたんだよ。やっとあったかい寝床と餌を知ったばっかりの」

「犬って、ヴォルフは……」

「いや、悪い意味じゃなく。前はホント、一匹狼《おおかみ》みたいな奴だったんだぜ。自分のことは全然喋《しゃべ》らないし、遠征で怪我しても隠し通すくらいひどくて……俺をかばって怪我したときなんか、王城に戻って医者に怒られるまで知らなかったんだ。何回も声をかけて、俺達とこうして話すのに、三年かかった。だから、おかしな方に心配しすぎた。すまなかった」

三年という言葉に、思い出が少しだけ音を立てる。

ヴォルフとは友人として付き合っているが、目の前の二人ほど、時間を共にしているわけではない。ドリノは隊の仕事でも友人としても長い時間を支え合ってきたのだ。自分というぽっと出の存在は、心配されてもおかしくはないだろう。

「もう謝らないでください。本当に気にしませんので」

「ありがとう。あ、そうだ、あのスカート、染み抜きできた？」

「ええと……染めてしまいました」

「染めた？　自分で？」

「ええ、深緑色の染料があったので。いい色になりました」

王城から塔に帰って、スカートのインクを取ろうとして取れず、その上にドリノの言葉を思い出して悩んだ。うだうだとくり返し考えてしまったので、悩みを振り切るべく、魔導具に使う染料でスカートを染めてしまった。

『深碧《しんぺき》』という染料は、東ノ国《あずまのくに》で採れる苔《こけ》の一種が原料で、一度染めると退色が少ない。スカートは深みのあるなかなかいい緑になり、今は影干ししている。仕上がりが密《ひそ》かに楽しみだ。

「あれって、椅子にインク汚れがついてたとか？」

「その……メイドさんとぶつかって、スカートを濡らしたからと拭いてくれたのですが、汚れた布だったみたいで」

その言葉を聞いた二人の表情が、一気に険しくなった。

「魔物討伐部隊として謝罪する。汚したメイドの人相がわかるなら教えてほしい。隊長に相談して、こちらで対応する。もちろん弁償もする。その、ヴォルフ絡みの可能性があるかもしれないが……」

「ありがとうございます。でも、その方の顔をはっきり覚えていないので結構です」

実際、茶系の髪と、メイド服ぐらいしか覚えていない。それだけでは、本人特定は難しいだろう。

「メイド全員の顔通しをすればいい。『威圧』の使える騎士が同席すれば、表情《かお》に出るだろう。出入りの商会長に失礼を働いたなら、減給か解雇だ」

ランドルフが静かに言い切る。今までになく冷えた声に、少し緊張しつつも首を横に振った。

「お気遣いありがとうございます。でも、本当にうっかりしただけということもありえますし、次からは気をつけますので」

ダリヤが言い終えたとき、ちょうどヴォルフが戻ってきた。

「暴露大会《ディザスラドゥ》は、また今度ということで……ああ、靴の中敷き、隊全員に回ったけど、あれ、本当にいいや」

ヴォルフが来たところで、急にドリノが話題を変えた。

「皆さんに使って頂けるようになってよかったです」

「靴の中敷きみたいに、服もできればいいのにな。夏の遠征は汗で服が貼り付くのが辛い」

「夏の重装もだ。両面汗疹《あせも》になったときは、氷の魔石で凍傷になった先輩の気持ちがよくわかった」

「かゆくても鎧《よろい》の下は、掻《か》けないから辛いよね……」

淀《よど》んだ目で言い合う男達が、とても不憫《ふびん》である。

ヴォルフと最初に会った日にも聞いたが、部隊の汗疹問題は切実らしい。できるものならば服で解消したいのだが、なかなか難しい。

ふと、昔の失敗を思い出し、ダリヤはちょっと遠い目になった。

「涼しい服ができればいいんですけど。昔、試作だけはしたんですが、おかしいことになってしまって……」

「まさか、這《は》って逃げたとか？」

「言いません！　ヴォルフは何を考えているんですか？」

「思い浮かぶものが、つい……」

『這い寄る魔剣』を思い出したらしい彼が、笑ってごまかそうとしている。

「這うって、スライムの話か？　まあ、それはそれとして、おかしいって何？　より暑くなるとか？」

「その……服としては着用感がよくないんです」

「硬い、ごわつくなどだろうか？　多少の着用感なら耐える」

「ええと、それが……ちょっと待ってくださいね、確か残りの布、台所にあったかと……」

口で説明するより、現物の方が早い。

ダリヤは台所に行くと、机の奥から長めの布を出した。雑巾にするつもりで、まだ切っていなかったため、薄緑のマフラーのようにも見える。

「普通の布に見えるけど？」

「首に巻くとわかります」

ヴォルフに布を手渡すと、怪訝な顔をされた。持っただけではわからないらしい。

彼はダリヤの勧め通り、首に布をくるりと巻いた。

「……うっ……これは、ちょっと……」

巻いた布を一気に外し、首をこする。

ドリノはワインを飲んでいる途中だったので、ランドルフに布を回した。

「……くっ！」

ランドルフは巻いた瞬間に眉間に深い皺《しわ》を寄せた。肩をわずかに震わせつつ、しばらく耐えていたが、黙って外す。そして、顔を伏せたまま、ドリノに片手で渡した。

「なんなんだよ、二人とも？」

ドリノは不思議そうに布を見ていたが、同じく首に巻いた。何を思ったか、首の前でリボン結びにする。

「ん？……くくく！　あはは！　こりゃ無理だ、くすぐったすぎる！」

涙目で大笑いしながら、彼はようやく布を外した。

以前作った、グリーンスライムを素材として付与した布である。

わずかな空気の流れは、もぞもぞと布を動かす。虫のような動きに感じるか、それともドリノのようにくすぐったがるか、いずれにしても着用し続けるのは辛い感触である。

風の強弱を変えて試作もしたが、どれもこの感覚は完全には消えてくれなかった。

「どうしてだろう？　靴の中敷きはくすぐったくなんてならないのに」

「靴の中敷きは、ある程度厚いので動きませんから。あと、体重がかかるので、くすぐったくなりづらいんだと思います」

何年か前の夏、シャツに風魔法を付与すれば涼しいにちがいない――そんな短絡的な思いつきで試作した。ヴォルフ達に試してもらったような布ではなく、丸首の半袖シャツ全体に、これより一段強めの風魔法をいきなり付与したのだ。

『風通しのいいシャツを試作している』と父に説明したところ、ダリヤが手洗いに行っている間に袖を通してしまった。

涙目で笑い転げる父を止めきれず、結果としてシャツを破いて脱がせるという荒技になった。

そこで済めばよかったのだが、運悪く、トビアスがちょうど客先から戻ってきた。

父のシャツを破いて手に持った娘、笑いすぎて床に倒れ伏す涙目の父――理解を超えた光景に、彼は目を点にしていた。

『正しい理解のために同じものを作れ』と父に言われ、きっちり同じシャツを作った。

なお、トビアスのシャツに関しては、父が引《ひ》っ剥《ぱ》がしていた。

笑いによる腹痛で立てなくなったトビアスに『作るものはよく考えるように』と言われ、深く謝罪したのを覚えている。

あまりのことに記憶に蓋《ふた》をしていたが、あれは確実に自分が加害者だった。

「これはこれで罰ゲームに使えそうだな……」

黒歴史的思い出をなぞっていたので、ドリノの言葉にどきりとする。

「罰ゲーム、ですか？」

「ああ、飲み会や宴会のときにいいかも。主に酒を飲ませる方が多いけど、飲めない奴もいるし。だから、歌を披露するとか、好きな子の名前を大声で叫ぶとかいろいろある。あと、酔って手のつけられない奴とか、酒場で寝て起きない奴は、毛皮とか旗とかでぐるぐる巻かれて部屋に放り込まれる罰もある」

「自分も以前、漁に使う網で巻かれたことがあった」

「ランドルフは、旗じゃ面積が足りなかったんだよ」

ランドルフが悪酔いしたのか、眠ったのかは聞かないでおく。

しかし、彼が網にかかるとしたら、なかなかの大魚かもしれない。

「布……網？　……あ！」

ダリヤは、思いつきのままに台所に再度走る。

手にしたのは、ガーゼのような粗い目の白い布だ。スープを作るときなどに、具材を漉《こ》すために使う布である。加工するため、ストックしてある新しいものを選んだ。

「すみません！　作業場にちょっとだけ行ってきます。すぐ戻りますので」

「ああ、試作なら俺も行くよ」

居間を駆け抜けるダリヤに、ヴォルフが続いた。


一階の作業場でグリーンスライムの粉末を出し、魔導具用の薬液とガラスカップの中で混ぜる。

そこに指先の魔力を込めていけば、液体はゆるりとした粘体になった。

薄い緑色の粘体を、人差し指の魔力で制御しつつ、広げた粗い目の布に付与していく。

ただし、全面ではなく間を空けた格子状、そして、表面から裏面へと、風の方向を固定した形である。

ダリヤの指先からの魔力、それに応えた粘体は縦横に規則正しく進み、布の表面に貼り付いた。

グリーンスライムによる風魔法の付与が強くなりすぎないよう、そして、格子の間隔が均一になるように気をつけ、作業を続ける。

布の面積がそれほど大きくなく、以前より魔力が上がったこともあり、思いのほか早く仕上がった。

定着しているかどうかを左手でそっと確かめ、気合いを入れて首に巻いてみる。

くるりと一回りさせると、首から外側へ、涼やかさがすっと通った。

内側にぴたりと添ってくる感じはあるが、間を空けた格子状であり、ガーゼのような布なのであまり気にならない。外側に向けて風が流れるので、くすぐったさもなかった。

上に着る服や鎧との相性はあるだろうが、これならば問題なく身につけられるだろう。

服にはせず、布のまま、汗が気になる部分に巻くのもいいかもしれない。

「これなら涼しいと思うんです！」

自分の首から外した布を、ヴォルフに渡す。彼はすぐにそれを首に巻いた。

黄金の目がきれいに丸くなり、大きく笑みが浮かぶ。

「涼しい……これなら、くすぐったくないね！」

結局、一緒に下りてきたドリノとランドルフも、それぞれ試す。彼らの顔にも笑みが広がった。

「これ、すごくいいな！」

「涼しくていい……」

「だと、風の量はこれくらいがよさそうですね」

ダリヤはそこまでの作業工程を、メモに綴《つづ》りはじめる。

騎士達は交互にマフラーを首や腕に巻きながら、思い思いに話しはじめた。

「夏の騎士服のとき、これが背中に入れられれば、汗が減りそうだね」

「言えてる。脇の下もあると助かるな」

「重装の者は、この布が前後にあれば助かる」

「重装……鎧の内側って、布を貼り付けられないんでしょうか？」

「可能だ。鎧では、金属のこすれる部分に布やクッションを入れることが多い」

「であれば、それを変えてみればいいのかもしれません。風の向きを一方向に固定して、もう少し強めにして」

くすぐったさを感じるかどうかは個人で違う。

風の強弱を変えて数パターンを用意する方がいいだろう。それもメモに書き加えておく。

「兜《かぶと》の裏に貼れば、目に汗が入るのは減りそうだ」

「兜に強度などの付与があると魔力拮抗《きっこう》の恐れもありますが……あ、いっそ薄い布で帽子のようにするのはだめですか？　それなら交換もしやすいんじゃないかと」

グリーンスライムによる風魔法は、基本、消耗品だ。

制作自体は簡単だが、靴の中敷きと同じく、どうしても取り替えが必要になってしまう。

「その方がありがたい。使い終わったら、魔法をはがして再度つければいいだろう。王城の魔導師や魔導具師なら短時間ではがせるはずだ」

「王城の魔導師さんてすごいんですね。一般だと、それは時間と費用がかかるかと思います」

付与した魔法をはがすのは、魔力がかなりいると聞く。王城には、よほど魔力のある魔導師と魔導具師がそろっているのだろう。

「手袋の裏につけられるなら、汗で手がぬめることがなくなりそうだな」

「いや、薄いから単体の手袋でいいだろ。で、上に今の手袋すれば」

「手の汗が減ると、弓騎士が喜びそうだね」

ダリヤがメモを取りつつ尋ね、騎士達は自分の希望や考えを語る。

酒の勢いもあったのだろう。会話はその後も盛り上がり、手元のメモはあっと言う間に束になった。ダリヤにとって、この束は、わくわくできる素《もと》である。自分では気がつかなかった発想と使い方の山に、つい笑いがこみあげてきた。

「うふふ……どれも面白そうです。できるものから作ってみますね！」

「……ああ、待った、ダリヤ！　まず、イヴァーノに相談しよう」

自分に笑顔を向けていたヴォルフが、不意に険しい顔になった。その変わりように、ダリヤは首を傾げる。

「もちろん相談はしますけど、どうかしました？」

「悪いけど、二人とも、他言無用でお願いしたい。たぶん、これもいずれ隊で使えるようになると思うけど、隊以外に先に知られると、なんだかまずい気がする」

「ああ……なんかわかった。中敷きのときも、量産が大変だって聞いたっけ」

ドリノまでがこくこくとうなずいている。

ランドルフへ視線を向けると、彼はヴォルフをまっすぐ見つめていた。

「自分の神殿契約は必要か？」

「神殿契約って、何の？」

「今回の秘密保持だ。我が母は隣国の伯爵家の出だ。自分の留学も五年と長い」

「いらないよ。ランドルフは友達じゃないか」

「お前はよくても、ダリヤ嬢は商会長だ。商会の安全を考えれば必要だろう？」

いきなり自分に話題と視線を向けられ、ダリヤはあせった。

だが、ヴォルフの言う通り、彼の友達である。それに、ランドルフが他言するとは思えない。

「いえ、必要ありません」

「ならば剣に、いや、友に誓って他言はしない。ダリヤ嬢にとっては、その方が信じられるだろう？」

「……ありがとうございます」

剣よりも友と言う彼に、どう答えていいか少し迷い、なんとか返事をする。

自分を見る赤茶の目は、なんだか笑んでいる気がした。


それからしばらく話をし、区切りがついたところで全員で食事の後片付けをした。

その後、ダリヤに礼を述べた男達は、そろって緑の塔を出る。

深い紺色の空には、すでに月が出ていた。

「ヴォルフ、まだ残っていいぞ。明日休みだろ、ゆっくりしてけばいいじゃん」

「この時間だし、一緒に帰るよ」

緑の塔がまだ見える路上、青い目の青年は薄く笑う。

「ヴォルフ、ダリヤさんと付き合ってるんだろ？」

「友人として付き合ってるよ。ところで、いつからダリヤ呼びになったの？」

「ついさっき。で、お前は『友人枠』な。じゃ、俺かランドルフがダリヤさんに本気で交際を申し込むと言ったら、止めないな？」

「それは……止めないよ」

「あ？」

「は？」

ドリノとランドルフの聞き返しが、完全に重なった。

「ダリヤに交際を申し込む人を、俺が止めることはできないよ。ドリノやランドルフが本当に想《おも》うなら、俺が止めていいことじゃない。遊びでなら絶対やめろとは言うけど……」

言いながら進む足取りは、いきなり重くなっている。二人が歩みを止めたのも気がついていない。

その背を眺めつつ、ドリノはランドルフに低くささやいた。

「初等学院以下だな。あれが、とうに二十歳《はたち》を過ぎた男の言うことか？」

「過半数で同意する。だが、ヴォルフは間もなく『侯爵家』の一員だ。思うようには動けぬこともあるだろう」

「はぁ。ややこしいな、お貴族様ってのは……ああ、これから誰かの部屋で、もうちょっと飲もうぜ」

「そうだな」

先を歩く高い背に追いつき、ドリノは声をかける。

「ヴォルフ、話の一つに言っておく。俺は、胸派金髪派なんでタイプ違いだ」

「……そう」

「なあ、ランドルフは、どうよ？」

「ダリヤ嬢は、気遣いのできる、よき妻になるだろう」

「ランドルフ……？」

黄金の目のゆらぎに、ドリノがその肩を二度叩《たた》く。

「ヴォルフ、いい加減気づけ。からかわれてるだけだ。こいつ、真面目そうに見えるけどな、顔に出ないだけで、結構あれだからな」

「思ったことを言っただけだ。交際を申し込むとは言っていない。赤ワインを立って注いだのも食事の礼であって、『貴女《あなた》ト、親密ニナリタイ』わけではない」

『貴女ト、親密ニナリタイ』、そこだけを隣国の言葉に換えて、ランドルフが言い切る。

爵位が下、あるいは無い女性に対し、貴族男性が赤ワインを立ち上がって注ぐ。それはあなたと親密になりたいという表現でもある。女性側も立って受ければ、気持ちは理解したということになる。ダリヤはすっかり忘れていたようだが、ヴォルフの母の本、そのメモにあった。

「ランドルフ……」

「何だ、ヴォルフ？」

表情は変わらないが、見返す目がきっちり笑いの色に染まったのが、ヴォルフにはわかった。

ヴォルフは音もなく移動すると、身体強化をかけた手で、ランドルフの片腕を握る。

みしりと音がしそうなその力に、赤銅色の髪の男は片眉を上げた。そして、身体強化を腕にかけ、ヴォルフの食い込んだ指を押し戻す。

平然とした顔で身体強化を競い合いはじめる二人に、ドリノは呆《あき》れた顔をする。

「二人ともこんなとこで馬鹿やってないで、行こうぜ」

ようやくヴォルフとランドルフは離れ、皆でまた夜道を歩みはじめた。

「でも、ドリノがあんなことを言うなんて、驚いたよ」

「悪かったよ。でも、俺がお前と会ってもう七年目か、そのうち、こんなふうに話せるようになるだけで三年かかったんだ。ダリヤさんはつい最近であれだろ、心配にもなるわ！」

「……ありがとう、ドリノ……」

少しだけ小さな声で礼を言うと、ドリノはわざとらしくため息をつく。

「大体お前、外見は王子とか貴公子だけど、中身はいいとこ、十代ど真ん中のガキじゃん」

「ねえ、それはちょっとひどくない？　俺、今、ちょっとしんみりしてたのに」

「ヴォルフ、冷静に己を顧《かえり》みた方がいいぞ」

「ランドルフまで……なに、今日は魔物じゃなく、俺を追い込む日なの？」

からかいと笑いに満ちた話し声は、長く続いていた。

⬢ ⬢ ⬢ ⬢ ⬢ ⬢

商業ギルドの二階、ロセッティ商会が借りている部屋で、ダリヤはイヴァーノと向き合っていた。

「ダリヤさん、またすごいものを作りましたねえ……」

イヴァーノが書類の束を見つつ、静かな笑みを浮かべている。

書類は、涼しい布に関する仕様書と、それで作りたいものリスト、その制作方法案だ。とりあえず、昨夜ヴォルフ達と話して出た案は、すべてまとめてきた。

ちなみに、イヴァーノの首には今、薄緑色のマフラーが巻かれている。

「数が多いので一度には無理ですけど、全部制作可能だと思うんです」

「これ、すべて服飾絡みですね。ガブリエラさんにも話は通しますが、服飾ギルドのフォルト様に相談してもいいですか？」

「はい、お願いします」

風を通して涼しくする布、その使い方は服のアンダーウエアがメインになりそうだ。ここは服飾ギルドに協力をお願いする方がいいだろう。

「これ、ヴォルフ様以外で、どなたか知ってます？」

「魔物討伐部隊の方で、ヴォルフのお友達が一緒に考えてくれました。ヴォルフは話さないように頼んでいました」

「じゃ、そっちは心配ないですね」

イヴァーノは書類を机でとんとんとそろえ、ひとまとめにする。

笑顔を消して真顔になると、紺藍の目をまっすぐダリヤに向けた。

「さて、会長。これ、かなり危ないです」

「ですよね……グリーンスライムが足りなくなりますよね」

防水布のときは、ブルースライムの不足で冒険者ギルドに多大な迷惑をかけたと聞いた。

今度はグリーンスライム不足を引き起こすような迷惑はかけたくない。材料と工程の確保と数量確認をしっかりするべきだろう。

「いえ、それもありますが、騎士団装備も洋服も、利権と貴族が絡みます。今後は貴族から庶民まで広がるとして、このままだと、うちへの取り込みや横槍《よこやり》が絶対きます」

「やめるべきでしょうか？　せめて、魔物討伐部隊分だけでも、なんとかしたいんですが……」

「いえ、やめなくていいですよ。俺は言ったじゃないですか、『ダリヤさんの作りたいものを作ってください』って。量産も販路も安全確保も、なんとかするのは俺の仕事です」

マフラーを指先で撫《な》で、イヴァーノは口元をゆるめる。

「で、会長が一番届けたいのは、魔物討伐部隊ですよね？」

「はい、少しでも楽になればと思っています」

騎士服の暑さも気がかりだが、遠征での過ごしにくさが少しでも減ればいい。そういったことを説明していると、目の前の男は目を閉じ、何度もうなずきながら聞いていた。

「会長の希望はよくわかりました。それに対して、俺の提案は二つです。服飾ギルドのフォルト様を巻き込んで共同開発にし、名誉を共有して、金銭と安全を確保しましょう。次に、魔物討伐部隊のグラート隊長に提案して、魔物討伐部隊に優先権を渡す代わり、ロセッティ商会の王城窓口を隊長に固定してもらいましょう」

イヴァーノはさらりと言っているが、相手は子爵と侯爵である。爵位もない庶民を会長に据える一商会がお願いしていいことなのだろうか。

「あの、フォルト様とグラート隊長のご迷惑にならないでしょうか？」

「逆に全力で了承してもらえると思いますよ。フォルト様は服飾ギルド長としての実績が欲しいでしょうし、グラート隊長は当然、魔物討伐部隊を最優先にさせたいでしょう？」

「そうかもしれませんが……」

「ロセッティ商会に何かしたら、商業ギルド長と服飾ギルド長と魔物討伐部隊長が絡んでくる、それをわかっててやる者は、そうそういないと思うので」

あるとしたら公爵家か王家くらいですよね、そう冗談が続いたが、ありえない話だ。

ダリヤがひきつって笑えずにいると、イヴァーノがさらに続けた。

「できるなら、ヴォルフ様のお兄様にも、一度ご挨拶を通しておきたいですね」

「ヴォルフのお兄様、ですか？」

「ええ、来年に代替わりで爵位上げの予定だそうですので、次期侯爵ですね。ジェッダ様、ああ、だめですね、まだ慣れない……レオーネ様から伺いました」

商業ギルド長であるジェッダからは、家名ではなく、名前呼びするようにと言われた。だが、イヴァーノもダリヤもまだ、レオーネと呼ぶのに慣れていない。

ただ、商業ギルド長である彼が言ったのならば、確定したのだろう。

来年には、ヴォルフは伯爵家から侯爵家の一人になる。ダリヤは、さらに距離が空くように思えて、少しだけさみしさを覚えた。それでも態度には出さぬよう、言葉を選ぶ。

「喜ばしいことですね」

「ええ。そういえば、今って公爵四家、侯爵七家でしたっけ？　うちの国、他国より上位貴族は少ないそうですけど、平和が長いせいでしょうね」

「ありがたいことだと思います。戦争があったら、こんなに国は栄えてませんし、魔導具を自由に作るなんていうこともできませんから」

この国『オルディネ』では、戦争の功績を讃《たた》えての叙爵は、ダリヤの知る限りない。戦争そのものが建国後にないためだ。

代わりに、ライフラインや教育、農業、貿易への貢献、発明品や魔導具の開発などで爵位を上げたり、新たに叙爵することは多い。逆に、横領や賄賂、犯罪絡みになると容赦なく、即、爵位を剥《はく》奪《だつ》される。

「会長、もし俺の提案が不快なら、練り直しますよ。魔導具師としては、フォルト様と共同じゃなく、自分の名前だけを刻みたいということはないですか？」

「いえ、共同でかまいません。私は名義そのものより、不具合や苦情があったとき、自分に情報がきちんと戻ってくるようにしたいんです」

「ああ、なるほど……そういえば、靴の中敷きでも苦情がありましたっけ。繰り返し使いたい、価格を下げてほしい、サイズを増やしてほしい、このあたりはダリヤさんも読みましたよね？」

「ええ。他になにか問題が出ました？」

「最近来ているもので、『この中敷きをもっと早く作ってほしかった』っていうのが二十件近くありました。気持ちはわかりますが、無理言うなって話です」

うれしい言葉に、つい顔がゆるむ。

靴の中敷きは、魔物討伐部隊だけではなく、王城、各ギルドにも流通が広がっている。

誰かの役に立っているのを聞くのは、作り手としてとてもうれしいものだ。

「じゃ、涼しい布もさっさと進めましょう。幸い、今年は夏に入ってるんで、魔物討伐部隊に優先で試作して、あとは来年稼働での計画にすればいいんじゃないですかね。ちょうどいい時期だったと思いますよ」

イヴァーノは人をのせるのがうまい。わかっていてものってしまえるのは、自分が商売人ではなく、魔導具師だからなのだろう。

「会長からは、他に何かあります？」

「そういえば、王城でちょっと……」

メイドの件について話をすると、イヴァーノはたちまちしぶい顔になった。

「すみません、俺、やっぱりついていくべきでしたね。従者がいるだけでも違うと思うので……護衛もできる従者がいれば一番なんですが」

「王城でもいりますか？」

「ええ、その方が安心です。がたいのいい男なら見た目だけでいい抑止力になりますから。もちろん腕もあった方がいいですけど。ただ、エチケットルーム内にはついていけないんで、女性の従者で護衛もできる人でもいれば完璧なんですが……」

女性で護衛もできる腕のある従者――それはなかなか難しそうだ。

ダリヤは真面目に考える。王城の部屋と廊下には大体騎士がいる。それならば、エチケットルームに行くのを限界まで避ければいいのではないだろうか。

「次から王城に行く前は水分を控えて、行ったら、お茶をなるべく頂かないようにします。そうすれば、今回のようなことはないかと思うので」

「やめてくださいよ、ダリヤさん。夏にそれやったら倒れますよ」

「大丈夫です。魔導具の試作で時間がかかるときとか忙しいときなんかは、塔でも水分を控えてやってますし……」

「……会長」

一段低くなったイヴァーノの呼びかけに、ダリヤは首を傾げる。

紺藍の目は、いつもより青が強くなり、猫のように細められている。ちょっとガブリエラと似ているかも、そう思ったとき、彼は低い声で続けた。

「俺には残業するな、体に気をつけろと、いつも言ってましたよね？」

「ええと、はい……」

「会長って、俺の上ですよね。人の上に立つ者は模範を示すべきだと思うんですよ」

この後、ダリヤは懇々と水分補給の大切さなどを注意されることになった。

なお、護衛が見つかるまでは、王城へ行くときはイヴァーノが同行することも確定した。

⬢ ● ● ● ● ⬢

服飾ギルド主導で建てられた『服飾魔導工房』は、五本指靴下と靴の中敷き制作のため、かなり急いで建造されたと聞いていた。

しかし、招かれてみれば、建物は大きく堅牢《けんろう》なレンガ造り、敷地はかなり広く、馬場までもゆとりがあった。

ダリヤはそのまま、赤い絨毯《じゅうたん》と艶《つや》やかな濃茶のテーブルがある応接室に通され、やたら沈み込む黒革のソファーに座る。

応接室にいるのは、服飾ギルド長であるフォルトゥナート、その従者とメイド、そして、ルチアとイヴァーノ、ダリヤである。

フォルトには、先にイヴァーノがおおまかに話をしてくれたという。そのため、今日は試作の布を何枚か持ってきて、実際に利用できるかどうかの打ち合わせとなった。

「……ということで、この布につきましては、これから共同開発し魔物討伐部隊で試作品を使って頂きつつ、来年からの量産化を目指したいと考えます」

「すばらしく画期的な魔導具ですね。頂いた条件でかまいません。服飾ギルドとして、ロセッティ商会に御礼申し上げます」

フォルトは薄い緑のマフラーを首に巻き、楽しげな笑みを浮かべている。説明していたイヴァーノも同じように笑った。

打ち解けた二人の顔は、いつの間にそんなに仲がよくなったのかと思えるほどだ。

「さて、ざっと中身についてですが……兜の下の帽子か布を巻く、これは交換を考えると、布で巻き方を覚えて頂く方がいいですね。希望者は帽子で。マフラーは調整ができるのでこのままでいいでしょう」

「背当て、胸当ての布はどうでしょう？」

「騎士の体型はかなり異なりますから、最初は一枚布で頭を通す形で、その後に袖無しアンダーシャツを作るといいと思います」

ダリヤの質問に、フォルトは書類をめくりながらすらすらと答える。

「フォルト様、脇の下もつけられるよう、最初から半袖アンダーじゃだめなんですか？」

「騎士は肩の可動範囲を気にして、袖無しのアンダーを好む方が多いので。両方あった方がいいでしょうね。あとはトランクス……乗馬もありますから、これは先行必須ですね。めくれを防ぐために、丈は少し長めに取りたいです」

「可動範囲……では、膝裏の布も邪魔になりますか？」

「やはり可動が気になるでしょうね。これも好みでしょうから、内部にパッド式で取り替えられるようにするか、サポーターをつけるかで選んでもらいましょう」

さすがに、服飾ギルド長であり、騎士にも詳しいフォルトである。改善点や試作案を入れ、スケッチブックにさらさらと描かれる画は、そのまま飾れるのではないかと思えるほどに美しい。

「第一案としてはこんな感じでしょうか。うまくいけば、騎士の他、王城の貴族も喜びます」

「あの、王城でしたら冷風扇や氷風扇があるのでは？」

「ありますが、貴族男性の正式礼装は上着とズボン、ベストの三つ揃《ぞろ》えです。夏用の薄い生地でも汗をかなりかきますよ」

「フォルト様は、いつも涼しい顔をされてますが……」

「気合いと魔導具ですよ」

フォルトは言いながら上着を脱いだ。襟とポケットから外されたのは、小型の魔導具だ。

ダリヤの手二つ分はある薄い筐体《きょうたい》、そこからつながる長い管《くだ》は、背中と袖に伸びているらしい。

それをずるずるとひっぱり出し、テーブルに置く。

『小型送風器』です。風の魔石を稼働させて、管の穴から背中と袖に風を通すものです。廊下の移動中やエチケットルームにいるときに稼働させて、汗をしのぎます」

「常時稼働ではないんですか？」

ダリヤは思わず聞き返してしまった。それでは短時間しか使えない。

「少々音がするので、静かな場では使えません。風が強めで動きも服のラインに微妙に出ますから難しいですね。匂いの問題もありますし」

「王城での男性は、上着を脱いだり、半袖を着たりとかはできないんでしょうか？」

「女性はともかく、男性は長袖で脱がないのが礼儀のようなところもありますから。王城に冷風扇や氷風扇はありますが、上位の貴族の方が涼しい場所に座りますし。長時間の会議後は、立ち上がるときに冷や汗ものですよ。こちらの布が使えるようになれば、汗染みが減らせそうです」

「大変なんですね、貴族の方も……」

小型送風器という魔導具があるとはいえ、貴族も暑さは我慢でしのぐしかないらしい。

「王族と氷魔法が使えるような貴族は必要ないでしょうが。ああいった方々は、魔力次第で、暑いときは大きな氷を出すか、部屋ごと氷風で冷やせますからね」

夏にはなんともうらやましい話である。それなら冷風扇や氷風扇も不要だろう。

「もう、いっそ服を一体化できたらいいですね」

「服を一体化？」

「上着に袖口とシャツの見えるところだけを切って縫い付けるとか……ああ、でもこれは失礼になるのかしら……」

「ダリヤ、それ面白そう！　今度やってみるわ」

言いながら、ルチアが涼しい布をようやく手にした。

一応フォルトに気を使い、これまでは話を聞くだけで、触ってはいなかったようだ。

「涼しい……」

ルチアは薄緑の布に指先で触れ、その後に首に巻き、最後に顔を思いきりうずめた。

「ル、ルチア？」

「……これ、ランジェリーの素材に欲しいわ……どうしても欲しい！」

顔を上げた彼女の第一声は、もはや叫びだった。

「脇の汗染みが止められるじゃない！　ブラの胸元とコルセットの裏に欲しい！　ショーツのバックとアンダースカートの裏地にも欲しい！　ドレスが汗で汚れなくなるもの」

「なるほど。薄布は足にまきつきやすいので、これを間に入れれば、夏でも重ねのドレスがさらりと着られますね」

ルチアの暴走にすでに慣れているのか、フォルトはあっさりうなずいている。

「お洋服って、脇の汗と背中の汗から傷みやすいのよ。そこもカバーできるわ！」

「ああ、夏の花嫁衣装にもよさそうです。白は汗染みが出やすいので。貴族女性の式典向けドレスは布が重いので、そちらでもきっと喜ばれますね」

「あの、それなんですが……いずれは一般向けにも欲しいんです」

「一般向け、それは庶民向けということですか？」

不思議そうに尋ねてくるフォルトには、庶民向けという考えはなかったらしい。

「ええ、夏に力仕事をする人は暑さが大敵ですし、夏に汗疹で悩む人も多いと思うので」

「なるほど。これなら、マフラー一本あるだけでも違いますからね」

イヴァーノとすでに話し合っていたことだ。

騎士や貴族向けの他、庶民向けも作れれば規模は大きくなり、価格は下がる。魔物討伐部隊へ最初に納めるにしても、将来は服飾ギルドで手広く扱ってもらい、価格を下げたい。そのため、高級品ではなく、普及品にしたい。

「そうなると、来年は今の何十倍、いや何百倍かのグリーンスライムが必要になりますね……養殖については、冒険者ギルドと服飾ギルド共同で、すぐにも槽《そう》を増やすべきでしょう」

「すみません、またお手数をおかけすることに……」

「いえいえ、いくらでもどうぞ。これで、冒険者ギルドが乗らないなら、服飾ギルドだけでも何とでもしますとも。うちの屋敷と別荘の庭を、すべてスライム養殖場にしてもかまわない」

「フォルト様……？」

おそらくは貴族街にある屋敷、その庭でスライムを養殖してよいものか。フォルトの別荘がどこにあるか知らないが、ご家族と使用人とご近所の方に、かなり不安がられそうな気がする。

「ねえ、ダリヤ、これもっと薄い布でもいける？」

「ええ、空気の通りがいいものなら大丈夫よ」

「色はなんとかならない？　この薄い緑。布はいろんな色を使いたいから」

「それは……グリーンスライムそのものの色だから」

グリーンスライムの色は風魔法らしい緑である。売られている色粉の中和剤などを使ってみたこともあるが、微妙に濁った色に変わるだけで、完全には消せなかった。

「……消せますよ」

「え、消せるんですか？」

ぽつりと言ったフォルトに、ダリヤは思わず食いついた。

「魔物系の染料は、逆色で隠せるものや、反対素材で薄くできるものが多いです。おそらく、グリーンスライムもそれを応用すればいけるかと思います。配合は染色職人の秘伝になりますが……ああ、これは内密にお願いしますね」

「フォルト様、すごいです！」

ルチアが歓喜の叫びをあげる。確かに、それができたら服への応用はずっと広がるはずだ。

「これで使い捨てになるのがもったいないですね」

「ん？　……ダリヤ嬢、レッドスライムやブルースライムでも、付与した魔導具に色は残りますか？」

「はい、どれもある程度は残ります。レッドスライムは無毒化されて、口紅にもなっているくらいですし」

「ということは、染料的資質もあると言えますね？」

「はい、そう考えてもいいかと思います」

「それなら、服飾師や染色職人の使う『染料定着法』を、片っ端から試してみませんか？」

「『染料定着法』、ですか？」

魔導具師として染料を扱うこともあるが、そちらは聞いたことがない。

服飾師や染色職人専門の技術なのだろう。

『染料定着法』は魔法ではなく、熱をかけたり冷やしたり、各種の薬品を合わせて状態を固定する方法です。付与した魔法同士で当たるということもないですから、可能性はあるかと。八十種ほどありますから、どれかはいけるかもしれません。あとは、色を変更してから染料定着ができるか、染料定着をしてから色を変えられるかといったことも試す必要がありますね……」

「あの、担当の職人さんはお忙しいのでは？」

「いえいえ、何をおいても、喜んでやりますとも。私も含めてね」

フォルトの声が楽しげに響く。横のルチアは、まだ布にすりすりと頬《ほお》をよせていた。

「ダリヤ、これ、名前は決めた？」

「まだ。涼しい布だから、『風布』とか、『低温布』？」

「なんか風邪ひきそうな名前ね。『流風布』『涼風布』……だめ、ピンとこないわ」

「……ちょっとひねって、『微風布《アウラテーロ》』などはどうでしょう？」

「それ、別世界みたいにかっこいいです！」

「フォルト様って、詩人ですね……」

イヴァーノが感心しているが本当にその通りだ。自分のネーミングセンスとは雲泥の差である。

「あと、もうちょっと風が強いと、さらに涼しそうなんだけど……」

「一応、もう少し強いのもあるわ」

ルチアの言葉に、ダリヤは鞄から小さな魔封箱を出す。中にあるのは、小さめの白いガーゼのハンカチだ。ガーゼは二重で、裏面にはグリーンスライムの薄緑の線が、格子状に走っている。

「失敗作なの。面積に対してラインが太かったせいか、結構風が強くて」

握っただけでも、風圧がふわりとわかる。

ルチアは受け取ったハンカチを広げると、自分の頬に押し当てた。

「ダリヤ、これで長靴下止めを作りましょうよ！」

「スカートが暑いなら、膝に巻けばいいとは思うけど……ちょ、ちょっと、ルチア!?」

突然、スカートを大きくまくったルチアは、太ももまわりの長靴下の上部分にハンカチを差し込んだ。

勢いよく立ち上がった彼女のスカートの裾は、ふわふわと大きく浮いて揺れる。

「これよ、これ！　腰まわりのパニエなしでもスカートが浮く！　腰まわりがスマートでかつセクシー！　これでドレスの幅が広がるわ！」

「そうきましたか、ルチア！　レースもシフォンも好きなだけ重ねられますね。新しいドレスラインができそうです！」

満面の笑みの男に、ダリヤは理解した。

今まで見ていたフォルトは、服飾ギルド長であり、子爵位を持つ貴族だ。

だが、その内側には、ルチアと同じ『服飾師』という職人がいる。

「ダリヤ嬢、心から御礼を。じつに楽しいものが増えそうです」

「こちらこそ、ありがとうございます」

「これを共同開発にしてくれるとは、私はあなたに剣を捧《ささ》げたいくらいですよ。私の全力でお守りしたい……」

「あ、あの、フォルトゥナート様？」

騎士が剣を捧げるのは、己の決めた主《あるじ》か、愛する者かだ。

冗談だとわかってはいるが、フォルトという略称呼びができぬほどにはあせる。

「ダリヤ、この布の使い方を話しましょうよ！　今日はあたしの家にこのまま泊まりに来て！　塔に行ってもいい！」

「ル、ルチア」

腕にすがりつくルチアの目が、きらきらを通り越してギラついている。ちょっと怖い。

しかし、布と服については、彼女の方がはるかに詳しい。

ここは応用と改良点を洗い出すためにも、時間をかけてきっちり話し合う方がいいかもしれない。

「他にもいろいろと使えそうですね。風の強弱についても使い分けた方がよさそうだ……ああ、いっそお二人とも、このままうちの屋敷に来ませんか？　話もそうですが、私の工房がありますので、布も素材も好きなだけ使って試せますよ。信頼できる縫い子を呼んで、片っ端から作りながらというのも楽しそうです」

「いいですね、フォルト様！」

「あと、私の趣味ですが、布と糸のコレクションには魔物素材もありますよ。数だけは自慢ですが、ご覧になりますか、ダリヤ嬢？」

「魔物素材の、布と糸……」

「各種の蝶《ちょう》に蜘蛛《くも》、隣国の魔蚕《まかいこ》や魔羊《まよう》、八本脚馬《スレイプニル》や一角獣《ユニコーン》の布、珍しいところでは、大ザリガニの髭《ひげ》から作った糸なんていうものもあります」

「とても興味深いです……」

ダリヤはブレーキをかけようとしていたが、こうなると油をかけられた車輪のようなものだ。ずるずると興味はそちらに向かう。

「じつに楽しい。酒などなくても、夜通し盛り上がれそうです」

服飾ギルド長としてではなく、服飾師の顔でフォルトが笑った。

フォルトの表情《かお》が少年に返ったあたりから、イヴァーノは椅子を少し後ろに引いていた。

もはや、自分は三人の話に入れない。

ルチアの性格が、ダリヤと似ているのは把握済みだった。だが、フォルトなら利権を考えて巻き込まれてくれ、ほどほどで二人の手綱を引いてくれる、そう思っていたのだ。

が、蓋を開けてみれば、彼も作り手側の人間だった。貴族と商人と服飾師の顔を交互に見せてはいるが、布と服へののめり込み具合なら、ルチアといい勝負だ。

三人で暴走に等しく盛り上がっている状態を、自分一人で止めるのは難しい。ついでに商売のいい加速になりそうなので、止めるのはやめた。

固まった笑いのまま振り返り、手元のカップを少しだけ持ち上げる。

メイドではなく、控えていたフォルトの従者が、追加の紅茶を入れてくれた。

互いの視線にあきらめと悟りを確認し、イヴァーノは無言で紅茶を飲む。

一時間後、フォルトの屋敷で宿泊会にうつる流れは、イヴァーノと従者が全力で止めた。

その代わり、服飾魔導工房の一室は夜中まで灯《あか》りがつき、にぎやかな声が響いていた。

午後、王城にある魔物討伐部隊棟は、かつてないほどに明るく沸き立っていた。

「涼しい！　これなら夏の遠征でも、蒸れない！」

「これなら夏でも弓がずれぬ！」

「微風布《アウラテーロ》、お前は重鎧《じゅうがい》の救世主だ……」

「尻の汗疹がこれでなくなる……」

あちこちで隊員達の歓喜の声が響いている。廊下は正直、うるさいほどだ。

別室で着替えた隊員達が、広い会議室に来て二列に並ぶ。その先のテーブルは二つ。スケッチブックを開いたフォルトとルチアと副隊長、メモを持つダリヤ、イヴァーノとヴォルフである。

「これは兜が暑くならなくていいが、風の向きが気になるな。目にくる」

「アストルガ先輩、もしかして、布が裏表逆ではないですか？」

「おお、そうか。おかしいと思った。帽子タイプで、すぐ表裏がわかると助かる」

「では、わかりやすく印をつけますね」

隊員は一人ずつ、どちらかのテーブルで微風布《アウラテーロ》を身につけた感想や希望を伝える。わからない部分はこちらから質問もする。

「背中用の取り外しできるタイプで、風がもっと強いのが欲しいです」

とは、重鎧の盾持ちの隊員。

「内側に手袋を重ねるとずれるので、一枚に縫い付けられないでしょうか？」

とても真剣に尋ねてきたのは、弓使いの隊員だ。

「マフラーは戦闘時はピンで留めるか、鎧の内側に入れるかだな。ひっかかって首が絞まると悪い。あと、もう少し風が弱いのがほしい。取り外しもできた方がいい。俺の年代では冷えすぎる」

そう、手振りを交えつつ語る、壮年の隊員。

「これ、すごくいいんですが、背中がくすぐったいです……」

少し涙目の若い隊員もいた。

感覚はそれぞれに違う。風の強弱をつけたいくつかの形を考案し、できるだけ希望に沿う形で、隊員ごとに選んでもらう方がいいだろう。

隣のテーブルでは、フォルトとルチアが隊員とやりとりをしながら、スケッチブックに新しいデザイン画を描いていた。さらに種類が増えそうな予感がひしひしする。

先日から、服飾魔導工房へ通い続けて九日。朝から晩までルチアやフォルトと話しつつ、服飾ギルドお抱えの魔導具師と、服飾師や染色職人、縫い子といった職人達と試行錯誤を繰り返した。

二日目からは服飾魔導工房の魔導具師と魔導師達にも教えたが、グリーンスライムを格子状に均一に付与するのは、なかなか難しいそうだ。彼らが満足に仕上げられるようになるまで、数日かかった。

その間にも、染色と染料定着法を試したいというフォルトと職人達の希望があり、ダリヤは教えつつ、ひたすらに微風布《アウラテーロ》を制作した。

初日に三時間ほどで魔力切れを起こしたところ、フォルトが魔力ポーションの入った大箱を持ってきた。魔力ポーションは、一本金貨二枚と大変高額である。

最初は固辞したが、金銭は不要、服飾ギルドの備品だから遠慮なくと言われた上、大きなグラスに、だばだばと注がれて目の前に置かれた。一度開封したポーションは保存が利かない。結果、ダリヤは魔力ポーションを紅茶代わりに飲みながら作業することとなった。

ただ、ポーション関係なので、やはり味のいいものではないようだ。

傷を治すポーションは青臭さがあったが、魔力ポーションに関しては後味に妙な渋みがあった。

渋柿の汁を水に薄く溶かしたようなその味は、何本飲んでも慣れなかった。


「グラート隊長は、マフラー以外は、お試しにならないのですか？」

「今、中に着ている。シャツとトランクスと膝サポーターだ」

「フル装備じゃないですか……」

「動かずにこうしていると、少し冷えすぎるくらいだな」

ダリヤ達のテーブルの後ろ、椅子に座って話をしているのは、魔物討伐部隊長であるグラートと、やや年配の騎士である。

グラートに王城の窓口を頼む話は、ダリヤどころか、イヴァーノも出番がなかった。

『まずはご挨拶に』と手紙をしたためたところ、フォルトがその日に王城へ行くからと持っていき、帰りにはグラート隊長の了承の手紙を預かってきた。

一体何と言ったのかと尋ねたところ、マフラーをグラートの首に巻いただけだと微笑まれた。

その後、遠征用コンロの正規契約のときに、隊の希望者に微風布《アウラテーロ》を試してもらうこととなった。

が、まさか、隊員全員が希望者になるとは予想していなかった。

そこからは服飾ギルドの魔導具師と魔導師、そして職人が『とても、がんばりました』と聞いている。

聞いているというのは、ダリヤは夕暮れになるとイヴァーノに連れ帰られ、残業が一切できなかったためだ。緑の塔での作業も止められた。ダリヤが残業をするならば自分にも権利があるという彼に、自粛せざるを得なかった。

そして今日、それなりの数の微風布《アウラテーロ》のマフラーやシャツを準備し、隊員に交代で試してもらっているというわけだ。

「急ぎで納入してもらうにも、次の遠征には間に合わんな……」

「一度手にしただけに、辛いものがありますね」

グラートと騎士の低い声での会話に、周囲の隊員が耳をそばだてている。

「この試作品をそのまま先納というのは、だめだろうか？」

「それ、分配で血を見るヤツな……」

「契約が決まりましたら、マフラーだけは人数分、即、納入致しますよ」

目の前の隊員達の会話に、イヴァーノが明るい声で割り込んだ。

「グラート隊長……」

「隊長……！」

隊員達の視線が一斉にグラートに向く。もはや、希望ではなく哀願の目に、男は苦笑しつつ応えた。

「いいだろう、契約しよう。今期の遠征改善の予算は確保してある。遠征用コンロの次にこちらに回す」

グラートの声に、隊員達がどっと沸く。ダリヤは驚きつつも、つられて笑んでしまった。

「ロセッティ商会長、一つ確認させてくれ」

不意にグラートに声をかけられ、慌てて立ち上がる。イヴァーノも続いて立ち上がった。

「王城の窓口が私で本当によいのか？　これならば騎士団御用達を希望した方が予算も上がるし、箔《はく》もつく。ここまでいろいろと作ってもらったのだ。希望するなら、私が推薦人となろう」

「ありがたいお話ですが、当商会では力足らずで、分配も厳しいかと思います。王族の方や貴族の方に関しても、失礼のないようにフォルトゥナート様に請け負って頂きましたので」

あらかじめイヴァーノと打ち合わせた内容を答えると、隣のテーブルからフォルトが歩みよってきた。

「グラート隊長、魔物討伐部隊分を確保するのであれば、窓口になっておかないと、貴婦人の皆様に根こそぎ持っていかれますよ」

「貴婦人方に？」

フォルトは近すぎるのではと思うほど距離をつめ、グラートの耳元でささやく。

「コルセットにビスチェの裏。ドレスは足さばきが変わり、化粧崩れまでなくなるそうです。妻にあそこまで熱烈にねだられたのは初めてですよ」

「……ご婦人方の対応は、任せてもいいかね？」

「はい、紹介状を頂ければ優先致しますので、お任せください」

微笑んで答えたフォルトは、あっさりとテーブルへ戻っていく。

目を丸くしているダリヤの横、イヴァーノが深いため息をついていた。

「少々話がそれたが、ありがたく窓口とならせて頂こう」

「ありがとうございます。ご要望にお応えできるよう、全力を尽くします」

こちらに向き直ったグラートに、ダリヤはイヴァーノと共に頭を下げた。

「他から何かあれば遠慮なく連絡を。ああ、二人ともグラートと呼ぶのを許そう。こちらも『ロセッティ』と呼んでもかまわないか？」

「はい、ありがとうございます」

「そちらは『メルカダンテ』といったな？」

「どうぞ、『イヴァーノ』とお呼びください。大変失礼ですが、グラート様は商会長を名前でお呼びになりませんか？」

グラートは眉をわずかによせ、少しばかり言いよどんだ。

「……少々呼びづらい。妻の名が『ダリラ』なのでな」

後ろに座るヴォルフが肩をわずかに揺らしたが、言葉はなかった。


歓談が続く中、入り口から従者が急ぎ足でやってくると、グラートに何事かを耳打ちする。彼は少々しぶい顔をしたが、短く『通せ』とだけ答えた。

「お取り込み中に失礼。グラート隊長がこちらと伺いまして」

入ってきたのはグラートと同世代と思われる、白髪交じりの金髪の男だった。

着ているのは文官らしい濃灰の三つ揃えだが、襟元に金の二本羽根の飾りピンがある。それなりの高位貴族なのだろう、すぐフォルトや隊員達が立ち上がり、会釈をする。ダリヤも数歩下がり、ルチアと共に長めの礼をした。

「そちらがロセッティ商会長ですな。ちょうどよかった。遠征用コンロの予算書の、差し戻しです」

「差し戻しだと？」

グラートが険しい顔で聞き返す。周囲の視線も、一斉に男に集まった。

ダリヤがとっさに思ったのは、予算に対し、価格が問題になったのではないかということだ。遠征用コンロは、けして安くはない。

「いろいろと意見が出まして。まず、必要性がどの程度かわからない。今までなくても済んでいたわけですから」

「そこは隊の判断に任されるはずだ。遠征改善費の枠に収まっているはずだが？」

「ええ。ですが、通常の小型魔導コンロより割高です」

「遠征向けであれば形状を変え、重量を減らすなどの改良がいる。私は妥当だと判断した」

やはり予算についてだった。前世も今世も予算問題はせちがらいものだと、しみじみ思う。

「他にも、少々懸念の声があがっておりまして」

「懸念の声？」

「単刀直入に申し上げれば、ロセッティ商会に関する信頼の問題です」

「保証人に不足があると？」

「そちらは問題ありません。ただ、今年立ち上げたばかりの商会で王城への出入り、急な取引に複数の品目。こういったことは少し不自然ではないかと。男爵であるお父様がすでにお亡くなりになっており、血族の後見人がないのもどうかという意見がありまして――まあ、商会長が女性というのは珍しいですから、いろいろと『噂』も立ちやすいのでしょう」

ちらりとダリヤを見た後、その視線がヴォルフ、そして、グラートへと移る。琥珀《こはく》の目は、ひどく冷えている気がした。

「たかが噂だろう。私は一切気にならんが」

「グラート隊長がお気になさらなくても、悪い影響はあるかもしれません。隊長室に呼びつけた、その後に少々服が汚れていた、その程度でも『噂』は流れるものです」

「……ジルド、貴様……」

グラートが怒りにかすれた声を出す。

だが、ジルドと呼ばれた男は、一切表情を変えなかった。

「ロセッティ商会長に名乗りが遅れましたな。私は財務部長のジルドファン・ディールスと申します。あなたに失礼があったメイドは、王城から下がらせました。服代は金貨四枚程度で足りますかな？」

ダリヤは混乱していた。

先ほどから何を言われているか、言葉として聞こえているが、理解をしたくない。

先日のメイドが故意に自分の服を汚した。命じたのはおそらくこの男だろう。

目的は、グラートに対する嫌がらせのようだ。にじむ悪意は、自分を巻き込んではいるが、まるで視界に入れられていないようにも感じる。

「……ご挨拶をありがとうございます。ロセッティ商会のダリヤ・ロセッティと申します。服代は結構です。今、身につけているのがその服ですので」

今日着ているのは、あの日、メイドに汚され、染め直したスカートだ。深緑の色合いは、どこにも汚れなどない。

「ほう……ロセッティ商会長、せっかくここにいらしているのです。ロセッティ商会の方で遠征用コンロの詳しい説明書、そして、できるだけ予算に沿う見積書を、再度、財務部に頂けますか？　なんなら、王城で説明の場を設けてもかまいませんん」

その提案にのってくるわけなどないと踏んでいるのだろう。その目が皮肉な光をたたえている。

喉元をせり上がってくる憤りと不安を呑《の》み、ダリヤは言葉を返した。

「……場をお借りしたくお願い申し上げます」

「ダリヤさん！」

イヴァーノが小声で自分の名を呼ぶ。彼に相談する前に答えてしまったが、書類だけではあっさり破棄されそうだ。少しでも可能性があるなら、直接説明したい。

「よろしいでしょう。では、三日後の午後に。ああ、途中でご無理だと思われたら、グラート隊長経由のお断りでかまいませんよ。では、失礼」

ジルドから妙に整った笑顔を向けられ、つい身構える。

すれ違うにしては距離が近すぎる、そう思えたとき、耳元で低くささやきが落ちた。

「どこまでやれるかね？　『飼い猫』が」

「……っ！」

ダリヤは、たった今、この男を敵認定した。

『飼い猫』と言えばかわいらしくも聞こえるが、この場で言われた意味は『誰かの愛人』だ。貴族用語にうとくても、それくらいはわかる。

爵位もなく、実績も足りない自分だ。見た目も礼儀作法も、王城にはふさわしくないだろう。

だが、魔物討伐部隊の彼らが、女一人に迷って、職務を曲げると思うのか。

国民のために命がけで魔物と戦う者達を、いったいなんだと思っているのだ。

前世、大学の研究授業から会社の研修まで、プレゼンテーションは苦手だったが、やるだけやってきた。三日後、全力でプレゼンをしてやろうではないか。

唇を内側できつく噛み、顔を作って男の背を見送る。


ジルドが出ていって扉が完全に閉まると、思わず吐息がこぼれた。

そして、振り返ろうとして、動けない。自分の周囲で、何か冷たく怖いものがたらたらと流れてきている。体が完全に固まり、声を出すことも向きを変えることもできない。酸素が急激に薄まったように、呼吸が苦しい。

「ダリヤを、何だと……！」

「重装において、この涼しさを与えてくれるダリヤ嬢に対し、なんという無礼……」

「あいつの靴に、昔の靴の中敷き入れてきてぇ……水虫になりやがれ」

「……闇討ちされるのが似合いそうな方ですね……」

「おい、やめろ！　馬鹿者達が。ここで『威圧』を出すな！」

壮年の騎士が、隊員達を一喝する。

どうやら、ヴォルフを含め、耳をそばだてていた隊員には丸聞こえだったらしい。

こんな状態ではあるが、自分のために憤ってくれたことは素直にうれしかった。

その後、ようやく動けたので振り返れば、まだ威圧が出そうなのか、片手で目元を押さえるヴォルフがいた。イヴァーノもルチアも真っ青だ。フォルトが顔色を変えず、こちらを心配そうに見ているだけなのは、さすがである。

「皆さん、大変申し訳ない。今、『威圧』を出したのと『おかしな独り言』を口にした隊員は、後で鎧着用の上、鍛錬場五周だ。もちろん、微風布《アウラテーロ》なしでな」

「……はい」

反省を込めた返事が周囲から響くと、騎士はグラートに向き直る。

「グラート隊長、さきほどのディールス侯爵の発言は、ロセッティ商会長に対し、あまりに失礼です。隊長から抗議を」

「お気持ちはうれしく思いますが、結構です」

グラートが口を開く前に、ダリヤは言い切った。

「ロセッティ商会には、とてもお世話になっている。こちらで抗議をしてもかまわないのですよ」

「ありがとうございます。でも、自分で撤回請求をしたいと思います。謝罪は頂けないかもしれませんが、商会対応とさせてください」

壮年の騎士に頭を下げ、ダリヤは願う。

代理で抗議をしてもらえば、おそらく謝罪はもらえる。だが、ダリヤは抗議した者の庇護《ひご》下にあるとみなされるだろう。グラートが抗議をすれば、噂を深める理由の一つにされかねない。

自分は爵位がないので謝罪は求められないが、発言の撤回を希望することはできる。してもらえるかどうかは謎だが、少なくとも、誤解の上塗りは避けられるはずだ。

それに、今聞いた『ディールス侯爵』の呼び名――侯爵であればグラートと同爵だ。財務部とのもめごとも、今後の魔物討伐部隊にはマイナスになってしまうかもしれない。それだけは避けたかった。

「……ロセッティ、すまない。先ほどのは私への当てつけだ。噂の火消しは私の方で行う。だが、あれを恨まないでやってくれないか」

「グラート隊長！」

声を荒らげたヴォルフに、グラートは自嘲めいた顔で続けた。

「あの男の弟を殺したのは、私だからな」

いきなりの言葉に、その場の全員が声を失った。

「昔、遠征帰りに一人の隊員が落馬して亡くなった。医者からは貧血と栄養失調があったと聞いた。あの頃は今よりひどい食事でな、ろくに食べられなかったらしい。私は、気づいてやれなかった」

「それは、グラート隊長のせいでは……」

「その遠征を率いていたのは私だ。友に弟を頼むと言われ、任せろと安請け合いした。すべて、私の責任だ」

老人のようにしわがれた声が、耳にひどく痛い。

魔物討伐部隊は、遠征で命がけで魔物と戦うだけではなく、飢えやそれに伴う体調不良とも戦わねばならない。

最初に会ったとき、血だらけだったヴォルフを思い出し、どうにもやりきれない気持ちになる。

「財務部には再度かけ合う。それでもだめなら、許可の出た予算で買い、あとは私の方で購入する」

「ありがとうございます。でも、説明はさせて頂きたくお願いします」

「気を使わずともよい。あの通りの男だ。さらに不快な思いをさせるだけになるかもしれん」

「かまいません。せっかく頂いた、商会の『鍛錬の場』ですから」

魔導具開発は、しょっちゅう壁にぶち当たり、乗り越えるか、破壊するか、別方向へ行くかで悩むものだ。

イヴァーノを見ていれば、商売というものは、多角的に利益関係の糸を張り巡らせていくものだとよくわかる。その途中で当たり、避け、そして次々と糸の先を探すのはとても大変そうだ。

簡単な開発も、簡単な商売もないだろう。その場の勢いとはいえ、開発者であり、商会長の自分が言い出したことだ。できるかぎりは、やりきりたい。

「『鍛錬の場』か……惜しいな、男子であれば養子に……いや、待て……」

グラートが口元を押さえつつ、何かつぶやいているが、よく聞き取れない。

聞き返そうとしたときに、壮年の騎士が軽く咳をした。

「ディールス様に、遠征の食事に関する大切さをお伝えするのは、難しいでしょうか？」

「……伝えることはできても、理解しろというのは厳しいだろう」

痛みが込められた声に、ダリヤは頭を下げた。

「申し訳ありません。考えもなく、出すぎたことを申し上げました」

「いや、気持ちはうれしく思う」

その後、フォルトを交えての会話となり、何事もなかったように話は微風布《アウラテーロ》に戻る。

しかし、皆、口数は少なく、最初のにぎやかさはすっかり消えてしまった。

微風布《アウラテーロ》については、隊で引き続き試してもらい、意見をまとめてもらうということで話を終えた。


「ダリヤ、その……気を落とさないでほしい」

帰路につく王城の馬場、その馬車の中で、付き添ってきたヴォルフが声をかけてきた。

イヴァーノはフォルトに用があると言い、一度馬車を出ているところだ。

「君の作ったものは、本当に隊の役に立っている。皆、ありがたいと思っている」

「ありがとうございます。ヴォルフにそう言ってもらえると、もっとがんばろうと思えます」

いろいろありすぎて少し疲れた。だが、ここからイヴァーノと打ち合わせ、プレゼンの準備をしっかりしなければならない。隊に導入してもらえるよう、ロセッティ商会として、できるだけ遠征用コンロのよさを伝えなければ――あせる気持ちが、つい手をきつく握らせる。

「……そんなに、がんばらなくてもいい」

「え？」

「ダリヤは、もう十分がんばっているじゃないか。隊の方でもこれから動くから。あまり悩まないでほしい」

「そんなに深刻な顔をしてました、私？」

「ああ。このあたりに皺ができるんじゃないかって、心配になる顔はしてたね」

己の眉間を指さし、ヴォルフが笑う。その顔を見たら、固まっていた肩の力が、すとんと抜けた。

「今はまだ欲しくないので、気をつけます」

「今はまだって、いつか皺がいるような言い方だね」

「ええ。それなりの年代になったら、皺のある方が『迫力のある魔導具師』って感じになりそうじゃないですか」

「迫力のある魔導具師……」

ヴォルフは肩をかすかに震わせつつ、耐えている。

本人は気づかれていないつもりだろうが、その笑いは完全に筒抜けだ。何がおかしいのかわからない。でも、こんな些細《ささい》なやりとりに安堵した。自分は意外に先ほどのことが堪《こた》えていたらしい。

一段落したなら、二人でのんびり飲みながら、魔導具のことや魔物について、肩に力を入れずに話したい——ダリヤは少しだけ勇気を出し、自分から次の約束を口にする。

「ヴォルフ、今度の説明会が終わったら、ゆっくり飲みませんか？」

「ああ、そうしよう。おいしい酒を探しておく……すまない、つい、ドリノ達とやる癖が」

言葉の途中で片手を上げたヴォルフが、慌てて下ろそうとする。互いの手のひらを叩き合うつもりだったのだろう。

近い友人としての無意識な動きが、なぜかうれしい。

下げられかけた手のひらを、指先でわずかにつつき、ダリヤは笑った。

「楽しみにしています」

幕間　夜会の迎えと初めての紅茶

馬車の窓の外、ヴォルフは雲間に輝く星を見ていた。

今日は、前公爵夫人であるアルテアの夜会の迎え役である。

いつものように、王城での鍛錬が終わってから着替え、迎えに来た馬車で会場に到着した。

アルテアが帰るときまで馬車で適当に休んでいるか、車内に準備された軽食を食べたりしているのだが、今日はどうにも落ち着かない。眠るのには目が冴《さ》えすぎ、いい食材で作られた軽食にも食指が動かない。

馬車で待機している時間が、ただひどく長く感じられた。

夜会に出席するとき、アルテアは人より遅く入り、早く出る。入るときのエスコートは、護衛も兼ねている爵位持ちの騎士か、自分が行う。帰りはその騎士と共に出るか、自分が迎えに来る。

時折、違う者になるようだが、どこの誰かを聞いたことはなかった。

少し前、ダリヤからアルテアへと頼まれたものがある。以前にもらった酒の礼だ。

御礼の品物として、靴乾燥機では失礼だろうから小型魔導コンロでいいか、失礼にはならないかと、彼女は真剣に悩んでいた。

自分も関わったことを理由とし、小型魔導コンロを持ってきたが、はたしてアルテアが使うことはあるのだろうか。そう思いつつも、ダリヤが丁寧に包んだそれを持参した。

昨日、王城であのようなことがあったので、自分はダリヤをとても心配した。

だが、ダリヤが別れ際に心配しだしたのは、自分の服を汚したメイドの安否だった。ダリヤの心情を慮《おもんぱか》って、隊長と兄に話し、メイドの安否を確認してもらうことにした。

そのメイドの件はドリノとランドルフがすでに知っており、自分だけが知らなかった。たまたまか、自分へ心配させまいとの気遣いか、そんなところだとは思うのに、妙に内にわだかまる。

「間もなくアルテア様がお戻りになります」

ようやくの従者の声に、己の身繕いを確認し、馬車の外へ出た。

艶《つや》やかな白い外壁に鮮やかな朱の屋根。そんな豪奢《ごうしゃ》な館《やかた》の前、魔導灯がまぶしいほどに並ぶ道を歩く。そして、正面のドアからゆっくりと出てくる女に笑顔を向け、片手を伸ばした。

「お迎えに上がりました、アルテア様」

「ありがとう、ヴォルフレード」

もう何度目かわからない。舞踏会や晩餐《ばんさん》会の後、ただアルテアをこうして出迎え、屋敷に送るだけの作業だ。

こちらに向けられるいくつもの視線を、アルテアもヴォルフも拾わない。こめられるのは、嫉妬か、欲望か、憧れか。そのどれにも優越感はなく、興味もない。

ひそひそというには、あからさますぎる声を無視し、アルテアをエスコートして馬車に戻る。

馬車の扉が閉まった途端、ヴォルフはつい長いため息をついてしまった。

「心ここにあらずね。女の前では取り繕いなさい。それもエスコートする男の務めでしょう」

「申し訳ありません。以後気をつけます」

アルテアに悪戯《いたずら》っぽい笑顔で言われたが、真面目に謝罪をした。

彼女になにかと気遣ってもらっているのは自分である。確かに失礼だった。

「ねえ、ヴォルフレード、困りごとかしら？」

「ええ、まあ……」

「お仕事かしら。私には言えないこと？」

「いえ、別に隊の機密ではありません。私が保証人となっている商会の商品を隊に導入したいのですが、少し進みが悪いだけです」

「あなたが望むなら、口を利いてあげてもよくってよ」

「ありがとうございます。お気持ちだけ受け取らせて頂きます」

一瞬の逡巡《しゅんじゅん》もなく、ヴォルフは断る。ダリヤはきっと、アルテアの口利きを望むまい。

「そんな顔をしているから、『別れ話』が切り出せないのかと思ったわ」

「『別れ話』、ですか？」

「ええ、私とあなたの別れ話。こんなふうに私を迎えに来ていたら、大事な人に妬《や》かれるのではなくて？　ヴォルフレードが困るようなら、いつでもやめてかまわないのよ」

「いえ、私と彼女はそういった関係ではありませんので」

ダリヤが自分に嫉妬する姿など、欠片《かけら》も想像できない。友人なのだから当然だろう。

「ヴォルフレードは、その友人が他の男性とダンスを踊っていても、平気なの？」

女男爵となり、舞踏会で踊るダリヤを想像する。ドレスは似合いそうだが、ダンスはあまり得意ではないかもしれない。それと、安全面で多少の心配はするだろうが、自分が彼女のダンスを止められるものではない。せいぜい見守るだけだろう。

「友人として、少々心配はするでしょうが、止めはしませんよ。その権利は、俺にはない」

『私』が、いつの間にか『俺』に変わったことに、ヴォルフは気づかない。

アルテアは、ただ目を細めて笑んでいた。


屋敷に戻ると、ヴォルフは一杯だけ白ワインを飲み、すぐ貸してある部屋へ下がっていった。

アルテアの前で、メイドが小花模様の包装布を開け、小型魔導コンロを取り出す。一緒に入っていた二つ折りのカードには、以前贈った酒の礼が丁寧な文字で記されていた。

アルテアは、テーブルの上に、ヴォルフの友人から贈られた小型魔導コンロを載せる。

よほど興味がわいたのだろう。方向を変えて眺めたり、魔石の入る部分を確認したりしていた。

「アルテア様、紅茶のお湯でも沸かしてみますか？」

アルテアの楽しげな様子に、従者の男は冗談半分で尋ねた。

しかし、そのまま彼女は笑顔で了承し、自分で紅茶を淹《い》れると言い出した。淹れ方のアドバイスを拒否した上で、である。

横にいるメイドは、おろおろしつつも、自分を視線で強く非難してきた。申し訳ない。

「それにしても……あの子は、絶対に自分が返せる範囲しか受け取らないわ。私に『借り』を作るのを、とても嫌がっているみたい」

不満げに言うアルテアは、小型魔導コンロの上、小鍋のお湯を確認している。

横に置いた高級茶葉をスプーンで三杯すくうと、ぐらぐらと煮え立つお湯に勢いよく放り込んだ。

隣のメイドが思わず口を押さえ、声のない悲鳴をあげている。

「男性だからでしょう。女性に『借り』を作りたくはないものです」

「そういうものなの？　少しは甘えてほしいと思うのはダメかしら？」

「あの方の性格としては、少々難しいかと……」

思い出されるのは、黒髪の男の整いすぎた横顔だ。

ヴォルフレード・スカルファロットという男。

長らくアルテアの元に通い、夜会の迎えと共に、この館に泊まってもいる。

しかし、彼はアルテアと枕を共にすることもなければ、金銭も一切受け取らぬ。その権力にわずかな口利きを願ったこともない。ただここに来るだけである。

ヴォルフレードが魔物討伐部隊、希望配属である赤鎧《スカーレットアーマー》になったときのことだ。

アルテアに相談され、彼に深紅狐《クリムゾンフォックス》のコインケースを選んだことがあった。美しい模様細工の入った上質な品で、それなりの値段のものだ。

受け取った彼は笑顔で礼を述べていた。喜んでくれたならばよかった、自分はそう安堵《あんど》した。

だが、その翌週、彼はお返しにほぼ同額の、見事な深紅狐《クリムゾンフォックス》の小物入れを持ってきた。

己より高位貴族、しかも目上の女性からの贈り物である。礼を述べるだけでも、または花の一輪でも返せば十分なはずだ。だが、彼はそうしなかった。

それからも、彼は受け取った贈り物には、すべて釣り合う礼の品を返してきた。

天秤《てんびん》をわずかにも傾けまいとする彼に、薄氷を踏むような危うさを覚えた。

ヴォルフレードは、出会った当初から、年相応の少年らしさも、青年らしさも薄かった。

いつも礼儀正しく、従者の自分にも挨拶を返し、横柄な態度をとったことは一度も無い。

ダンスを教えられれば真面目に学び、貴族の礼儀や話し方を教えられれば、真剣に聞いていた。

食事をするときだけはうまい酒と料理に表情を崩すこともあったが、それもほんのわずかな時間だ。

彼の過去については、自分もおおよそは知っている。誰にも一切の貸し借りなく、一定の距離を保とうとするヴォルフレードの後ろに、冷えた闇を感じることもあった。

それがここのところ、妙に年齢相応に、いや、時に少年めいて見えるほど、表情豊かなときがある。

自分の主《あるじ》であるアルテアは、それがうれしくて仕方がないらしい。

いつの間にか、彼の話が増えてきた。


「ヴォルフレードには、少しは甘えるということを覚えてほしいのだけれど。世の男性というのは『女の気遣い』とやらがお好きではなくて？」

アルテアはそう言うと、細く白い指でコンロの火を止めた。

そして、危うい仕草で小鍋を持ち上げ、漉《こ》し器を通して、中身をティーカップに移す。

紅茶の淹れ方としてはいろいろ問題があり、絶対に渋すぎるであろう色だが、自分は黙って見守ることにする。メイドの顔が蒼白《そうはく》だが、フォローできる言葉はない。

「お湯を沸かすところから紅茶を淹れたのは、生まれて初めてだわ」

とても満足げに言うアルテアに、笑わないようにするのが辛《つら》い。

辛うじて、これから飲まなければいけない紅茶の味を想像し、踏みとどまった。

「ねえ、私、今日ヴォルフが言っていた件を、もう少し詳しく知りたいわ」

「口は利かない、そうお約束なさったのでは？」

「あら、『口は利かない』とは言ったけれど、『何もしない』とは言っていなくてよ？」

「……アルテア様」

「子犬が雨に濡《ぬ》れるのをしのぐぐらい、いいでしょう？」

目を奪われそうな美しい微笑に、従者は深く息を吐く。

長い付き合いなのでよくわかる。こうなるとアルテアは、止めようがない。

「さて、この紅茶の味はどうかしら？」

気まぐれな貴族女を装いつつ、家と国のために動き、身内と決めた者に関しては意外に情が深い。

そんなアルテアが手ずから淹れた、初めての紅茶——二十年近く仕え、それを最初に飲む光栄を得られたことに感謝するべきか。それとも、挑戦者となったことを誇りに思うべきか。

この後、三人はそろって、初めての紅茶の味に苦悶《くもん》した。

誰がための遠征用コンロ

商業ギルド内、ロセッティ商会の借りている部屋で、ダリヤとイヴァーノがテーブルをはさんで座っていた。ここで書類や手紙を書いていた者達には、長めのお茶をしてくるようにと、イヴァーノが銀貨を渡して外に出した。このため、部屋にいるのは二人だけだ。

王城から戻った翌日から、二人は遠征用コンロのプレゼンと価格について、繰り返し話し合っていた。

「説明内容の方は、これで十分だと思います。あとは、やっぱり値段ですね」

明日は王城という今日、説明内容についてはなんとか合意し、プレゼンの準備もほぼできた。

しかし、価格については平行線のままだ。

「まあ、財務部で魔物討伐部隊の予算確認が厳しいのは、慣例みたいなものらしいんですけど。五代前の魔物討伐部隊長が、遠征費を水増しして横領したそうなんで」

「五代前って、かなり昔ですよね？」

「ええ、俺も会長も生まれていない頃です。フォルト様から聞いて初めて知りました。その横領事件のせいで、それまで侯爵家八家だったのが七家になったそうですよ。その問題の隊長が侯爵家で、爵位剥奪《はくだつ》を受けたそうです」

財務部が、魔物討伐部隊の予算に厳しい理由が少しわかった。

だが、グラートは部下のために自腹で遠征用コンロを購入すると言っているくらいだ。横領などをするとは絶対に思えない。

「で、繰り返しになりますが、魔物討伐部隊への納品といえども、商会利益を削って値段を下げるのは反対です」

「小型魔導コンロによせた値段では、甘すぎるんでしょうか？」

「ええ、遠慮なく言えば『激甘』です」

イヴァーノは紺の上着を脱いで椅子にかけると、机の上で両の手を組んだ。一度大きく息を吸うと、一息に話しだす。

「会長、俺の父は『人徳のある商会長』と呼ばれてたんですよ。それが、『やり手の商会長』の祖父が亡くなってから、困っていた商会仲間を助け、借金の保証人になって、最後には、全部喰《く》われました。信用、取引先、財産、家、家族の命、本人の命、すべてが引き換えです」

「イヴァーノ……」

「汚く聞こえるかもしれません。でも、商人の土台は金儲《もう》けです。情も愛も誇りもすばらしい。でもそれだけじゃ食えません。この手に金を呼び込んでこその商人、そして商会です。俺は若僧の頃に思い知りましたから、商会長としてのダリヤさんに、理想論で同じ轍《てつ》を踏んでほしくない」

真摯《しんし》な声を向けるイヴァーノに、ダリヤも懸命に返す。

「魔物討伐部隊へ、今後の長期納品の土台と考えれば、今回下げても納入する利点はないですか？」

「遠征用コンロはなかなか丈夫で、破損しづらい設計ですよね？　追加注文もどこまであるかわかりません。王城全体への納品なら、遠征用コンロより小型魔導コンロで間に合いますし、数も不確定です。それを考えると、値段の先下げはしたくないです」

「五本指靴下と中敷きの方だけでも、魔物討伐部隊からの利益はそれなりに出ているんじゃないでしょうか？」

「出ていますが、それぞれ別の商品です。儲からない商品を好んで扱う商人はいません」

別の商品と言われれば、確かにそうである。その品目だけ特別扱いをするというのは、商会として、やはりおかしいだろう。ダリヤは理由付けを必死に考える。

「今後の魔物討伐部隊との関係強化では、どうでしょうか？」

「隊へのコネは、すでにヴォルフ様にもグラート隊長にも十分あるんです。個人で買ってもらってゆっくり普及を待てばいい。品物はいいんです、時間をかければ自然に動きます」

「でも、それまでこのままですか？　魔物を命がけで倒しに行って、その後においしくもない、栄養もとれない食事で……もしかしたら、それが最後の食事になるかもしれないほど、危ないのに」

「それって会長個人の『同情』と『心配』ですよね？　その思いだけで、隊に遠征用コンロを納入したいっていうのは、商会長としても、魔導具師としても違うんじゃないですか？」

イヴァーノの紺藍の目が、自分を静かに見つめた。

「失礼ですが――『ダリヤさん』は、ヴォルフ様と魔物討伐部隊を、重ねすぎてませんか？」

「あ……」

小さな叫びに似た声が、喉奥からこぼれた。

イヴァーノの言う通りだ。最初はヴォルフが使いたいと言っていた、ただそれだけで、隊へ売り込むことなど考えていなかった。それが今は、隊に遠征用コンロを使ってほしい、少しでも安全で快適な遠征になればいいと願うようになっていた。

その理由の土台は、ヴォルフだった。

初めて会った日の、傷だらけ血だらけの姿。自分はずっと、それが忘れられなかった。

「隊員の方々は、遠征用コンロで便利になるでしょうし、会長の気持ちはうれしいと思いますよ。でも、隊との取引は、彼らへの援助じゃなく、商会としての対等な仕事です。こちらが一方的に利益を削れば、いずれ引け目を感じさせるでしょう。彼らは、騎士ですし、男ですから」

「……すみません、考えが足りませんでした」

イヴァーノに頭を下げ、ダリヤは唇を噛《か》む。

友人への想《おも》いと仕事を混同し、視野が狭く、希望だけが先走っていた。商会長失格である。

「あの、落ち込まないでくださいね。俺、度々きついことを言ってますが……」

「いえ、ありがとうございます。言ってもらえないと、気づけませんでした」

「たとえばですけど、遠征用コンロをお試し品として貸して、稼働後に正規の金額を頂くとか、いろいろあるとは思うんですよ。ただ、あの財務部長が簡単に通してくれるとは思えませんけど」

芥子《からし》色の髪をがしがしとかきつつ、彼は自分を心配している。なんとも申し訳なくなった。

もう落ち込んでいる時間などないのだ。明日は王城で財務部へのプレゼンである。

「会長がどうしても下げたいなら、有効な対価をもうちょっと考えてみます？　商会としてでも、魔導具師としてのものでもかまいませんので」

「あの、いいんですか、イヴァーノ？」

「考えるだけならただじゃないですか。価格を下げたいなら、まず俺を納得させてください、会長。でなきゃあの『狸爺《たぬきじじい》』もうなずくわけがない。絶対に難癖をつけてきますよ」

ジルドを『狸爺』と言い切って、イヴァーノはいつもの笑顔で笑う。

つくづく、目の前の男が商会員でいてくれてよかったと思えた。


『必ず方法はある、そう思って、繰り返し違う方向から考えろ。時間をかけてもいい』

魔導具制作で、父に言われたことがよみがえる。

魔物討伐部隊に対して価格を下げ、ロセッティ商会にも益がある、商売人のイヴァーノが納得する方法、財務部のあのジルドをうなずかせる方法。

自分の想い、ある意味わがままを、商会の利益を削ってでも通したいのだ。頭が痛くなるほど考え抜いて当たり前だろう。

「少し、考えさせてください」

「ええ、時間の許すかぎりお待ちします」

机の上にメモを五枚並べ、ダリヤは思いつくままに考えたことを書いていく。鉛筆をカリカリと動かし、何度も芯を包んだ紙をむく。ざらついたメモ紙の表面はたちまちに埋まった。

一心不乱に書き続けていると、自分が左手の親指の爪を噛んでいることに気がついた。とうに忘れた子供の頃の癖がいつの間にか出ていたらしい。

この癖をやめるために、父に唐辛子を溶かした液を爪に塗られたものだ。それを入れた赤い瓶には、『ダリヤ用』と書いた大きなラベルが貼られていた。

幼い頃に涙目になったその辛さ、それを今、ぴりりと唇に感じた気がして、ダリヤは薄く笑う。

そしてふと、思いついたことがあった。

「……イヴァーノ、相談してもいいですか？」

「かまいませんよ。ガブリエラさんに相談します？　それともヴォルフ様は……隊員という立場じゃ聞きづらいですかね。あとは、こういったことに慣れていそうなフォルト様あたりですか。いろいろと動いてくれると思いますけど」

「いえ、私が考えたことを、イヴァーノ、あなたに」

「失礼しました。どうぞ、会長」

イヴァーノは乱れてもいない襟を直し、ダリヤは姿勢を正し、正面から向き合う。

彼を説得できないまま、値段を下げて取引を進めることはできない。そして、魔物討伐部隊に一つの商品として納め、気兼ねなく使ってもらうこともできないだろう。

「では、説明します」

新しい紙に図と文字を綴《つづ》りながら、ダリヤは話しだす。

商会長と商会員の話し合いは、その後、長く続いた。

⬢ ⬢ ⬢ ⬢ ⬢ ⬢

翌日、王城へ向かう馬車の中、ダリヤは右手でグーとパーの動作を繰り返す。指先の震えが、目でわかるほどだ。隣に座っていたガブリエラが、自分の手をそっとつかんだ。

「ダリヤ、口紅をひき直して、笑いなさい」

「え？」

「あなたが呑《の》まれてどうするの？　あなたはこれから、魔導コンロで男達をぐつぐつ煮るんでしょう」

「……煮るんでしょうか？」

「別にフライにしても、カリカリに炒めてきてもいいわよ、焦がしすぎない程度なら」

真面目な顔で言うガブリエラに、思わず笑ってしまった。

彼女は、商業ギルドから王城へ向かう馬車に、一緒に乗ってくれた。おそらくは緊張しすぎている自分を心配してくれたのだろう。

向かいのイヴァーノも今日は余裕がない。こちらを見ることなく、手元の書類確認に懸命だ。

ダリヤは深呼吸をし、口紅を丁寧に塗り直す。銀の手鏡を見れば、ぎこちなくはあるが、それなりに営業向けの笑顔ができた。

今日の服装は、青みの強い紺のドレスだ。丈は長めだが、引きずることはなく、胸元も背中も開いていない。スタンダードに近いそのドレスは、男爵の娘としてできる、最も上の装いである。艶《つや》と深みのある不思議な風合いの生地は、肌触りがとてもいい。

財務部長とトラブルのあった日にフォルトが生地を準備し、ルチアが指揮して、縫い子達と共に二日で縫い上げたという。

制作費用を気にしたが、微風布《アウラテーロ》のための試作だから費用はいらないと言われた。

首まわりや手首を華奢《きゃしゃ》に見せるラインで、ダリヤの気にする腰まわりはタックをうまくとることでカバーしてくれていた。それでいて、腕を上げたときに着崩れは一切なく、かがんでも胸元は開かず、さらりと広がる裾は歩きやすい。裏地には美しい水色の生地が使われ、脇や背中など、ところどころに微風布《アウラテーロ》が取り付けられていた。

お礼と謝罪を必死に言う自分に、フォルトとルチアは同じ表情《かお》で言った。

『王城向けの戦闘服です。思うがままにおやりなさい』

『戦闘服よ！　あの狸爺、絶対のしてきなさいよ！』

意外に好戦的な二人から、ダリヤは素直にドレスを受け取った。

応援は他にもあった。

ヴォルフは、トラブル当日の夜、王城騎士団の公表データを大量に届けてくれた。隊で集めてくれたものだ。その次の夕方は、塔に花とクッキーの差し入れが届いた。昨日の夜は、商業ギルドに駆けつけてくれた。おかげで彼とプレゼンに関する相談もできた。

そしてヴォルフは、やはり『無理だけはしないでほしい』と言ってきた。自分は、それにうなずいて笑った。それがこの手鏡に映っている営業用の笑顔だったか、素だったかはわからない。

考えてみれば、今日のプレゼンは、ダリヤが希望して場を借りた、ただの機会だ。

財務部への説明に失敗したところで、遠征用コンロの発注が少なくなるだけである。すでにグラートから分割購入の案は申し入れられているのだ。今日のプレゼンが失敗しても、商会がゆらぐわけではない。

財務部長であるジルドの発言は、いろいろと腹に据えかねるが、今はそれは脇に置こう。

自分にできるのは、ただ準備してきたことを淡々とやりきるだけだ。

「行ってきます、ガブリエラ」

「行ってらっしゃい、ダリヤ。成功を祈っているわ」

片手を上げた彼女に、ダリヤは笑顔を向けてから馬車を降りた。


王城、中央棟の広い会議室には、文官と思われる者達が十五名ほど椅子に座っていた。

そして、なぜか魔物討伐部隊の面々も、ほぼ同数座っていた。

予定人数として聞いていたのは、財務部の八名と、魔物討伐部隊の三名だ。それが、いきなり三倍近くになっている。

「申し訳ありません。途中で増えまして……少し前に、魔物討伐部隊の方も説明を聞きたいと。用意して頂いた資料は、二人で一部を見て頂く形に致しますので」

今日の補助役だと名乗る文官が、汗をかきつつ、頭を下げて言う。

「いえ、部数は多めに用意しておりますので、どうぞこちらをご利用ください」

商業ギルド長のレオーネに言われた通りだ。今回のことで王城に資料を持っていくなら、必要数の三倍は資料を作れ、人数が大幅に増える可能性もあると。

おかげで、昨日のギルドでの書き写し作業は、人数を最大限に増やしても、かなり大変だった。

「ロセッティ商会のダリヤ・ロセッティと申します。本日は貴重なお時間を頂き、誠にありがとうございます。これより、魔物討伐部隊への遠征用コンロ導入について説明をさせて頂きます」

会議室の壁際、一段高くなったスペースで、ダリヤは深く礼をした。前置きは短く、すぐに簡単な機能の説明に入る。

「各テーブルの上をご覧ください。遠征用コンロは小型魔導コンロよりも、大きさ、重量を限界まで軽くしております」

実際の小型魔導コンロと、遠征用コンロをテーブルに並べてある。興味深そうにコンロに触れる者達を視界に入れつつ、ダリヤは言葉を続けた。

「フタの金属部分をひっくり返すと、そのまま浅鍋とフライパンになります。革袋のワイン一つに近い重量です。また、全員分を持つ必要はありません。荷物にゆとりがなければ、休憩交代での使用とし、二人に一台といった使い方も考えられるかと思います」

うなずきながら聞いてくれているのは、ヴォルフやグラート、ランドルフなど、魔物討伐部隊の面々だ。声は出していないが、同じ部屋にいてくれるだけでも心強い。

「遠征中でもしっかりとした食事がとれれば、体調管理がしやすくなり、討伐や移動効率が上がると予測されます。また、長い遠征では、鍛え上げた騎士の方でも、食事が合わない、あるいは胃が弱る、風邪をひくといった体調不良に陥ることもあるでしょう。そういったときの食生活のカバーもできます。隊員の志気を高めるという点でもプラスにつながるかと思います」

ダリヤはまっすぐにジルドに向かって言う。

先日の言動には腹も立ったが、遠征用コンロの良さを最もわかってほしいのは、この男だ。

「……確かに、それは効果がありそうです」

ジルドは平坦《へいたん》な声で相槌《あいづち》を打つ。覚悟していた反論や皮肉は、一切なかった。

「遠征用コンロは、沼地や草原、砂漠、乾燥地帯など、たき火のしづらい場所でも使えます。もし、現地で食料調達を余儀なくされる場合でも、火が通せることで安全性が上がるかと思います」

「遠征が予定外に長引き、食料が不足することもある。そうなると、獲《と》った獣や魔物を食べざるを得ないこともあるのでな」

グラートが補足してくれた。その言葉に財務部の若手らしい者達がささやき合っている。どうやらそういったことは知らなかったらしい。

「使用する火の魔石につきましては、こまめな交換は不要です。また、遠征で火魔法をお使いになる方があれば、魔石へ補充して頂くことも可能です」

一通りの機能説明をし、ダリヤは一度呼吸を整える。

ここからは、魔物討伐部隊向けではなく、財務部向けのプレゼンである。

「資料をめくってご覧ください。上が今までの遠征食、下がこれからの遠征食の案です。価格差は記載のようになっています」

「食料費としては、かなり高くなっているようだが？」

「はい、ですが、逆に大きな金銭的メリットが生まれるかと思います」

ダリヤは少しだけ、声を大きくする。

「遠征用コンロの使用で食事を改善し、体調管理を行えば、魔物討伐部隊員の異動希望、早期退職率が下がる可能性が高くなります。また、遠征での体調管理ができれば、怪我《けが》や病気にかかる率が下がり、休養期間・治療費が減ると思われます。そして、怪我や病気が減れば、現役年齢も延びる可能性が高くなります。これは『人的資源』と『予算』を考える上で、有効ではないでしょうか？」

騎士団における早期退職、引退年齢は魔物討伐部隊が最も早く、他の部署への異動希望も多い。

説明をしている間に、イヴァーノと補助の文官が、ダリヤの背後に大きな羊皮紙を掲げた。

「こちらをご覧ください」

「これは……なんだね？」

「円は隊員数を基本にしています。それに対しての早期退職率が、赤く塗られた部分となります。魔導部隊と他の騎士団に関しては参考値ですが、緑と青で塗っております」

「円で見ると、また違った感覚ですな。しかし、魔物討伐部隊の離脱者がここまで多いとは……」

「ずいぶんと赤いですね……これは、わかりやすい」

話より円グラフに注目が集まってしまった。この世界では線グラフはあったが、円グラフはない。なぜか、正方形をマス目で区切って塗る、四角いグラフが一般的なのだ。

その後、また資料に戻り、病人と怪我人の数、入隊後一年ごとの離職者の数、年代別の退職者の数をグラフと表で説明する。

騎士団の一例とはしてあるが、魔物討伐部隊と第一騎士団とを比較して説明すると、皮肉なほどしっかりと理解された。特に四十代後半からの人員の差は著《いちじる》しい。

「遠征関連で遠征用コンロなどの新しいものを入れるのは、確かに大きく費用がかかります。しかし、長い期間でみれば、予算的にプラスになるのではないかと思います」

そして、ダリヤは最後の大きな羊皮紙を、イヴァーノと文官に掲げてもらう。

一度奥歯をぎゅっと噛むと、その内容を説明する。

「これは、ここ二十年で『名誉の地へお渡りになった』方々の人数です。こちらが魔物討伐部隊、こちらが魔導部隊、こちらが他騎士団です」

『名誉の地へお渡りになった』という言葉を使ったが、これは職務中に亡くなった者のことだ。

赤い丸一つが、亡くなった魔物討伐部隊員一名として描いてある。

魔導部隊は緑、他騎士団は青だ。

騎士団でも、国境の防衛や侵入者との戦い、事故などで亡くなる者はいる。しかし、魔物討伐部隊のそれは比較にならない、圧倒的な多さだ。

紙面の四分の三以上を埋めるその赤さに、誰もが黙り込んだ。

「これだけの人的損失は、大変憂うべきことです」

財務部の方に体を向け、まっすぐ視線を上げる。

内容が内容だ。声を大にして言いたいことではけしてない。

だが、財務部が最優先する『費用差』が出るのは、間違いなくここだ。

「残された遺族への見舞金と恩給、騎士団葬の費用、代わりとなる新人騎士の雇用、実戦に耐えうるまでの訓練費――魔物討伐部隊の遠征改善費用とどちらが重くなるか、財務部の皆様でご検討頂ければ幸いです」

「……なるほど」

財務部長のジルドが、形だけの笑顔を向けてきた。

「ロセッティ商会長、遠征用コンロの有用性はそれなりにわかりました。しかし、けしてお安くはない」

「その点につきまして、再度、ご提案申し上げます」

すでに配っていた資料、そこにわざと入れていなかった一枚を、イヴァーノと補助役の文官が配る。そこに記されているのは、魔物討伐部隊専用の、遠征用コンロの説明と価格である。

「なぜ、こんな……？」

「こんな価格をどうやって……？」

受け取った財務部の者達が、一様に困惑の表情を浮かべる。

魔物討伐部隊の隊員達までも、ひどく落ち着かぬ様子となった。

「魔物討伐部隊に限り、書類にある価格で遠征用コンロをお納め致します。これでご予算としては導入しやすくなるかと思います」

遠征用コンロの価格は、小型魔導コンロにかなり寄せた。

イヴァーノが十回以上計算してくれた、赤字にならないぎりぎりの数字だ。

「ずいぶんと下がりましたが、これでは、ロセッティ商会の利益があまりに少なすぎるのでは？」

「いえ、遠征用コンロをこの価格で納める代わり、こちらで一つ、代価として希望するものがございます」

「なんだね？」

別製品の納入でも希望するのか、騎士団御用達商会への推薦か、それとも爵位の希望か——

すべての視線が、一斉にダリヤに向いた。

「遠征用コンロの裏面に、『ロセッティ』の名を刻ませてください」

「コンロの裏に名を刻む？　それに何の意味が？」

心底理解できないという表情《かお》で、ジルドが自分に問いかける。

「強い魔物が出れば、普通の人間は戦うことができません。逃げるのも難しいかもしれません。王都は安全だと言われますが、過去には魔物によって滅びた街も、国もあります。私を含め、オルディネ王国のすべての民は、王城騎士団、魔物討伐部隊に命がけで守って頂いています」

初めて会った日の、血だらけで傷ついたヴォルフを覚えている。

魔物討伐部隊棟で会った隊員達の、傷の多い鎧《よろい》、ぼろぼろの靴をいくつも見た。

先ほどのあの赤い丸一つが、一人の隊員、一人の人間だ。

どれだけの命が失われ、どれだけの家族と友が嘆き悲しんだのか。

魔物との命がけの戦い、辛《つら》い遠征、ひどい怪我、味気ない食事と眠れぬ夜——それは誰のためだ？

王都の民、そして、このオルディネ王国の国民のためだ。そこには、ダリヤも含まれる。

魔物とは戦えず、人一人守ることもできぬ自分だ。

だが、魔導具師として、魔物討伐部隊のための魔導具を作ることはできる。

たとえささやかでも、その背を応援することはできる。

それが、自分の望む『代価』だ。

「私は一魔導具師として、魔物討伐部隊に己の名を刻んだ魔導具を使って頂ける、その誉《ほま》れを頂きたいです」

凛《りん》とした声に呑まれたかのように、すべての音は消えた。

会議室にいる隊員すべてが、完全に固まった。

財務部の半数は固まり、残りは目を見開いた。


オルディネ王国騎士団、魔物討伐部隊——魔物と戦い、必ず勝ち続けなければいけない騎士達。

庶民には人気があるが、騎士団での地位はそう高いとは言えない。

騎士団で魔物討伐部隊に希望以外で配属されることは『ハズレ』、陰ではそう言われている。

過酷な遠征、大型の魔物、変異種を含め、予測のつかぬ魔物との激しい戦いの繰り返し。

赤鎧《スカーレットアーマー》をはじめ、隊員の死亡率は騎士団内でずば抜けて高い。引退後も、遠征時からの病気や怪我に苦しむ者もいる。

遠征の多い仕事だ。いつしか家族と絆が断たれた者、婚約者や恋人と別れた者、親の死に目に会えなかった者も少なくない。

そこまでしても、『人と戦わず、魔物と戦うしか能の無い戦闘集団』と呼ばれることもある。

魔物を討伐して当たり前、勝って当たり前、もし、討ち漏らしがあればひどく糾弾される。

それなのに、この魔導具師は、この国の守護者として、魔物討伐部隊を認めてくれた。

自分の利益を捨てても、自分達に魔導具を使ってもらうことを望んでくれた。

それを、己の誉《ほま》れと言い切って。


「……お言葉、感謝申し上げる……！」

声を振り絞ったグラート、そして年配の騎士が立ち上がり、右手を左肩に当てた。

続いてヴォルフと副隊長が立ち上がり、他の隊員達も続く。

敬礼の号令はない。しかし、続く全員が同じ速さで、右手を左肩に当てていた。

それは騎士による、上位の敬意表現。

それを向けられるのは、王城の賓客でも、高位貴族でもない、ただ一人の魔導具師。


そろった敬礼の後、魔物討伐部隊長、侯爵たるグラートが、ダリヤに深く一礼した。

「遠征用コンロの導入、頂いた条件にて、ありがたく承る」

「グラート隊長、あなたの一存で決めることでは……」

「魔物討伐部隊だけではない、人員管理とその費用と考えれば、財務部で利点がわからぬはずはないな？　価格とてそうだ、なんの問題もなくなったではないか」

ジルドの言葉を折った男は、財務部一同をにらむように見た。

「財務部の皆様方、異議があるならば、今、この場で言って頂こう。これでも予算が通せぬというのなら、全騎士団と政務部を含めた緊急大会議を希望する。私から王へ、直《じか》で願ってもかまわない」

グラートの体から、ゆらりと魔力が立ち上った。

急に部屋の酸素が薄くなったように感じる。抑えてはいるが、威圧が発動する寸前だ。

「魔物討伐部隊への遠征用コンロ導入に、賛成致します。また、遠征改善費用について、より詳しく、ロセッティ商会長のご意見を頂きたいと思います」

最初に口を開いたのは、意外にも財務部の副部長だった。

「私も賛成致します。人的財産関連について、さらに詳しいお話を伺いたいです」

その隣の男も、笑顔で続く。賛成の声は次々に続いた。

ダリヤから話を聞きたいという声も多く出てきた。

「ロセッティ、本当に、その条件でいいな？」

「はい」

グラートのまっすぐな視線を受け、ダリヤは笑顔でうなずいた。

「隊員を守ることこそが私の仕事だ……ここで引けば、次の犠牲を出すだろう。隊を改善できるものがあれば、遠慮はしない」

誰に告げたものか、グラートの重く苦い声が響く。

答える声はなかったが、ジルドがじっと琥珀《こはく》の目を向けていた。

「イヴァーノ、契約書を」

イヴァーノが書類一式をテーブルに並べると、すぐにグラートが三枚に署名をする。

グラートに手渡されたペンを拒否し、自分のペンを出したジルドは、何も言わずにすべてにサインを綴った。ドライヤーで即座に乾かされた書類は、すぐ関係各所へ回されるという。

拍子抜けするほどの早さに驚きつつ、ダリヤは彼らを見守っていた。

後ろで羊皮紙をたたんでいたイヴァーノが、小さく『よかったです』と言ってくれた。

昨日、商業ギルドでイヴァーノと話し合ったときに提案した。

思い出したのは、自分に爪を噛む癖をやめさせるため、父が用意した赤い瓶。そこに貼られた『ダリヤ用』のラベルだ。

前世でも今世でも、商品にラベルがあることは多い。だが、今世では商品名と店の名ぐらい。そのラベルそのもの、あるいは商品自体に広告性やブランド性を持たせることは少ない。

だからイヴァーノにこう提案した――遠征用コンロの裏面に刻むロセッティの文字、これは商会の広告だと。値段を下げるのは、広告費、宣伝費だと。

魔物討伐部隊が遠征で、ロセッティ商会の商品を使っていると知ってもらえれば、貴族にも庶民にも、商会の知名度と信頼性が上がる。

そして、王都に、国に、ロセッティ商会の名が広まれば、商売の利益は必ず上がると。

説明を聞き終えたときの、呆《あき》れ果てたらしいイヴァーノの顔。

全力で止められるのだろうと思ったが、そのまま了承してくれた。

ダリヤの無理に対して折れてくれた彼には、感謝しかない。

そっと安堵《あんど》の息をついていると、グラートが自分の目の前に歩みよってきた。

「ロセッティ、言葉は悪いが、『囲わせて』もらうぞ」

「え？」

突然ささやかれた言葉、その意味がわからない。

聞き返そうとしたとき、彼はそのまま自分の隣に立ち、目の前の男達に大きな声で告げた。

「さて、ここからは対価でも引き換えでもなく、私からの熱望だ。見届け人はここにいる者すべてで、かまわんだろう」

いきなり自分の前で片膝をついたグラートは、真剣な顔で右手のひらを差し出してきた。

その赤の目が、光と熱をもって自分を見る。

「魔物討伐部隊長、グラート・バルトローネは、ロセッティ商会長、ダリヤ・ロセッティ殿に乞う。魔物討伐部隊御用達商会、および、魔物討伐部隊の相談役魔導具師になって頂きたい」

言葉の意味を理解するまでに、三秒。

迷って視線をさまよわせ、ヴォルフに最高の笑顔を向けられ、決断するまでに三秒。

差し出されたグラートの手のひらに、なんとか指を重ねるのに三秒。

驚きと混乱と困惑の中、声をあげなかった自分を、誰か褒めて。

「……ちゅ、謹《つつし》んで承ります」

ダリヤは必死の返答中、見事に噛んだ。

「では、こちらで実際に遠征食をお試しください」

プレゼン後、中央棟の広い休憩室で、プレゼン参加者の食事会が始まろうとしている。

なぜかヴォルフが先頭に立って、従者とメイド達を仕切っていた。

プレゼンの準備期間中、実際に稼働できる場があればいい――そう話していたが、中央棟を借りるのは難しいということで終わっていた。

テーブルの上、遠征用コンロと共に、けっこうな台数の小型魔導コンロが並んでいるのはどうしてだろう。まちがいなく人数分以上ある。

振り返ってイヴァーノを見れば、黙って首を横に振られた。彼も聞いていなかったらしい。

「こちらが今までの遠征食、こちらが今後の遠征食案です。ぜひ、食べ比べてみてください。その後、いろいろな食材をお試し頂き、ご意見を頂ければと思います」

完全に魔物討伐部隊員ではなく、ロセッティ商会の営業の顔があった。

よどみなく説明するヴォルフは、自分よりはるかにプレゼン力がある。ちょっぴり悔しい。

テーブルの上には二つのトレイ。片方には質素な遠征食、もう片方には、それなりにおいしそうな食材が並ぶ。ワインだけは革袋ではなく、瓶とグラスで置かれていた。

遠征用の固く乾ききった黒パンに驚く者、干し肉を噛み切れず困惑した顔で咀嚼《そしゃく》し続ける者、財務部員の反応はそれぞれだ。

それに対し、一口だけ遠征食を食べ、あとはさっさと燻《いぶ》しベーコンやソーセージを焼きはじめている隊員達は、一様に笑顔である。その勢いは、休憩室に匂いがつかないか心配なほどだ。

それでも、それぞれが食べ、話をしていくにつれ、次第に距離は縮まっていくように見えた。

ここまでで、ダリヤのプレゼンは、一区切りと言っていいだろう。

だが、自分には本日、プレゼンの他にもう一つ、しなければいけないことがある。

ジルドに『飼い猫』発言を撤回してもらうことだ。

『飼い猫』と呼ばれたあの日、スカートを汚したメイドの安否が気になり、ヴォルフに尋ねた。

ジルドが簡単にどうこうしたとは思いたくないが、国外へ無理に出されていたりしたら、かわいそうだと思えたからだ。

だが、本人希望による退職となっており、給与と退職金を受け取っていること、王都の家へ帰っており、その無事も確認されたという。

自分の気にしすぎだったようで、手間をかけて調べてもらったのが申し訳なくなった。

財務部長のジルドに話しかけるには、今がちょうどいい場である。

ダリヤは背筋を正し、気合いを入れて、ジルドの元へ歩きはじめた。

イヴァーノが少し後ろについてきてくれている。魔物討伐部隊の隊員達も同じ部屋にいる。

たとえ撤回してもらえなくとも、ただ自分の意思を伝えるだけのことだ。

「私に用かね、ロセッティ商会長？」

ジルドは従者すら遠ざけ、一人でテーブルについていた。まるでダリヤを待っていたかのようだ。

「はい。先日、私を『飼い猫』とおっしゃった、そのお言葉の撤回を求めたく参りました」

「ああ、撤回しよう。ロセッティ商会長、この前の『飼い猫』は撤回させて頂きたい」

「撤回を受け入れます」

あまりにあっさり言われ、拍子抜けしてしまう。

琥珀の目をついじっと見つめると、彼はわずかに口元をつり上げた。そのまま立ち上がると、自分に向けて優雅に会釈する。

「撤回に続き、謝罪しよう。私、ジルドファン・ディールスは、ダリヤ・ロセッティ商会長への謝罪として、責を負って王城財務部長を退く——これでよろしいか？」

「は？」

男の突然の言葉に、ダリヤは凍った。

「ロセッティ商会長への非礼、メイドの件もある。つり合いとして、この首一つでは足りんかね？」

「何をおっしゃっているんですか……」

ジルドの悪い冗談に、ダリヤは思わず笑ってしまう。

庶民の自分への非礼ぐらいで、王城の財務部長の地位が揺らぐわけがない。

きっとこの男は素直に謝れないのだろう。案外、意地っ張りなタイプなのかもしれない。

それに、たとえ本気だったとしても、この男に財務部長を辞めてもらったところで、ちっともうれしくない。グラートとジルド、そして遠征中に亡くなったという弟。詳しくはわからないが、自分はそこに巻き込まれた形らしい。

きちんと謝ってもらえた今、辞めてもらうより、ジルドへ願いたいことがある。

「ディールス様、では、謝罪より『なかったこと』にしてくださいませ。そして、どうぞこれから魔物討伐部隊に正しく予算を回して頂けるよう、お願い致します」

「……退かせるつもりはないということか」

「ええ。まだお若いのですから、どうぞ引き続き、末永く、財務部長としてご活躍ください。それと……あの、失礼ですが、できましたらグラート隊長とお話をお願いします」

グラートから隊の現状を詳しく聞けば、今後の予算の話もわかってもらえるかもしれない。

「……了承した」

ジルドは苦虫を嚙みつぶしたような顔をしつつも、うなずいてくれた。そして無言のまま、椅子に腰を下ろす。

目の前のテーブルには、稼働させていない遠征用コンロがある。だが、誰もここには寄ってこない。周囲から遠巻きにされているのがわかり、ダリヤは自ら遠征用コンロのスイッチを入れた。

「何をするつもりだね？」

ダリヤが食材を焼きはじめたのが不思議らしい。ジルドが、胡乱《うろん》げな目を向けている。

「新しい遠征食の一例をご紹介できればと思います。あの、こちらが現在の遠征食です」

銀のトレイの上、一切れの乾燥黒パンを手にした後、ジルドはひたすらに咀嚼を開始した。

あの黒パンは、なかなか嚙み切れない。喉につまるのを心配してか、従者が慌てて水と赤ワインを持って駆け寄ってきた。

その間に、遠征用コンロの火力を強めにし、ダリヤは一つの食材を焼き上げる。

香ばしい匂いが立ち上ると、それをそっと白い皿に移した。

「よろしければ、こちらをお試し頂けませんか？」

「それは？」

「カマスの干物です。短期遠征に持っていける食料です」

肉厚で柔らかな、いいカマスの干物である。塩が利いているのでそのまま食べられる。

カマスの干物は癖が少ない。夏の終わり、脂はあまりのっていないが、その分上品な味わいだ。

これなら貴族のジルドでも、それなりにおいしく食べられるのではないかと思う。

「カマスの干物……」

腹開きの焼いた干物。侯爵であるジルドには、見慣れないものだろう。

彼はひどく険しい顔をしながら、カマスをナイフとフォークでつつきはじめた。それでも、挑戦するあたり、自分に気を使ってくれているのかもしれない。

「……意外にいけるな。これはワインより、エールかもしれん」

「東酒《あずまざけ》もお勧めです」

ふわりと表情を崩した男に、つい言ってしまう。どうやら、ジルドも酒はいける口らしい。

「なるほど、東酒は特に合いそうだ。ロセッティ商会長、先にこれを焼いて酒を回したら、最初の価格で契約できたかもしれんぞ」

「その手がありましたか……」

プレゼンの順番としては、やはりインパクトが最初にあるべきだったか。

となると、自分の必死のプレゼンはなんだったのか、ダリヤはちょっと遠い目になった。

しかも、グラートの申し入れに対し、答えるのに噛んでしまった。誰も笑わないでいてくれたが、思い出すほどに恥ずかしい。

本音を言うならば、今すぐ緑の塔に帰りたい。

ヴォルフと今日の話をしながら、カマスの干物を炙《あぶ》り、辛口の東酒を飲みたい。

「冗談だ……あと、今回の遠征用コンロの差額損失分は、私個人で補填《ほてん》させて頂こう」

「いえ、けっこうです。名前が刻めなくなると困りますので。ただ、説明としては、やはり先に実食の方が効果的だったかもしれないと思いまして」

「いや、先だと食べるのに集中してしまって、その後の説明が耳に入りづらい可能性があるぞ」

「そうですか……ですと、今までの遠征食とこちらを並べ、財務部の皆さん全員に食べて頂きつつ、横に資料を置いて説明させて頂く方がよかったでしょうか？」

「これを食べながら説明を聞く……いや、それも耳から入らないかもしれん。やはり分けるべきだろう。ところで、あのグラフはわかりやすくてよかったが――」

いつの間にか、二人でプレゼン方法と書類、グラフの表記に関する話になっていた。その間も、ジルドは丁寧にカマスの身をつつき続けている。

気がつけば、イヴァーノが追加のカマスを皿に載せて持ってきていた。

「このカマスは、日持ちするのかね？」

二枚目のカマスを焼きはじめると、ジルドがぼそりと尋ねてきた。

「そのままで二日、状態保存のかかった袋に、氷の魔石を入れて十日ほどです。その……お魚の苦手な方もいるので全員にとは言えませんが、干し肉の他にもいろいろあれば、疲れていても、少しは食べられるようになるかもしれません」

「そうか……その様子だと、私の弟のことはもう聞いているのだろう？」

「あの……何と申し上げていいのかわかりませんが、残念なことだったと思います」

「君の父上が急だったことと、その後について、今日聞いた。その……そちらも残念で、いろいろ大変だったと思う」

誰から聞いたのかは告げられぬ。だが、男のその声には、自分と同じく、突然家族を亡くした痛みと哀《かな》しみが紛れている気がした。

「ロセッティ商会長、今後、なにか希望はあるかね？」

「そうですね……これからの魔物討伐部隊は、もっと食事もとれて、眠れて、無事に帰ってこられるよう、そう希望したいです」

ジルドは傾けかけていたワインを、途中で止めた。

彼が尋ねたのは、金銭や爵位の後押しなど、今後の便宜の話だ。だが、ダリヤには理解できない。

今、気にしているのは、目の前のカマスをいつひっくり返すか、そのタイミングである。

真剣に魚を見つめるダリヤの赤い髪が、青空を背後に風に揺れた。

「……なるほど、あなたは魔物討伐部隊の『夏の大輪』か」

「いえ！　私では合いませんので！」

不意のジルドの言葉を、ダリヤは全力で否定した。

夏の大輪――それは、皆が憧れるように華やかで、美しい女性の比喩だ。

自分とはほど遠いその喩《たと》えに、ひどく居心地の悪さを感じる。

「あ！　私の知っている国では、『猫の手も借りたい』って言いますので、少しのお手伝いとしては、猫の方がまだ合うかもしれません」

『飼い猫』がまだ頭にあったので、慌てて言ってしまい、次の瞬間に硬直した。

せっかくなんとか話せていたのに、ジルドに皮肉だと受け取られたらどうしよう。

心配になって視線を向ければ、彼はこちらを見て目を丸くしている。そして、口元を一度手で押さえ、その後、耐え切れぬとばかりに笑い出した。

「ははは、うまいな……ああ、あなたは確かに猫などではないな。見た目はかわいらしいが、隊を守る『獅子』のようだ」

「え、今度は『獅子』ですか!?」

ダリヤは悲鳴に似た声をあげた。

貴族のマナー本に、女性への『獅子』の比喩はなかったはずだ。目の前の男に褒められているのか、けなされているのか、それとも皮肉なのか、まったくわからない。

ダリヤの目の前で、ジルドはまだ笑いを止められずにいる。

目尻に涙をにじませるほどの笑いは、しばらく止まりそうになかった。

◆　◆　◆

「ロセッティ商会長は、財務部長から撤回を勝ち取りましたね。実に見事です」

「いや、それどころかカマスのついでに、ジルド様の骨まで抜いてないか？」

「あれは、やる気でやっているわけではないと思います……」

副隊長と壮年の騎士の言葉に、ヴォルフは苦笑して答える。

ダリヤとジルド、二人の会話は、身体強化をかけてずっと聞いていた。

本当はダリヤの隣に行きたいところだが、イヴァーノが斜め後ろにひかえている。ジルドの後ろのテーブルでは、開始からランドルフが待機してくれた。

それに、今はグラートが近くのテーブルに移り、様子をうかがっている。

自分はつい今しがたまで、財務部の若手達を中心に、料理を勧め、できるだけ話をしてきた。

兄に『顔つなぎ』の方法を聞いてその通りにやってみたが、なかなか難しい。互いに名乗り合い、相手の話をよく聞き、立ち位置と利害関係を覚えていく――付け焼き刃で交友が結べるほど簡単なものではなさそうだ。はっきり言って魔物と戦うより難しい。

そんな自分に比較して、兄の気遣いはすごかった。

ロセッティ商会長が緊張せぬようにと、隊の参加人数を増やすようグラートに手紙を書いていた。その上、財務部の副部長に連絡し、若手の者の追加を勧めたという。

この場所も、今朝、兄がいきなり「中央棟の休憩室が空いた」と言うので、借り受けたものだ。正直、『空いた』のではなく、兄が権力その他の総動員で『空けさせた』のではないかと思える。

プレゼンと遠征用コンロの導入の成功を完全に予測していたとしか思えない。

だが、実際に試してもらえれば、遠征用コンロの良さはわかってもらえるだろう、そう思ってありがたく使わせてもらうことにした。

食材に関してはグラートに相談し、遠征用コンロだけでは足りないので、兵舎の小型魔導コンロ持ちから、借り集めてきた。ヴォルフが使いはじめたことで、自腹で購入した者も多いからだ。

そして、試食で盛り上がっているのが、この休憩室の今である。

「しかし、コンロの裏に名前を刻みたいとは……なんとも浪漫《ろまん》だな」

手元の燻しベーコンを噛みしめつつ、壮年の騎士がつぶやいた。

「確かに浪漫がありますね。王国ができたばかりの頃、女性が戦に男性を送るときの習わしからでしたか。背中の刺繍《ししゅう》は、『戦うあなたの背中を、私が支えたい』でしたね」

「ええ。うちのカミさんは、つきあいはじめの遠征で、アンダーシャツの背中に、自分の名前を小さく刺繍してくれましたよ」

「なんともお熱い話ですね。うらやましいことです」

二人の会話に、ヴォルフはクラーケンの塩漬けを焼く手をぴたりと止めた。

「今回はロセッティ商会長に、魔物討伐部隊全員が『応援』されたということで、大変ありがたいことです」

「……そう、ですね」

グリゼルダのとても明るい声に、ヴォルフはただうなずくことしかできず。

妙に長い沈黙の後、年配の騎士が赤ワインを勧めてきた。

「ヴォルフ、お前、ずいぶんと『怖い女性』をそばにおいたな」

「彼女は私の友人です。ただ、怖いというのは……怒られると、なかなか堪《こた》える人ではありますね」

会話の途中でからかっては怒られ、マルチェラと殴り合いをしては叱《しか》られた。

思えば自分は、今までずいぶんダリヤを困らせてきた気がする。

「あなたが堪えるというのでしたら、案外、『獅子』で間違いはないのかもしれませんよ？」

からかうようなグリゼルダの声に、ヴォルフは再びダリヤを見た。

プレゼンのときの凜々《りり》しさはどこへやら、今は、カマスをひっくり返すのに網までくっついてきて、必死に剥《は》がそうとしている。その美しい赤髪が、陽光にまぶしく輝いていた。

ヴォルフは心から微笑《ほほえ》んで、副隊長へ答えた。

「いえ、彼女は名前通り、『夏の大輪』ですよ」

幕間　意地っ張りとつながれた者

魔物討伐部隊と財務部の食事会後、グラートは財務部長室に足を運んでいた。

双方の従者を部屋の外に出すと、赤革の書類ケースから手紙の束を出す。

艶《つや》やかな黒いテーブルの上、グラートが並べたのは、四通の推薦状だった。

「ロセッティ商会の王城取引に関する推薦状だ。送り主は、ガストーニ公爵、商業ギルド長、服飾ギルド長、冒険者ギルド副長――これと戦《や》る気は、お前でもないだろう」

ジルドの一番近くにあるのは、ガストーニ公爵からの推薦状だ。前公爵夫人のアルテアではなく、その息子、現公爵の名である。

「なぜ、それを説明会前に出さなかった？」

ジルドは丁寧な言葉使いをやめ、グラートに無表情に聞き返す。

「出していたら、その場で私を職から落とせたろうに……まあいい、関係者には謝罪する。少々、話も聞いたしな」

向かいに座る男は、不機嫌さを隠さず、目線も合わせない。ひどく遠い元友人の姿に、グラートは奥歯をきつく噛《か》みしめる。意を決して立ち上がると、深く頭を下げた。

「ジルド、お前の弟を守れず、すまなかった。許せとは生涯言わぬ」

「その短い謝罪は手紙で受け取った。葬儀からしばらく過ぎた後だったか」

「葬儀に参加しなかった非礼も詫《わ》びる」

「もういい、座れ。確かにお前は弟の葬儀に来なかったな。私が責めるとでも思ったか？」

平坦《へいたん》な声に、グラートは椅子に戻り、視線を壁へとずらした。

ただ続く沈黙に、閉じかけた口をあきらめて開く。

「……王都に戻った日から郊外に隔離されていた。動けるようになったのは八日後だった」

「病気か？　その話、どこからも聞いておらんぞ」

「魔物の遅効性の毒で体内が腐っていた。複数の隊員が同じ症状で、伝染病かと隔離され、王都が混乱せぬようにと箝口令《かんこうれい》を敷かれた」

「なぜ、箝口令の解除後に言わなかった？」

「八日目に謝罪に伺いたいと手紙を出したが……ジルドの母君に返された。『隊の任務であると理解しているが、私が落ち着いたと連絡するまで、家族と会うのは待ってほしい』と。私は、ジルドの母君とそう約束した」

「それも聞いておらん。大体、母はあの後、すぐに病に伏せって、そのまま……」

言いかけた男は、口を閉じると、きつく唇を結んだ。

グラートはジルドの母の許可を、いまだ得られていない。この先、得られることもないだろう。

「ああ。私はそのまま、今日まで逃げてきた」

「馬鹿者が、うちの母との『約束を守った』の間違いだろう！　まったく、学院の頃から変わらんな。相変わらずの、言葉足らずの、文章足らずだ、グラートは……！」

振り絞るような声で自分を呼び捨てにした男に、深くうなずく。

何一つ、反論はない。

「そうだな。試験前にジルドに手伝ってもらわなかったら、卒業もあやしかった私だ。そうそう変わらんさ」

言いながら、ようやくまっすぐに男を見た。

まぶしい輝きを持っていた金髪には白いものが交じり、琥珀《こはく》の目は一段、色を濃くしていた。顔に刻まれた皺《しわ》は、快活だった顔を神経質そうに変えている。

そこにある変化は、同じく自分も体に刻んでいるものだ。

「弟は、確かにお前に憧れて魔物討伐部隊を選んだ。だがな、王城騎士団員として、覚悟して戦いに赴いた一人前の騎士だ。お前からの謝罪も、同情もいらん」

その声は、文官というよりも騎士らしく聞こえ、模造剣を打ち合った学生時代が思い出された。

ジルドは真面目で、いつもまっすぐで、王城の財務部長にも推された。

だからこそ、どうしても納得のいかないことがあった。

「一つ聞きたい。予算はともかく、なぜロセッティを巻き込んだ？　お前らしくないやり方だ」

「予算は純粋に高かった。通常の小型コンロを市井価格で調査したのでな。低くできそうなら叩《たた》くのが財務部の仕事だ。あとは巻き込んだというか……最後に釘《くぎ》を刺すつもりだった」

「最後に釘？」

「そろそろ財務部長の職を退くかと考えていたのでな。ちょうどいい機会かと」

「この年でか？　まだ早いだろう。あと、釘とは何だ？」

「背が高め、赤毛、色白、腰派――どれもお前の好みだったな？」

「待て、何の話だ……」

グラートは視線を微妙に泳がせる。

否定はしないが、今、この場でするような話では絶対にない。

「ダリヤ・ロセッティ――新参の商会長で爵位なしの若い女が、いきなりの王城出入り。『女泣かせ』で有名なスカルファロットの末子が親しく、商会の保証人をしている。そんな女一人のために、侯爵位を持つ魔物討伐部隊長が、王族の菓子を頼み込んで入手、賓客用の東国の陶器を準備。届け物だけのところを隊長室に呼びつけ、午後の予定をずらして出てこない――あのメイドがうちの部署に来て、仲のいいメイド相手に騒いでいた」

予想外すぎる話に、ひどい頭痛を覚えた。元々の原因は自分ではないか。

「……私の落ち度だ。しかし、財務部はメイドの話までチェックしているのか？」

「当たり前だ。うちの部は一歩まちがうと、物理で首が飛ぶからな。情報員ぐらい混ぜている。大体、あのメイドはスカルファロットの末子の話をうちの部のメイドに教え、何度か食事をたかっていた。それぐらいなら見逃したが……グラート、魔物討伐部隊棟の職員とメイドを総確認しておけ。隊の評価を下げるのは、隊員だけのことではない」

「すまん、私の管理不足だった」

魔物討伐部隊棟の職員やメイドは、それぞれ身元確認をし、保証人を立てて入ってきている。グラートは、それをそのまま信頼していた。

今回、ダリヤへの礼の気持ちが先走り、他からどう見えるかを失念した。魔物討伐部隊棟の中のことだからと気を抜いていたせいもある。

まさか、担当のメイドが、来客や隊員の動向を他部署でネタにするなど、考えもしなかった。

「噂《うわさ》は回るより、回したことにした方が消しやすい。だから、その場でメイドに指示した。適当にロセッティ会長の服を汚してこいと。代わりに機密を漏らした件は不問にしてやるし、退職金は引かん。できぬならこの場で情報漏洩《ろうえい》で捕らえるとな」

「なぜ、ロセッティの服を汚させる必要があった？」

「財務部の私が『悪い噂』としてクギを刺せば、ロセッティは自分の商売のマイナスにならぬよう、お前とそれなりの距離をおくと思った。魔物討伐部隊経由で抗議があっても、あの女に多少の後ろ盾があっても、私が辞めればけじめはつくしな。まさか、正面から向かってこられるとは計算外だったが」

なぜか、『正面から向かってこられる』という部分で楽しげに笑った男に、グラートはじっと目を向ける。

「噂が回っていないのは、お前の仕込みだったからか……だが、なぜ、そこまでしてくれた？　私の評価が下がったところで、お前は困らんではないか」

「……別にお前一人のためではない。魔物討伐部隊は国防の要《かなめ》だ。その隊長がつつかれて斜めになったら、予算が乱れて面倒だ。私は財務部長として恨まれ慣れているからな、一つ二つ増えたところでさして変わらん。まあ、若いときの縁も少々あるが」

「しかし、なぜここまで回りくどいことを？　私に直接注意すれば済んだではないか」

「それができたらしとらんわ！」

吐き捨てた声は、今までで一番、学生時代に近かった。

思い返せばこの男、昔からなかなかに意地っ張りだった。

自分と同じく、声がかけられずに苦悩していたのだろう。

「大体、お前は誤解される行動が多すぎる！」

かぶっていた仮面が落ちたように、ジルドの顔にいらだちがはっきり浮かび上がる。

「今日もあれだけ人のいる場で、ロセッティを気障《きざ》に囲い込みおって……ダリラを悩ませるような真似だけはするなよ」

「馬鹿を言うな！　そもそも年を考えろ！」

いきなり出た『ダリラ』の名に、自分もつい声が大きくなった。

「この前は純粋に世話になった礼だし、今回はああしないと、財務部の連中がロセッティを狙う気満々だったではないか！　あと、お前はまだ、うちの妻に幼馴染《おさななじ》みをこじらせているのか？」

「こじらせているとはなんだ!?　ダリラは私の従妹《いとこ》で幼馴染みだ。普通に心配はするだろう。大体、私は高等学院のグラートの華やかなる交友関係を、よ――く知っているのだが？」

「そんなものは、とうに昔の話だろうが……」

つい語尾が弱る。当時に思い当たる節がないこともない。

少々顔が作れなくなり、グラートは片手で額を押さえる。

ジルドと自分の妻ダリラは、従兄妹《いとこ》である。親戚仲がよく、兄と言ってもいいのではないかというほどに過保護だった。

そういえばこの男には、結婚前にも、『ダリラを泣かせたら斬りに行く』と言われたものだった。

まさか、ここに来てこんな話になるとは思わなかったが。

「まあ、グラートでは無理そうだな。ロセッティは手に余るぞ」

「ひどい言いようだな。撤回させられたのを根に持ったのか？」

「いや、謝罪として財務部長を退くと言ったら、ロセッティに笑って止められた」

「待て、お前は一体何をしている!?　私がなぜこれを会議前に出さなかったと……」

思わずこぼした本音に、ジルドがふん、と鼻を鳴らした。

「ロセッティは、『なかったこと』にしてやるから、隊に予算を回せ、まだ若いのだから財務部長として働け、お前と話をしろ、だそうだ。便宜の希望を尋ねてみたが、これからの魔物討伐部隊は、もっと食事もとれて、眠れて、無事に帰ってこられるよう希望したいそうだ。何もかもがうますぎる。あの女にはお手上げだ、まったく読めん」

「ジルド、ロセッティを読むのは無理だと思うぞ……」

「ああ。借りを作った上に完全につながれ、退路まで断たれたわけだが。誰が後ろにいる？」

「あまり言いたくないのだが……」

グラートは、大げさにため息をついてみせる。

こちらをじっと見る琥珀の目は細められ、その後についとそらされた。

「今さら抗《あらが》おうとは思わん。これからの謝罪行脚と受けそうな攻撃を考えると頭痛がするが。いや、いっそ素直に辞めさせてもらえた方が楽だったかもしれん……」

ジルドは机に両手を組んだ上に、その頭をもたせかける。かなり重い頭痛がしていそうだ。

ガストーニ公爵に各ギルド長。侯爵のジルドでも、対応が少々辛《つら》い面々である。

「否定はせん。だが、『なかったこと』になったのだ。謝罪には原因の私も加わろう」

「いい言い訳を考えねばならんな。で、私がつながれた先はどこだ？　やはりガストーニ公か、それとも他か？」

「『つながれた』な。言質《げんち》は取ったぞ、ジルド？」

「ああ。なんなら神殿契約をするかね？　構わんよ」

男は投げやりに、声だけで答えてきた。

「ダリヤ・ロセッティは、一人で立っている」

「……は？」

顔を上げたジルドは、一拍遅れた間抜けな声で聞き返してきた。

頭の回転はいい割に、理解したくなさがブレーキをかけているらしい。

「ロセッティに後ろ盾はおらん。強いて言うなら、隣がヴォルフレード、商会を通して各ギルドが組んでいるだけだ。彼女はお前に思ったことをそのまま言ったのだろう。自分のために辞めるなと、仕事をがんばれと、隊員達が無事であればいいと。便宜など欠片《かけら》も考えてもおらんだろうな。私と話をしろというのは……娘ほどの年齢に気を使われたのは、ちと情けないが」

「とことん理解しがたい女だな……」

「言質は取った後だぞ、ジルド？」

にやりと笑ったグラートに、男は派手に舌打ちした。

「もういい。下手な男につながれるよりはましだ。すぐにロセッティの爵位推薦を、お前と副隊長の家で出せ、こちらでも副部長と共に推す。謝罪ついでに、ガストーニ公からも取ってくる」

「お前は本当に、行動が早いな……」

「うるさい。グラートが遅いだけだ。この私がつながれてやるのだ、爵位ぐらいすぐ取ってもらう」

「……意地っ張りは変わらんな」

笑みと共につぶやいたが、完全に無視された。

少しは距離が縮まったかと思えたが、昔のようにというのは無理な話なのだろう。


初等学院入学直後から、学業に身の入らぬ、不器用な自分を助けてくれたジルド。

居眠りした授業は教え直され、課題は怒られつつも手伝ってもらい、毎年どうにか単位をとった。

おかげで父親までもが、『ジルド君には頭が上がらぬ』と言う始末だった。

性格はずいぶんと違うのに、気がつけば共に学び、共に遊んでいた。

自分の悪戯《いたずら》に巻き込んでは、二人そろって教師に叱《しか》られ、その後にジルドにこっぴどく怒られた。

それでも懲りない自分だったが、なぜか彼はいつも一緒にいてくれた。

ジルドは根っからの騎士だった。騎士道精神を持ち、正義感が強く、女性や弱い者には優しく、間違ったことには上級生や教師にさえ、ひるまず引かずで異議を唱えた。

そんな彼だから自分のことも見捨てないのだろう、そう思った。

とはいえ、ジルドの水をはじくようなまっすぐさは、時に人と激しくぶつかることもあった。

彼が度を越して言いそうになればちょっかいを出して止め、雰囲気が悪くなれば騒いでうやむやにし、危うい因縁をつけられれば喧嘩《けんか》として加勢した。

そうして、気がつけば『二人セット扱いの悪友』となっていた。なお、ジルドはこれに関して一緒にするなとずっと文句を言い続けていた。

二人そろって高等学院に進むと、ジルドは騎士科と文官科の両科に籍を置き、どちらも優秀な成績をあげた。

対して、グラートは騎士科の実技——武技と乗馬だけはよかったが、その他はじつにぎりぎりだった。剣だけはジルドに負けたくないと、こっそり家で教師をつけてもらったこともある。

勉強は努力しても空回りすることが多く、父にはよく座学の成績の悪さを叱られた。決まって比べられるのは、勉強の得意な弟、そしてジルドだった。

年齢が上がるにつれ、激しい親子喧嘩も増え、自分の素行は少々斜めになった。侯爵家は弟に継がせればいいと、やさぐれて家を出たこともある。

そんなふらついた自分の襟首をつかんで学院に戻したのは、父でも教師でもなく、ジルドだった。

彼だけは、グラートに対し、ずっと変わらなかった。

それをうれしく思う反面、彼に迷惑をかけるなと家族にも教師にも注意された。

優等生のジルドに、足引っ張りのグラート。自分は彼にとって、もう友ではなく、弱い故に守り正そうとする対象となっているのではないか——その思いが、自分を苛《さいな》むようになった。

ある日、積み重なった申し訳なさと、自身への情けなさで、グラートは彼に言ってしまった。

「今まですまなかった。これ以上、ジルドの迷惑にはなりたくない、私とは距離をおけ」と。

怒鳴られるのを覚悟した自分に返ってきたのは、長い沈黙だけ。

背を向けて去ったジルドに、さすがに見放されたか、でもこれでいいのだ、もう彼の迷惑にならなくて済む、そう自分に何度も言い聞かせた。

しかし、どうにもやりきれず、深いため息をつき、泣かぬように必死に息を吸い、空を見上げ――

「親友に迷惑も何もあるか、この馬鹿者がっ！」

怒鳴り声と共に、二階からバケツで氷水をかけられた。その後、本人が飛び降りてきて殴られた。

結果、取っ組み合いの大喧嘩となった。

二人とも身体強化がそれなりにあり、騎士科で戦闘訓練も受け、若い上に感情的になっていた。

今までも喧嘩をしたことはあったが、今回は互いに加減も歯止めもなかった。

地面を深く抉《えぐ》り、花壇を破壊するほどの乱闘を止められず、周囲の者達は慌てていたという。

どれぐらい殴り合っていたものか、氷水の次は、なかなかに威力のある放水器の水ではじき飛ばされ、二人でようやく正気に戻った。

放水器――実際は校舎の壁の洗浄機だったが、それを自分達に向けて動かしたのは、魔導具科の教師だった。

「いい加減にしなさい！　あなた方は、学院の庭を荒らす害虫ですかっ！」

いつもは穏やかなその教師に大喝され、返す言葉もなく――廊下で東ノ国《あずまのくに》の『正座』なる座り方をさせられ、立てなくなるまで説教をくらった。

停学を覚悟したが、ジルドの日頃の行いのせいか、一日一時間、一ヶ月間の草むしりの沙汰と反省文の提出で済んだ。好奇心あふれる周囲の視線に停学の方がマシかと思ったが、親友と腹を割った話をしながらの草むしりは、そう悪くなかった。

ちなみに、ジルドは見限って去ったのではなく、反省文はジルドに手伝ってもらった。

話ついでに、『わざわざ氷を出せる者を捜しに行くことはなかったろうに』と言うと、『よーく頭を冷やしてやろうと思ってな』と、にやりと笑われた。

まちがいなく、親友、いや、悪友の顔だった。

高等学院後の進路を考える頃、グラートは侯爵家を継がねばならぬ立場だが、魔物討伐部隊に行きたいと悩んでいた。魔物被害の悲惨さを知り、魔剣、灰手《アッシュハンド》の使える自分が戦いたいと思ったからだ。

そして、ジルドも同じように進路で苦悩していた。王城の第一騎士団入りを目指していた彼だが、文官科首席という成績のおかげで、王城の財務部門から入部を願われたのだ。

迷う中、さらにジルドに名指しで手紙が来た。オルディネ王の名の入った手紙を前に、彼にも、彼の家にも、断りの選択肢はなかった。

王城入りが決まった翌日、ジルドは先ぶれもなく、従者もつけずに自分の屋敷に来た。持ってきたのは辛口の火酒《ひざけ》二本。飲んだことのない強い酒だった。

『私は、騎士になりたかったのだ――』目元を押さえ、涙をこぼし続ける友に、自分も泣いた。

互いの立場、そしてままならぬことを愚痴り、慣れぬ強い酒を倒れ伏すまで飲んだ。

その翌日、ひどすぎる二日酔いで神官を呼ばれた後、母親達に長い長い説教をくらった。

心配されてのことであり、一応反省した。

自分達は、二人そろって女性に長い説教をされる星でも背負っているのではないか、女性に下手に反論すると長引く、あと怒ると女性の方が怖いかもしれぬ――そう、こそこそと話し合った。

その後、自分は家族を説得し倒し、弟に領地を任せる形で、魔物討伐部隊へ入った。

ジルドは王城の財務部へ入り、書類の山の中、すぐに頭角を現していた。

互いに仕事で忙しくなっても、時折は共に飲んでいた。愚痴と相談事は増えたが、それでも楽しい時間だった。

その飲みにたまに加わるようになったのが、ジルドの弟だ。

年は少し離れていたが、見た目はジルドとよく似た青年で、高等学院では騎士科に通い、魔物の話が好きで、魔物討伐部隊に憧れていた。なお、性格は兄に似ず、大変温和で素直だった。

彼が『魔物討伐部隊に入りたい』と初めて言ったとき、ジルドは反対し、自分は無言を通した。

だが、繰り返されたその願いに、ジルドが家族と共に折れた。

彼の配属が魔物討伐部隊と正式に決まった日、意地っ張りな友が、自分に深く頭を下げたのだ、『グラート、弟を頼む』と。

『任せろ』、そう答えた自分は、遠征中、魔物からは彼を守った。

だが、彼が食事をきちんととれていないことに気がつかず、貧血での落馬を防げなかった。

先ほどジルドに、『謝罪も同情もいらん』と言われたが、友と約束をし、彼の隊を率いていたのはこの自分だ。その責を肩から下ろすことは、生涯ない。

「……ここからは独り言だ」

過去をなぞっていた自分の前、ジルドが浅すぎる咳《せき》をした。

「魔物討伐部隊に予定額で予算を回す。あと、今期決算は浮きが出る。遠征でカマスの干物が好きに食べられる程度の追加を、次の会議で提案してやってもいい」

「ありがたい独り言だが、代価は？」

「うまい赤ワインで、手を打とうじゃないか」

今度はジルドが、にやりと笑ってきた。

高等学院時代、試験の危うかった自分が、ジルドに助けを求めたときの返事。まったく同じ台詞《せりふ》、同じ表情《かお》に、グラートはわずかな寂しさを覚える。

二人でつぶれたあの日から、何度そろって深酒をしたことか。

相談事に真面目な話、馬鹿な話に、他愛《たわい》ない雑談。

尽きぬ話に笑い合い、ふざけ合い、議論をし、喧嘩もし、酒を飲んでは仲直りをした。

もう二度と隣でグラスを傾けることができなくても、思い出は確かに胸に残っている。

「ジルドの指定する赤ワインは高いからな。贈る私の財布がカラになりそうだ」

「財布の軽さを愚痴られるのも面倒だ。グラートが飲む白ワインは、隣で私が奢《おご》ろう」

視線を外して言った男に、グラートはしばし固まり、少年のように破顔した。

ダリヤという名の魔導具師

王城騎士団、魔物討伐部隊御用達商会、そして、相談役魔導具師。

プレゼンの日、隊長のグラートに請われ、それを受けた。

取引商会として隊に商品を納め、他にどんな物が必要かを聞き、魔導具の相談を受けるもの、ダリヤはそんなふうに考えていた。

だが、商業ギルドに戻って報告をしたところ、いつもは物静かなギルド長レオーネに、白い髭《ひげ》を揺らすほどに大笑いされた。ガブリエラも笑っていた。

理由を尋ねる前にフォルトへ急ぎの報告を勧められ、イヴァーノと共に服飾ギルドへ行った。

フォルトに話したところ、第一声が『おめでとうございます。爵位授与のドレスは私とルチアに作らせてください』だった。

言葉の意味がわからず呆然《ぼうぜん》としていると、イヴァーノが質問をしまくり、内容をまとめてくれた。

魔物討伐部隊御用達の商会は言葉通り、商会として優先的に物品を納める。そして、それと共に一定の保護も受ける。商会への妨害行為や無理な取引は、魔物討伐部隊が代理抗議・対応できる。

相談役は隊が敬意を払う立場なので、基本『爵位候補』、つまりはダリヤは男爵予定となる。

爵位を持ったダリヤに無理な取引を持ちかける民間人はいないだろう。貴族にしても爵位を持つ者にはそれなりの対応になるものだ。

何より、王城騎士団、魔物討伐部隊への貢献による叙爵である。

魔物討伐部隊、そして、グラート・バルトローネ侯爵と敵対したいと思う者はそうそういない。

グラートの言った『囲う』の意味は、魔物討伐部隊で守るということ――そう理解した。

通常、男爵は推薦があってから査定され、叙爵までは一年ちょっとかかるという。

説明後、『来年中には、ロセッティ男爵誕生ですね』とフォルトに微笑《ほほえ》まれ、膝がかくりとした。

確かに、ヴォルフの隣にいてもおかしくないよう、いつか爵位がとれればと願っていた。

だが、心の準備もないうちに、こんな早さで進むとは思わなかった。

正直、本当にいいのかと落ち着かぬ気持ちの方が勝《まさ》る。

なお、ルチアは状況をまったく理解していなかったが、ダリヤのロングドレスが作れると歓喜していた。画用紙にラフデザインを描きはじめるのが早すぎる。

その後、イヴァーノに祝いの言葉を述べられたが、互いの目は重い疲労をたたえていた。

明日からが怖い。


口から魂が抜けそうになりながら緑の塔に帰ると、妙に立派な黒塗りの馬車がやってきた。

届けられたのは、白とピンクを基調としたかわいらしい花束、日持ちのする花模様の砂糖菓子、高級感漂う金色の缶に入った紅茶。ヴォルフだと思って喜びかけ、手紙の名前を見て青ざめた。

ジルドファン・ディールス――本日別れたばかりの財務部長。

短くも丁寧な謝罪と、『次にお目にかかれる日を楽しみにお待ちしております』の流麗な文字に、ダリヤは机に突っ伏した。

夜になって、ヴォルフが東酒《あずまざけ》を持ってやってきた。

とりあえず仮祝いということで、カマスの干物を焼き、辛いオクラを炒め、作りおきを出し、二人で飲んだ。

プレゼンで緊張したこと、隊長の申し出に派手に噛《か》んでしまったこと、ジルドとのやりとりで『獅子』と呼ばれたこと、両ギルドでのこと、先ほど届けられた手紙――ヴォルフにたくさんの泣き言をこぼし、だいぶ慰められた。

ヴォルフの帰り際、『ダリヤはダリヤだよね』と言われ、ようやく開き直ることに決めた。


そして今日、早くも魔物討伐部隊の相談役魔導具師として、遠征練習会に参加している。

王都外で遠征練習会を行うので、遠征用コンロの講習をして頂きたい――グラートからそう依頼を受け、イヴァーノと共に隊へ同行した。

試す場は西の森の川縁《かわべり》。ヴォルフと食事をした川原より、王都に近い場所だ。

隊員達と馬車で移動後、川原に防水布を敷き、数が少しだけ増えた遠征用コンロと、小型魔導コンロを並べる。人数が多いので四、五人ずつのグループに分かれ、実際に使ってみることになった。

まぶしい日差しの中、川風が気持ちよく吹いている。今日はピクニック日和のようだ。

ダリヤによる簡単な説明の後、防水布の上、隊員達が遠征用コンロを稼働しはじめる。見た感じ、誰一人使い方に迷っているようには見えない。むしろ鼻歌交じりに使っている者も多い。

「あの、皆さん、もう使い慣れてませんか?」

同じ防水布に座るヴォルフに尋ねると、黄金の目を妙に細めた笑みが返ってきた。

「ここ数日、王城の訓練場を使って交代で遠征練習をしてたんだ。魔導部隊の隊員も参加して」

「じゃあ、今日、講習をやる必要はなかったのでは?」

「いや、全員は参加できてなかったし、コツもわからないから。それに訓練場での遠征練習はやめろっていうお願いがきたからね」

「やっぱり、邪魔になるからですか？」

「俺達にとってはこれも正式な訓練だって言ってあるから、邪魔だとは言われない。ただ、毎回少し場所を変えてやったんだけど、ちょうど風向きが財務棟と事務棟でね。三度目に、頼むからやめろって両方から願われて中止したんだ」

それは新手の嫌がらせか。確かに先日は財務部長と一悶着《ひともんちゃく》あったが、魔物討伐部隊は財務部と事務部に恨みでもあるのかと尋ねたい。

「なぜ、わざわざそこでやったんですか？」

「偶然。ちょうどその訓練場が空いてたから。さすがに悪いと思って、副隊長と一緒にお詫《わ》びに行ったよ、小型魔導コンロと燻《いぶ》しベーコンと干物とコーヒーの粉を持って。財務も事務も決算前なんかは徹夜も多いっていうから、手元にあれば重宝しそうだよね」

「もしかして、小型魔導コンロの大量発注があったって、イヴァーノが喜んでいたのは……？」

「よかったね、ダリヤ」

確信犯の笑顔がそこにあった。

この際、商会の営業に、ヴォルフを正式にスカウトすべきではないか。いっそ危険な魔物討伐部隊の赤鎧《スカーレットアーマー》ではなく、商会の営業として隣にいてもらえないだろうか――つい浮かんだおかしな考えを、ダリヤは全力で振り払った。

「……ありがとうございます」

ヴォルフへの礼の声は、少しだけ小さくなった。

遠征練習会用の食材は、なかなか豊富だった。

黒パンによるチーズフォンデュ、燻しベーコン、ハム、卵、干物各種。干し野菜とたっぷりの干し肉に塩と香辛料を先に調合して合わせた、煮るだけでできる具だくさんスープ。

あとは動物や魔物を捕まえたときを想定したという、山のような生肉もあった。見る限り、こちらは絶対にバーベキュー用の高級肉である。よい霜降りだった。

「すみません、ロセッティ商会長」

「はい、なんでしょう？」

ダリヤは呼ばれたグループをイヴァーノと共に回り、質問に答えていく。

「干し魚がぱさぱさで固くなるんです。さっき頂いた魚のようにふんわりしなくて」

「強火で焼いて、早めにコンロから下ろしてください。その方がふっくら仕上がります」

干し魚の焼き方には少々コツがいる。焦がすのを気にして弱火で長時間焼くと、乾燥しすぎてぱさついてしまう。

「この肉、火が通りづらくて焦げてしまいそうなんですが」

「厚めのお肉は片面を焼いたらひっくり返し、蓋《ふた》をしめて蒸し焼きにするといいかもしれません」

「なるほど、それなら固くなりすぎない」

試行錯誤しつつ料理をする隊員達だが、皆、いい笑顔である。

「この肉につけるタレがうまい。後でレシピを頂けるだろうか？」

「説明書の一番後ろに、タレのレシピが三種類ありますので。あ、これは一番目のです」

「そうか、ありがとう。これは家でもやってみるとしよう。うちの息子が好みそうな味だ」

父の顔をのぞかせた隊員に、ダリヤはつい笑んでしまう。イヴァーノも隣で笑っていた。

そうして一回りした後、最初にいた場所へと戻ることにした。


「よし、いい感じに焼けた！」

少し離れた防水布の上では、ドリノ達がクラーケンの塩漬けを焼き、野菜スープを温め、チーズフォンデュを食べている。

ヴォルフと一緒に食事をすることも多いので、ドリノもランドルフも手慣れたものだ。

「これ、次からの遠征で毎回食べられるんだよな？」

「ああ、うまいし、豪華だよな」

確認するように言いながら、隊員達は湯気の立つ料理をしっかり味わっている。その顔がそろって幸せそうにゆるんだ。

「黒パンが、この溶けたチーズをつけるだけで、すっごいうまくなるんだけど」

「このクラーケンの塩漬けもおいしい。遠征向けとは思えない……」

彼らのしみじみした声に、ランドルフが大きくうなずく。

その横、ドリノは真面目な顔で両手を組み、片膝をついた。騎士の正式な祈りの形である。

「どう見ても川原で楽しい慰労会です。本当にありがとうございます」

「ドリノ、俺も神に祈りたいよ。これは本当にありがたいな」

「お前は何を言ってるんだ？　祈るのはダリヤさんに決まってんじゃねえか」

ドリノの言葉に、周囲から大きく笑い声があがった。

そのダリヤはといえば、同じ防水布に腰を下ろしているヴォルフ、イヴァーノ、副隊長のグリゼルダと、魔物討伐部隊の仕事の話になっていた。

防水布の上では、ワインの革袋がすでに三つほどカラになっている。

「疑問だったんですが、他の騎士団の方って、どうして魔物討伐部隊を下に見るんですか？」

「爵位の高い家の子弟は、第一と第二騎士団に多いですからね。その影響が大きいです」

「隊は騎士戦にあまり参加しないし、しても人間相手だと魔物とは違うから。人間相手では弱いとか、どうしても言われるね」

イヴァーノの質問に対し、グリゼルダとヴォルフが少しあきらめの入った顔で答えている。

「魔物の方がずっと怖いじゃないですか。魔物討伐部隊が弱いって言う人は、遠征に一緒に行ってみればいいんです」

ダリヤは、つい本音をこぼす。初対面の血だらけのヴォルフが脳裏に浮かんでならない。

「いや、遠征には来ないんじゃないかな。大変なのはさすがに知られているし」

「いっそ、そこは頭を下げて相手をもち上げ、その後に悩み相談を装って、『ぜひ一度、お力添えを頂きたい』って言ったらどうですかね？　いろいろ言った手前、来ないわけにいかなくなりますし、一度同行したら一考してくれるかもしれませんよ」

「そういう手がありましたか……」

イヴァーノの言葉を聞き、副隊長が指で顎《あご》を押さえた。

「イヴァーノ、それ、ついてくる人に何かあったらこっちが困る」

「え、なんでです？　やる気も自信もあって、本人の希望ならお任せしていいじゃないですか。騎士なら戦いは『誇りある自己責任』ってことで。あと、偉い方のいる場とか、周りに人がたくさんいるところで先に言質《げんち》を取っておけば、多少のことがあっても問題ないんじゃないですかね？」

商談がうまく進み、少しばかり飲みすぎていたか――イヴァーノはつい、饒舌《じょうぜつ》になった。

「なるほど……ご意見にぎやかな方には、こちらが頭を下げ、相談の上でお力をお貸しくださいと言う――そういう方法もあるのですね。メルカダンテ君といったね。ちょっとあちらで、私の『個人的な相談』にのってもらえないだろうか？」

グリゼルダが笑顔でその肩をつかんだ。

大きな手のひらにすっぽりと肩を固定され、イヴァーノは一歩も動けぬままで返事をする。

「え、ええ、かまいません。ダリヤさん、ちょっと行ってきますね」

「あ、はい……」

グリゼルダはいつもの笑顔なのだが、なんとなく今は離れたい、そんな微妙な寒気を感じる。

二人の背を、ダリヤはそのまま見送った。

「イヴァーノは副隊長に気に入られたみたいだね。しばらくかかるかな……あ、フォークが足りないようだから、ちょっと取ってくるよ」

ヴォルフはカトラリーを積んだ馬車へと早足で向かっていった。

残されたダリヤは、鍋の中、厚めの肉をひっくり返す作業に移る。

目の前の肉は赤熊《レッドベア》らしく見えるのだが、お高くはなかったのだろうか。いや、遠征では魔物を捕まえて食べることもあるというし、きっとこういった肉を使うこともあるかもしれない。そう思いつつ、火の入りを確認する。

「あの……ロセッティ商会長！」

呼ばれて体勢を変えると、そこには今まで話したことのない騎士が四人ほど並んでいた。

ヴォルフ、いや、自分よりも全員若い。鎧《よろい》の真新しさから見るに、新人の騎士かもしれない。

「はい、なんでしょう？」

「大変失礼なことをお伺い致しますが、ロセッティ商会長は、ヴォルフレードさんとお付き合いをなさっておられますか？」

「友人としてお付き合いをさせて頂いています」

質問の意味を理解しかね、無難な返答をする。

「その……ロセッティ商会長は、最近はお忙しいでしょうか？」

「はい。とてもありがたいお仕事を頂きましたので」

微妙な質問に営業用の笑顔で答えていると、壮年の騎士に声をかけられた。遠征用コンロの魔石の交換方法についての質問である。ダリヤは一度魔石を取り出し、詳しい説明を始めた。

新人騎士達はダリヤへ話を続けられなくなり、それまでいた防水布の場へと戻った。

遠征用コンロと小型魔導コンロのスイッチを入れ、野菜スープを温め、肉を焼きはじめる。

「ロセッティさんと、もう少し話したかった……」

「有能な魔導具師で商会長、スタイルよし、叙爵予定。俺達より少し年上だけど、好条件だよな」

「しかも、あのスカルファロット先輩が隣にいても、まるで態度が変わらない。性格良さそう……」

「年や爵位に関係なく、皆に平等な感じだし。顔と年下は気にしないかな？　だといいな……」

「スカルファロット先輩と『友人としてお付き合い』ということは、可能性はゼロじゃないよな。当たって砕けてみる価値はあるんじゃないか？」

「ということは、まずはなんとか距離をつめて、お友達から……」

ここそこと話していると、黒く長い影がいきなり目の前に伸びた。

「ねえ、君達、とっても楽しい話をしているようだけど？」

「ス、スカルファロット先輩……」

いつの間に音もなく移動してきたのか、手が届く距離で、黒髪の男が笑っていた。正確には、その表情筋は笑いの形を作っているが、黄金の目は絶対に笑っていない。

身を凍えさせそうな冷たく重いものが、いきなり真正面から叩《たた》きつけられた。

一気に呼吸ができなくなり、四人は口をぱくぱくと小魚のごとく開け閉めする。

「ロセッティ商会の保証人――、商業ギルド長のレオーネ・ジェッダ子爵、あと俺。隊の相談役で、大事な大事な魔導具師なので、少しでも失礼があったら、全力で責任追及するからよろしく」

言葉が終わると、叩きつけられていたものがぱっと消えた。

「す、すいませんでしたーっ！」

「き、気をつけますっ！」

全員がきれいに頭を下げ、全力で謝る。

先輩は美しい笑顔でうなずくと、さっさとダリヤのいる場へ行ってしまった。

「さっき、スカルファロット先輩、『威圧』出てたよな？」

「出てた。チビるかと思った。魔物よりひどい。さすが、死神魔王……」

額の汗を拭《ぬぐ》いつつ、ようやく声を出す。膝の震えがおさまらない者もいる。

ヴォルフの威圧は本気で肝が冷えた。新人とはいえ、基礎訓練も現地訓練も受け終えた自分達だ。魔物ともある程度は戦い慣れたはずなのに、指一本動かせなかった。

「もしかして、ロセッティ商会長って、スカルファロット先輩をツバメにしてる？」

「いや、あのスカルファロット家だぞ、先輩の方が余裕あるだろ？」

「え、じゃあ逆？」

「いや、そもそもスカルファロット先輩、前公爵夫人と付き合ってるって話じゃん」

「そこは同時進行もありだろう、女性の種類が違う」

「でもさ、スカルファロット先輩なら、よりどりみどりじゃないか？　仕事つながりだからって、見た目『中の上』を選ぶことは……」

聞き取られぬよう、さらに声をひそめて話す。目の前で肉の焼ける音の方がよく響いていた。

「よう！　お前ら、明日からの訓練、大変だな！」

「自業自得だ。発言の責は己で償え」

「はい？」

肉を運んでいる先輩達にいきなり声をかけられ、全員の動きが止まる。

青い髪の男は、苦笑いを隠さずに続けた。

「あのな、ヴォルフは耳がいいから、たぶん今の全部聞こえてんぞ」

「えっ!?」

全員の視線が、離れた場所、ダリヤの隣にいるヴォルフの背に向く。

彼はタイミングよく振り返ると、整いすぎた笑顔を浮かべ、その胸を二度、拳で叩いた。

「よかったな。胸を貸してやるから、かかってこいってよ」

「有意義な鍛錬となるだろう」

「「ええっ!?」」

若い騎士達の、悲鳴に似た声が響いた。


翌日以降、魔物討伐部隊の一部で、二日連続で続いた自主訓練があった。

訓練場の地面が抉《えぐ》れるほどの激しさだったが、内容については、参加者の誰も口にしなかった。


グラートは隊員達を一回りして確認した後、ようやくたき火近くの防水布に腰を下ろした。

最初は共にいた副隊長が、今はロセッティ商会の男と少し離れた場所で談笑している。案外、ウマが合ったのかもしれない。

「グラート隊長、どうぞ」

白髪の交じる騎士に勧められ、串に刺さった黒パンを持った。

目の前に立ちのぼる濃厚なチーズの香り。鍋の乳白色の液体に黒パンを沈めれば、その塩気と合わさって、なんともいえない味になった。

隣のフライパンでは、黄身のきれいなハムエッグができあがっている。燻しベーコンもよかったが、安いハムと焼いただけの目玉焼き、そこに塩とスパイスをかけたものが、妙なほどうまい。

屋敷ではそれなりのものを食べているが、遠征先でこうして食べるのはまったく別に感じる。

ロセッティ商会長は、このお試し遠征の前日、砂漠蟲《デザートワーム》の外皮で『卵ケース』なるものを作り、そこに腐敗防止を付与して持ってきた。

遠征用コンロの確認で呼んだはずなのに、挨拶後、最初の話題が鶏卵だった。『この卵ケース、軽いですし、折り畳めます！』と楽しげに説明する彼女に、思わず笑ってしまった。

そして今日。砂漠蟲《デザートワーム》の『卵ケース』で持ってきた卵は、一つも割れてはいなかった。

卵ケースとはいうが、卵以外の輸送にも使えそうな丈夫さだ。

今まで割れやすい鶏卵を遠征に持っていくことなど、考えもしなかった。

今の隊なら、馬車を一台追加できる余裕はある。行く先によっては、村などで卵を調達することも可能だ。遠征の場所によっては、これもありだろう。他の食材も増やせそうだ。

ずいぶん進化した遠征食を味わいつつ、革袋から飲むワインは、胃の腑《ふ》にしみた。

気がつけば、隣の騎士も目を伏せ、無言でワインを飲んでいた。

自分達二人が魔物討伐部隊に入ったばかりの頃、先輩方によく聞かされた。

若い頃は水すらも自由に飲めなかったと。喉の渇きに水を求め、沢に落ちて亡くなった仲間がいたと。長期遠征の帰り、暑さに馬上から崩れ落ち、動かなくなった仲間がいたと。水の魔石が安定供給されたおかげで、ようやく水に不自由しなくなったと。切々と言われた。

だが、自分達が『先輩』と呼ばれるようになっても、隊の環境はひどかった。馬の数が確保できぬ上、良い馬が少なく、移動は大変だった。遠征先で馬が倒れることもあった。合わぬ食事や暑さ寒さに病を患い、隊を辞めていった仲間がいた。ポーションの数も余裕はなく、同行する魔導師も神官の数も少なかった。悔し泣きしながら、遠征先で看取《みと》った仲間がいた。遺体を持ち帰れず、己の魔剣で焼いたこともあった。

魔導師も戦闘に加わるのだ。魔力の余裕がなければ、自分達に使う水魔法や火魔法などは望めない。十分な魔石を行き渡らせることも難しければ、使い勝手がよくないといった問題もあった。

温かな食事、静かな眠り、濡《ぬ》れた体を乾かすこと――日々の当たり前が、遠征では遠かった。

前隊長が環境改善を申し入れても、芳《かんば》しくなかった。数代前の隊長の予算横領の件や、取り逃がした魔物の被害ばかりを、貴族と文官どもに声高に繰り返された。

自分が隊長となってから、グラートは侯爵家の権力と財力を総動員し、食料とポーションを確保し、魔導師と神官の数を増やし、遠征用の馬と馬車を準備させた。人員も予算も、会議の度に粘り、取れるかぎり取った。

そして、以前より魔物討伐での死者と怪我人《けがにん》は大きく減った。

それについて王からお褒めの言葉があった。貴族達のグラートへの評価も上がった。

予算は少しずつ増え、馬を増やすのも、装備を調えるのも、以前よりやりやすくなった。

それでも、うれしくはなかった。まだまだ足りなかった。

遠征での死者と怪我人はいなくなったわけではない。遠征で身体を壊す者も少なくない。

魔物討伐部隊長として部下の葬儀に出る度、己を殴りつけたい衝動にかられる。

魔物とて必死に生きている。

人と魔物、生存をかけての争いだ。人だけが無傷というのは難しいだろう。

魔物と戦って命を落とすのは避けたいが、それでも、騎士として戦ってのことなら、まだ呑《の》める。

しかし、原因が、水や食料、不眠や寒さや暑さの集中力不足によるものは、あまりに悔しい。

隊員達の環境を整えてやれなかった怒りは、いつも自分に向いた。胃をやられて血を吐いたことも、噛みしめた奥歯を割ったことも、兜《かぶと》を外したときにごそりと髪が抜けたこともある。

遺族への手紙を書くときは、いつも手のひらに爪が刺さり、血がにじんだ。

ランタンもなく、曇天《どんてん》の夕闇を這《は》い回るような日々に、先は見えなかった。

変わったと思えたのは、いつからか――

防水布を初めて手にしたとき、つるつるした布、これが本当に水をはじくのかと疑ってしまった。

だが、防水布のテントのおかげで、雨を気にすることなく休めるようになった。蝋《ろう》引きのテントと違い、雨漏りも浸水もない。テント自体の重さもかなり軽くなった。

防水布の上で眠れば、地面からの水気は上がらない。服が湿って体が冷えることもない。

防水布でできた馬車の幌《ほろ》は、雨の日の移動を助けてくれた。病人や怪我人の移送にもありがたかった。備品や食料が水気で悪くなることもなくなった。

重い革から防水布のレインコートとなったおかげで、行軍は雨でも早くなり、移動距離が稼げるようになった。濡れた体に悩まされることも少なくなり、風邪で体調を崩す隊員は大幅に減った。

五本指靴下の造形には、いまだ履く度に笑ってしまう。だが、悩まされた足の指のかゆみは消え、剣を振るうときの踏ん張りが利くようになった。

不快だった靴の中のべたつきは乾燥中敷きのおかげで消え、雨の日も夏の日もさらりとしている。

足元を意識しないでいいというのは、どこまで集中に関わるか、これは足場の悪い地面で戦う者、長く歩く者にしかわかりえないだろう。

そして、今、首に巻いている、微風布《アウラテーロ》。

来年の夏は、鎧の内側を汗が滝のように流れることはなくなるのだろう。鎧の下、汗疹《あせも》でのたうつことも、暑さで眠れぬ遠征の夜も減りそうだ。

その微風布《アウラテーロ》の来期予算を確保してくれたのは、長らく話のできなかった友だった。

久しぶりに二人で飲んだワインはあまりにうますぎ、朝まで飲んで妻に叱《しか》られた。だが、それさえもひどくうれしく――叱られながら笑い合って、さらに怒られた。

思い返した魔導具の数々をその手で創り出し、友との親交をつなぎ直してくれたのは、年若き一人の魔導具師だ。

それが、たまらなく不思議に思え、ワインの革袋を下ろした。

青空の下、真夏の暑さを押し流す、強い川風が吹く。それでも、目の前の小型魔導コンロの熱は少しもゆらぐことはない。野菜スープの白い湯気だけが、風に流されていく。

ふとした違和感に、グラートは耳をすませた。

いつもの遠征と、音が違う。

若い隊員達の少し高い笑い声、談笑する隊員の柔らかな声、革袋なのに乾杯をしている声――

さざめきに似たそれらを聞きながら、つんと鼻の奥にくるものがあった。

『遠征中はすべて戦いで、生きている時間はないようなものだ』

そう言ったのは、先代の魔物討伐部隊長だ。

だが、ここには隊員達の生きている時間が、確かにある。

今日ほどではなくても、次の遠征からは少しばかり、生きている時間を取り戻してやれるだろう。

「グラート様、骨付きソーセージはいかがですか？」

「……ああ、頂こう」

不意の女の声に、にじみかけた涙を慌ててぬぐう。

目の前には、ダリヤがヴォルフと共に食材を積み重ねた皿を持ってきていた。

「あの、お口に合いませんでしたか？」

「いや、じつにうまい……煙が少し、目にしみていただけだ」

「あ！　やっぱりコンロは煙がもっと出ない方が……そのあたりも改善しますので」

「気にするな、煙はあちらのたき火だ」

自分の返事に安堵《あんど》したダリヤが、無防備に笑む。

その隣、ヴォルフが早速、コンロで骨付きソーセージを焼きはじめている。実に手慣れたものだ。

「ロセッティ、このコンロ一つで、いろいろな料理ができるものだな」

「今、追加のレシピをまとめているところです。やはり調理時間の短いものがいいでしょうか？」

「ああ。あとは、酒に合えばうれしいところだな」

「それだと、酒の肴《さかな》向けのメニューもいいかもしれません。あとは日持ちするかですね……」

目の前で真剣に考え出した女に、グラートは涙より笑いがこぼれた。

たき火まではそれなりに距離がある。ここで目にしみることなどありえない。

自分が苦し紛れに言ったことまでも、素直に受け取り、心配してくれる。

もう少し、疑いや打算といったものを身につけた方がいいのではないか——

こちらがそう心配したくなるほど、ただまっすぐで、いつも懸命なこの者。


ダリヤという名の、魔導具師。


朝焼けのごとき赤き髪。新緑の森を思わせる緑の目。

誰にもよりかかることなく凜《りん》と立ち、手が届くすべてを救いあげようとする。

なるほど、この者は確かに、夏の大輪だ。

曇天に迷っていた心を、この青空のごとく明るくしてくれた。


「これからも、ぜひ頼む。魔物討伐部隊《うちの》の魔導具師殿」

番外編　父と娘の魔導具開発記録　～声渡りの魔導具～

「ダリヤ、これが、『声渡り』の魔導具だ」

カルロは棚から出したチョーカーの形の魔導具二つを、作業机に置いた。

自分と同じ魔導具師である娘は、目をきらきら輝かせて声渡りを観察している。

「こんな感じで声が変えられる」

喉に黒革のチョーカーを装備して出した声は、重厚で威厳ある老人のようだ。

「『声渡り』って、父さんが開発したものね。付与材料はセイレーンの髪？」

ダリヤはさらに興味深そうな顔で質問してきた。

「ああ。中央の純銀――この飾りの部分に、セイレーンの髪を魔法で付与してある。それで変声効果と、声の強弱効果がつく。チョーカーの革の部分は馬の革だ。場合によっては強度を増す付与をしたり、金属の鎖や、魔糸のリボンにすることもある。高い襟の服の裏につけることもあるな」

声渡りは、声の強弱の他、声質の高さ低さが変えられる。よって、男性が女性の声を、女性が男性の声を出すことも可能だ。

制作の難易度はそれほど高くない。もっと早く教えてもよかったのだが、少し気にかかることがあり、ようやく今日ダリヤに説明しようと決めた魔導具である。

「セイレーンの髪って、討伐されたんだから遺髪よね……」

娘が少し沈んだ声になり、じっと声渡りを見つめている。

カルロは棚の奥の魔封箱から、ストックしてあったセイレーンの髪を出した。

月光を閉じ込めたようなきらきらとした金髪は、十年以上たっているが、そう変わらないようだ。

「ほら、これ。討伐したセイレーンのものじゃないぞ。ある歌手が、船に取り付いたセイレーンとの歌合戦に勝ってな、この髪をもらったんだそうだ」

「え？　セイレーンとの歌合戦って、冗談よね？」

「本当だ。今、そいつは中央歌劇場の支配人になってるが、若いときは鳥にも愛が囁《ささや》けるというほどの美声だった」

高等学院の年上のクラスメイトである。なぜ魔導具科に在席していたのか謎だが、文化祭の出し物は彼一人で足りた。

「歌でセイレーンに勝つなんてすごいわ。でも、負けたらって思うと命がけね」

「いや、発声練習の段階で、負けたら婿に来るように言われたそうだ。セイレーンは美女ぞろいだったと聞くし、婿に行くのも悪くない話だったかもしれん」

「父さん、どうしてそういう話になるの！」

ダリヤに見事に叱《しか》られた。

いかん、年頃の娘になんということを言ってしまったのか。うっかりにしてもまずい。

カルロは話題を変えるために、慌てて赤革のチョーカーを首に巻く。

「声渡りでは、こんな声も出せるのよ、ダリヤ」

「……っ！　もう、父さんたら！」

女性の声で喋《しゃべ》ったところ、娘が一瞬固まった。目を丸くした後、背中をぺしぺしと叩《たた》かれる。

なかなかいい声だと思うのだが、お気に召さなかったらしい。

おかげさまで前の話題はうやむやになった。

「父さん、何飲んでるの？」

その日の夕食後、粉薬を喉に流し込んでいると、ダリヤに心配そうに声をかけられた。

「胃薬だ。明日は男爵会だからな……」

苦い顔で答えると、娘の顔にも伝染した。

「やっぱり気を使うもの？」

「まあ、それなりにな……たとえば、貴族の礼儀として、『初対面の女性を褒めなくてはいけない』というのがあってだな、去年と一昨年は、『お美しい』だけをくり返していたらちょっと浮いてな……魔導具師仲間から言われたが、容姿ばかり褒めるのもあまりよくないようだ」

「大変なのね。でも、それなら他にどんなことを褒めるの？」

「着ている服とかアクセサリーの良さとか……俺は見てもわからんからなぁ。あとは楽器の腕とか、頭の良さなんかもあるが、うちは貴族との付き合いはほとんどないだろ。普段、誰が何をしているとかはわからないので褒めようがない」

「大丈夫？　あんまり胃が痛いなら休むとか……」

「そうもいかんだろう。男爵位は名誉だし、給与ももらっているからな」

心配そうな娘から視線を外し、軽く咳《せき》をする。胃薬がまだ喉の途中に残っていそうだ。

「明日、俺は男爵会で一日かかると思うから、ダリヤは『声渡り』を作れるかどうかやってみるといい。仕様書は引き出しにある。セイレーンの髪はあるだけ使っていいし、純銀も十分あるから」

「小さいし、ちょっと難しそうね。特に声の調整が……」

「好きな声が作れると思えば楽しいだろ。思いっきりかっこいい、いい男の声でも作れ」

「もう！　どんな声よ!?」

むきになった娘に、思わず笑ってしまった。

ダリヤには言えぬ。

昼間のあの声渡りの魔導具、自分が聞かせた女性の声は、ダリヤの母、テリーザの声だ。

娘がまだ幼い頃、母の声で子守歌を歌ってやりたいと、そう思って作った。だが、歌おうとしても声が掠《かす》れ、どうしても歌えなかった。それきり棚の奥にしまい込んでいたものである。

そして、もう一つ言わぬことがある。

貴族の礼儀は確かにややこしい。だが、男爵は元々庶民であることが多いので、多少の失敗は見逃してもらえる。それに、『お美しい』はそれなりに万能な言葉で、責められることはまずない。

自分が胃痛を抱えている理由は他にある。明日を考えるだけでも憂鬱《ゆううつ》だった。


今回の男爵会は、とある公爵家の屋敷で行われた。

通されたのは、鮮やかな異国の花々が咲いた庭の眺められる広間。行き交う着飾った男女は、より上の爵位の者達も多い。楽団の奏でるゆったりとした音楽と共に、話し声がさざめいていた。

「お元気そうで何よりです、カルロ先輩」

「お前も元気なようで何よりだ、オズ」

見知った顔に声をかけられた。学院の魔導具科の後輩で、同じ男爵位を持つオズヴァルドである。

正直、ほっとした。が、彼に妻を紹介され、ちょっとばかり固まった。

「フィオレ・ゾーラと申します。夫がお世話になっております」

淡い赤髪と薄緑の目を持つ女性に覚えがない。記憶にあるオズヴァルドの妻と違う気がする。

彼は一人目の妻に逃げられ、再婚したはずだが、もしや――

「二人目ですの」

柔らかな笑顔で見透かしたのは、フィオレだった。若い割にしっかりしているようだ。

隣のオズヴァルドは、ただにこやかに笑うばかり。ここは失礼しましたと言うべきか、笑顔で流すべきか。男爵になって、それなりに礼儀作法本は読んだが、こんな場面の例はない。

とりあえず後輩に近づき、『おめでとう』と耳元でささやく。ついでに背中を強く叩いておいた。

「カルロ、ここにいたか。給湯器について話したいという方がいる。オズヴァルド、途中だがカルロをもらっていくぞ」

「ええ。では本日は良き時間を、カルロ先輩、ジェッダ先輩」

オズヴァルドの貴族らしい優雅な挨拶を受け、二人で歩き出した。

声をかけてきたのは、レオーネ・ジェッダ。子爵家で、商業ギルド長になったばかりの男だ。

肩書きは重いが、高等学院の頃から付き合いのある先輩で、カルロは砕けた口調が許されている。

「レオーネ先輩は、だいぶ忙しそうだ」

「まったくだ。ギルド長になってから、ガブリエラと過ごす時間が減ってかなわん」

すぐ妻の名前を出す先輩に、内心で『相変わらずお熱いことで』と言っておく。

重度の愛妻家の彼に対して、ガブリエラの話題はできるだけ出さないことにしている。話が長くなりすぎるからである。

「これはロセッティ殿。容量の増えた新しい給湯器を使わせて頂きましたが、なかなかいいですな」

「ありがとうございます」

商業ギルドに出入りする商会長の一人が、自分に笑いかけてくる。確か子爵位を持つ者だ。

カルロの作った給湯器はすべて、親友が運営するオルランド商会に出している。この者は、それを使ってくれているようだ。

「容量が増えるとやはり便利です。あれをもっと大型にできませんか？」

よくある相談ではあるのだが、カルロ自身は給湯器に関し、一定以上の大型化をしていない。

「大人数の入浴にも使えるように、できるかぎり大型に、温度を高くしたいのですが」

「ある程度は可能ですが、安全を考えると、台数をそろえて頂く方がよろしいかと」

「商業ギルドとしても、台数をそろえ、たくさんのご購入をお願いしたいところです」

悩んだふりで答えた自分に、レオーネが合わせてくれた。

それきり給湯器の話はなく、あとは王都で流行《はや》っている店や、売れ線の魔導具の話となった。

一通りで話が途切れると、その商会長は挨拶をして去り、レオーネは貴族らしき者に呼ばれて離れていった。

カルロは喉の渇きを癒《いや》すため、近くの給仕からワイングラスを受け取った。

「もしかして、ロセッティ様ですか？　お会いできて光栄です」

男爵の娘だと名乗る若い女性が、自分から声をかけてきた。

男爵会参加の淑女にしては、少々ドレスのスリットが深めで、男性陣の目の保養になりすぎる。

それに、まだ自分はロセッティと一度も名乗っていない。

当たり障りなく魔導具の話をしていると、手袋もない白い指で上着を掴《つか》まれた。

「カルロ様、魔導具師のお仕事について、ゆっくりお話を伺いたいですわ……」

美しい女性ではあるが、いきなりの名前呼び、そしてその猫撫《ねこな》で声に背中が冷えた。

もう十年か二十年若かったなら、少しはふらりときただろうか。そう考えても浮かぶのは、元妻の笑顔だけなのだから、なんとも未練は重症である。

「すみませんが、ちょっと酔いまして——気分が良くないので、一度出ます」

「それでしたら、私が介抱を……」

「いえ、本当にまずいようなので」

そう答えて口を押さえ、早足でその場を離れる。ありがたいことに追ってはこなかった。

公爵家のエチケットルーム、その個室はとにかく広い。

トイレらしい匂いは一切なく、飾られた山のような花々の香りに満ちている。

壁際には靴を直すときに座るための、豪奢《ごうしゃ》な黒革の椅子がある。そこに座るとタイをゆるめた。

先ほどの女の目、そして、その前に話していた商会長の目を思い出し、ため息をつく。

あの目は、自分を視《み》ていない。この顔も、性格も、男爵位も、まったく興味はないだろう。

あの目が視ているのは、この魔導具師の腕だけだ。

正確に言うならば、彼らの後ろにいる者が、自分のこの腕を望んでいるのだろう。

「『彼』はまだ、忘れていなかったか……」

苦々しいひとり言がこぼれた。

『彼』に最初に声をかけられたのはまだ学院時代、放水器の魔導具を作ったときだ。

壁の洗浄機を作っていたはずが、魔導具研究会全員で悪乗りし、強度を限界まで上げた。悪乗りついでに試した結果、校舎の壁をぶちぬき、予想以上の大惨事となり、予想以上に怒られた。

弁償は貴族の先輩方が余裕で行ってくれたが、停学にならなかったのが不思議だった。

その翌月、カルロは副学院長室に呼び出しをくらった。自分は放水器の第一開発者である。遅れてのお叱りかと身構えたが、中で待っていたのは副学院長ではなかった。

黒の三つ揃《ぞろ》えに艶《つや》やかすぎる革靴。一目で貴族とわかる白い顔の男が、人形のように笑んでいた。

「カルロ・ロセッティ君、王城の魔導具師となって、国のための魔導具を作りませんか？」

まさかの王城へのスカウトだった。魔導具科生徒の多くが憧れるエリートコースである。

「よい給与、よい待遇をお約束致します」

まだ学生の自分に丁寧な敬語を使う、優しげな声。

だが、見返した男の目は、蛇のそれだった。温度をまるで感じぬ瞳に、カルロは即座に断った。

『自分は父の仕事を継ぎ、庶民向けの生活魔導具を作りたいと思っています。座学の成績も良いとは言えず、王城ではとても通用しません』緊張しながらもそう言い続けた。

男は気を悪くすることも、まったく残念がりもせず、まるで決定事項のように言った。

「ロセッティ君、気が変わったらご連絡を。また、お目にかかりましょう」

部屋を出て、いきなり汗をだらだらかいたことを覚えている。

そして、家に帰って慌てた。父母に迷惑がかかるかもしれない、そう思い、父に相談した。

話を聞いた父は驚くことなく、自分に尋ねてきた。

「武器か諜報《ちょうほう》関係だろう。待遇はかなりいいと思うが、お前はそういった魔導具を作りたいか？」

「嫌だ。俺は生活魔導具を、人が笑って使える魔導具を作りたい」

即座に否定すると、父は大きく笑い、自分の肩をぽんと叩いた。

「俺も、同じように答えたよ」


次に彼に会ったのは、声渡りの魔導具を作ってしばらくのことだった。

声渡りは、世話になっている魔導具科のリーナ先生の声がれを治したい、その思いだけで作った。

そのついで、思いつきで声を変え、先生や友人から笑いをとり、それで終わるはずだった。

だが、リーナの勧めで、病気による声がれで悩む者のために、商品化した。

その翌月、学院は卒業したというのに、なぜか学院長の名で学長室に呼ばれた。

案内役のリーナ先生は真っ青だった。無言で廊下を歩く途中、その手のひらに『断りなさい』とにじんだ文字を一瞬見せられた。たいへん嫌な予感がした。

そして、その予感の通り、また彼がいた。

「声渡りはじつに素晴らしい魔導具です。ご希望の報酬と条件をできるかぎり整えましょう。仕事場は王城でなくてもかまいません、ご希望の場所にこちらからお伺い致します。ですから、国のための魔導具を作って頂けませんか？」

耳障りのいい言葉と、礼儀正しすぎる態度は同じまま。

そして、あの目も、同じだった。

自分のことを評価してくれたことに感謝の言葉を述べた後、偽りなく、まっすぐに答えた。

「私は、人を傷つける魔導具は作れません」

彼は仮面が割れたように笑みを消した。現れたのは、ひどく神経質そうな男の顔。

だが、彼はその素のままで目を細め、口角をきつくつり上げた。

「ロセッティ殿、また、お目にかかりましょう」

『君』が『殿』に変わっただけ、前と同じ言葉だった。

あれから何年過ぎたのか。

自分が王城関係で引き受けたことがあるのは、それなりに大きな給湯器の改修修理のみ。土台は自分の作ったものではなく、王城の魔導具師が作ったものだ。商業ギルド経由での依頼であり、天狼《スコル》の牙による『風魔法効果の熱暴走防止』を付与し、それだけで終わった。

そのとき、彼とは会わなかった。だからもう、自分は忘れられたものだと安堵《あんど》していたのだ。

だが、少し前から、貴族向けでもないのに容量が多い、高温の出せる給湯器の相談が続いていた。

『カルロ、気にかかる依頼が続いてはいないか？』レオーネにそう注意されたとき、最初に脳裏に浮かんだのはダリヤ、次に思い出したのは、彼だった。

開発の名義は自分だが、ドライヤーも給湯器も、ダリヤの着想を元に創った魔導具だ。

その上、才豊かな娘は水を弾《はじ》く防水布の試作に成功した。もう少し実験をした後、商業ギルドに登録する予定だ。幅広く使えるであろうそれは、かなり有用な魔導具となるだろう。

ダリヤは魔導具師として、そして開発者として有能で――ひどく危うい面がある。

目をそらし続けてきたことを、カルロは認識せざるを得なかった。

まだ幼い頃、ダリヤは画用紙に空を飛ぶ金属の鳥を描いた。海を駆ける船を描いた。馬もなく、人を乗せて地面を進む箱を描いた。おとぎ話の如きそれを、自分は笑って聞いていた。だが、たどたどしくも仕組みまで話そうとする娘があまりに不思議で、誰に聞いたのかと尋ねてしまった。

『前の世界にあったの』娘が笑顔でそう答えたとき、はっとした。

天の愛《いと》し子――この国で類《たぐ》い希《まれ》なる才を持つ者はそう呼ばれる。

ダリヤが生まれる前にいたのは、もしや天界か、夢のような世界か。自分はそれを疑いなく信じられるが、他人はそうではないだろう。おかしな目で見られるか、陰口を叩かれるか、いいや、それよりも、娘が才のために危険にはならないか。

心配から誰にも言わぬように約束させ、忘れるように言い聞かせた。

それからのダリヤは、その話をすることはなくなっていった。

幼い子供にはよくある夢だ、そうであってくれと願い、自分もいつの間にか記憶に蓋《ふた》をしていた。

学院を卒業し、ダリヤの才は鮮やかに花開きはじめている。父としても、魔導具師の師匠としても、それを止めたくはない。

だが、父や自分が彼のような者に誘われたように、娘にも可能性はある。それがたまらなく心配で――今日、その心配はさらに現実味を帯びた。

カルロはもう一度広間に戻ると、魔導師の仲間を捜し、片っ端から挨拶をした。

その後は友と二次会に行くと言って、早いうちに屋敷を出る。

向かったのはオルランド商会だ。自分を一目見るなり、親友は仕事を早めに切り上げてくれた。

そのまま行きつけの酒場へ行き、個室に入り、愚痴と相談を取り混ぜて飲んだ。

ドライヤーに給湯器、声渡り。魔導具は悪用する気になればいくらでもできる。だが、魔導具というのは、人の暮らしをよくするためのもので、そういうふうに使うものではないだろう――そんな話をした自分に、親友は静かに言った。

「カルロ、『大きな包丁』をどう使うかは、それを手にした使い手次第だろう？　大魚を捌《さば》くだけじゃなく、『大剣』として使う者もいる。作り手の考えない使い方だってありえるさ」

しばらく返事ができなかった。だが、その通りだった。

親友に酒を注がれ、『悪酔いしているぞ。今日のカルロは深く考えすぎだ。今、何ができるかだけを考えよう。もし何かあったらすぐ相談してくれ』そう慰められ、ただ飲んで不安を流した。

緑の塔に戻ったのは夜中すぎだ。灯《あか》りは消えているので、ダリヤはもう眠っているのだろう。かなり飲んだというのに、酔った気がまるでしない。仕方なく、仕事場に隠しておいたお高い赤ワインをこそりと開け、仕事用のビーカーに注いで飲む。

きっと今日は飲みすぎて悪酔いしたのだ、こんな心配は無駄だ。

彼らはおそらく、多くの魔導具師に声をかけている。たまたま自分にも声がかかっただけで、たいしたことではない。この先も自分とダリヤには、穏やかで当たり前の日々が続くのだ――そう思おうとしながら、気がつけば拳をきつく握っていた。

当たり前の日々――そんなものがないことを、カルロは嫌というほど知っている。

『この先も、ずっと一緒にいられたらいいわね』

色とりどりのダリアの中で笑った、赤髪の美しい妻。

テリーザのその言葉に、これからずっと一緒なのに、何を言うのかと笑った。

あのとき、彼女も同じように笑い返してきた。

ただ隣にいるだけで、金銭も、爵位も、名声も色褪《いろあ》せた。

テリーザがいれば他には何もいらないと、心からそう思った。

けれど、手のひらから砂がこぼれるように呆気《あっけ》なく、自分は彼女を失った。

妻の手を離さざるを得なかったように、ダリヤまでもこの手から奪われようとしたら——

自分はすべてを引き換えにしても戦うだろう。


自分もダリヤも、人を傷つける魔導具など作らない。

日々の暮らしを楽しく便利にし、誰かを笑顔にさせる魔導具作りを目指しているのだ。

人を幸せにする魔導具を作りたいのだ。

もし自分が力足らずで巻き込まれることがあっても、娘だけは守る。諜報部だろうが、高位貴族だろうが、いいや、たとえ王族でも、ダリヤを悪用させるような真似はさせるものか。

父として、娘だけは、絶対に守りきる。たとえ、この命に代えても——

想《おも》いはあっても非力な自分だ。

男爵位は一代かぎり、財産もそれほど多くはない。頼りにできる親戚もない。

だが幸い、友人と仲間には恵まれている。

「……皆に、ダリヤのことを頼んでおくか……」

わざと声に出し、自分で再確認した。

自分一人では娘を守れなくても、友人と仲間が力を貸してくれるなら、きっと大丈夫だ。

ダリヤには、不器用な自分がしてやれないこと、教えてやれないことは山とあった。

だから今までも、『貸し』と言いながら、周囲にこっそりと願い続けてきた。ダリヤが困っていたら助けてやってくれと。その願いに笑った者は多かったが、断った者は一人もいなかった。

これからもそれをこっそりと続けよう。

もし自分に何かあれば、代わりに手を差し伸べてくれと頼み続けよう。

一人では無理でも、二人、四人、八人と繰り返し、ダリヤを守る盾となってくれと願うのだ。

自分勝手な願いなのは、重々承知している。

杞憂《きゆう》に終わればそれでいい。何もなければそれに越したことはない。

ダリヤが生涯知らぬままになれば――それが一番いい。


「お帰りなさい……って、父さん、また飲んでるー！」

起きてきたらしいパジャマ姿のダリヤが、階段を駆け下りてきた。

「すごくお酒臭い……飲みすぎよ！　外で飲んできた日は、家で飲まないでって言ったでしょう！」

お怒りの声は少しだけテリーザに似て、それでいて確実に別で、なかなか耳に痛い。

叱る内容と口調に関しては、妻より、以前塔にいたメイドのソフィアに似ている。

あと、あまり認めたくはないが、自分の母とも少し似ている気がする。

「いや、月がきれいだから、ほんのちょっとだけ飲みたくてな……」

窓の外にはちょうど青白い半月。今までまったく見ていなかったが、慌ててそれを理由にした。

だが、娘は迷いなくワインの瓶を取り上げた。

「そのビーカーに入っている分だけね、あとは駄目。これはシチューに使うわ！」

「いや、ちょっと待ってくれ！　それはそれなりにうまいワインで、月見によくてな……」

「じゃあ、私がグラス一杯もらってお月見をするわ。あとは明日のシチューに入れます、決定！」

「ダリヤ……思うのだが、どっちも結局は同じ胃に入るのだから、飲むのも食べるのも一緒ではないだろうか？」

「絶、対、に、ち、が、う、わ」

少々お高いワインは、残念ながら瓶ごと没収された。

明日のシチューはなかなか高級になりそうだ。

がっくりしていると、二階に酒を置きに行ったダリヤが、再び走って戻ってきた。

手にしているのは水差しとグラス。飲みすぎをさとられ、二日酔い防止の薬を娘に渡される、なんとも情けない父である。

二日酔い防止の甘苦い薬を飲みながら、カルロは真面目に反省した。

しかし、自分が情けない分、ダリヤはしっかりしてきた気がする。

この先、たとえ彼のような者に声をかけられることがあったとしても、きっぱり断って終わるかもしれない。とても優しいが、芯は強い子だ、きっと心配はない——そう思えてきた。

やはり今日、自分は悪酔いしていたのかもしれない。


「これ、なかなかうまくできたでしょう！」

不意に、ダリヤのものではない、だが、聞き慣れているような、微妙な男の声がした。

視線を上げれば、娘がいい笑顔でこちらを見ている。その喉元にあるのは、声渡りの魔導具。革紐《ひも》の色が違うところを見ると、今日、ダリヤが作ったものだろう。

「ほら、父さんの声に、そっくりだろ？」

続けられた言葉に納得した。

自分の声は、自分でははっきりとわからないものだ。

それでも、イントネーションまでしっかり真似されると、似ているのがよくわかった。

自分は咄嗟《とっさ》にもう一つの声渡りの魔導具をつけ、返事をする。

「素晴らしい出来ですね、魔導具師ロセッティ」

声も、イントネーションも、気がつけば、テリーザそっくりに答えていた。

目の前のダリヤは声渡りをつけたまま笑いはじめ、自分もつられて、そのまま笑う。

仕事場に二つ重なる笑い声はひどく懐かしすぎ――笑いすぎて、目尻に涙がにじんだ。


ダリヤが作った声渡りは、初めてだというのに、なかなかうまくできている。

だが、娘には、誰かに似せた笑い声より、そのままの笑い声が一番似合う。

声渡りを通した声でも、喉を震わせる声でもなく、カルロは内で祈りの声をあげる。

願わくば、涙少なく、笑顔多き人生を娘に――


喉から外された声渡りの魔導具は、そっと引き出しにしまわれた。

MFブックス

魔導具師ダリヤはうつむかない ～今日から自由な職人ライフ～ 4

2020年 2 月25日 初版第一刷発行
2022年11月25日 第六刷発行

著者 甘岸久弥
発行者 山下直久
発行 株式会社KADOKAWA
〒102-8177 東京都千代田区富士見2-13-3
0570-002-301（ナビダイヤル）
印刷・製本 株式会社広済堂ネクスト

ISBN 978-4-04-064454-7 C0093

企画 株式会社フロンティアワークス
担当編集 河口紘美（株式会社フロンティアワークス）
ブックデザイン 鈴木 勉（BELL'S GRAPHICS）
デザインフォーマット ragtime
イラスト 景

本シリーズは「小説家になろう」（https://syosetu.com/）初出の作品を加筆の上書籍化したものです。

ファンレター、作品のご感想をお待ちしています

宛先
〒102-0071 東京都千代田区富士見2-13-12
株式会社 KADOKAWA MFブックス編集部気付
「甘岸久弥先生」係「景先生」係